LA RUE DU DRAGON

ROLF STAAR

LA RUE DU DRAGON

Kriminalgeschichte

Bibliografische Information der Deutschen Nationalbibliothek:
Die Deutsche Nationalbibliothek verzeichnet diese Publikation in der
Deutschen Nationalbibliografie; detaillierte bibliografische Daten sind im
Internet über dnb.dnb.de abrufbar.

Satz, Umschlaggestaltung, Herstellung und Verlag:
BoD – Books on Demand, Norderstedt
ISBN 978-3-7504-7571-7

Hanns Hansen jr. zog die Haustür zur elterlichen Villa hinter sich zu und warf nach kurzem Zögern den Schlüssel in den Briefkasten. Aus! Er hatte seinen Eltern klargemacht, dass er an der Firma nicht interessiert ist, sein gleichnamiger Vetter die Tradition des alteingesessenen Hanseatischen Unternehmens fortsetzen könne. Er, der Junior hatte andere Pläne, die er konsequent umzusetzen gedachte.

Er stieg in seinen 7er BMW und, ohne sich noch einmal umzusehen, verließ er das Anwesen seiner Eltern an der Elbchaussee.

Das Taxi hielt vor einem der Nebeneingänge der Hamburgischen Staatsoper. Vier, etwa dreißig Jahre alte junge Leute stiegen aus. Der mit dem lautesten Mundwerk und von den anderen Freddy gerufen reichte dem Taxifahrer einen Fünfziger mit einer Geste, die wohl heißen sollte ‚stimmt so‘. Der weißhaarige Taxifahrer nahm den Schein dankend an, schüttelte jedoch beim Abfahren unmerklich mit dem Kopf. Er hasste dieses nichtsnutzige Volk. *Er* saß mit seinen 76 noch am Steuer.

»Leute, mir nach.« Freddy hatte sich selbst zum Chef der Truppe ernannt. Ihm folgten der lange Hannes, Matschen Hein und Ole, der vierte im Bunde.

Freddy kannte den Pförtner bereits. Am Tag zuvor hatte er ihn ‚geschmiert‘, wie Freddy sich ausdrückte. Bestochen meinte er und konnte als Gegenleistung gestern unbehelligt das Labyrinth der Hamburgischen Staatsoper erkunden. Jetzt ging er ortskundig voran, und der Portier hoffte inständig, dass nichts passiert. »Hein, Hein«, murmelte der, »hoffentlich geht das gut.« Er war mit sich nicht mehr zufrieden, und die Tür musste es aushalten. Sie flog zu laut ins Schloss. Er griff zum Telefon. »Vielleicht sollte ich der Polizei?« … Aber er legte den Hörer schnell wieder auf. »Die hören dann von dem Schmiergeld, und ich bin meinen schönen Job los, Scheiße!« Mittlerweile hatte die Truppe das Atelier des Maskenbildners erreicht, das sie ohne anzuklopfen betrat.

‚Oh Gott‘, flüsterte der. Von plötzlicher Panik befallen streckte er die Arme abwehrend vor, als die Vier langsam auf ihn zugingen. »So, Meister, keine Aufregung, es kommt nur etwas Arbeit auf Dich zu«, hörte er einen der Typen. »Du wirst unsere Gesichter mit ein paar Strichen, Farbe, vielleicht einem Bärtchen verändern, jedes anders versteht sich. Habe ich mich deutlich ausgedrückt und vor allem – hast Du das kapiert?«

»Ich meine – ich wollte sagen« – stotterte der Chefvisagist

»Halt die Klappe«, fuhr Freddy ihn an. »Ich mach Dir jetzt

zwei Vorschläge. Vorschlag eins, und hör mir zu: Wenn Du keine Lust verspürst unsere Gesichter anzumalen, hau ich Dir so eins in die vornehme Fresse, dass du Wochen brauchst, ehe Du Dich in der Öffentlichkeit wieder sehenlassen kannst, verstanden? Oder Vorschlag zwei: Du bekommst 500 Euro auf die Hand und fängst sofort an. Und nun entscheide Dich, und zwar ein bisschen dalli, dalli!«

Die vier Ganoven standen mitten im Raum. Einer, es war der lange Hannes, rollte bereits die Ärmel auf und ging aufreizend langsam auf den Meister zu.

Der Herr der Bärte und Perücken resignierte, beugte sich achselzuckend der vierfachen Übermacht und öffnete den großen Farb- und Puderkasten. »Na, gut – wer ist der erste?«

Sie waren noch im Haus, als er die Polizei anrief. Fünf Minuten später war die Bande bereits über alle Berge. Draußen waren sie in einen wartenden Wagen gesprungen, wusste der Portier.

Auf der anderen Straßenseite in Höhe ‚Lissis Bar‘ war eine Bushaltestelle. Matschen Hein war der Erste, der diesen vereinbarten Treffpunkt erreichte, Hannes der nächste. Den Freddy hörte man schon von weitem. Als letzter kam Ole. Gemeinsam gingen sie nun rüber und betraten Punkt 21 Uhr 55 ‚Lissis Bar‘.

Lissi musste zweimal hinschauen, so toll sahen die Jungs aus. Aber sie ließ es sich nicht anmerken, nicht ihren Damen und schon gar nicht ihren Gästen gegenüber. Mulmig war ihr doch, denn in einer viertel Stunde sollte die große Sauerei in einem ihrer hinteren Räume starten, gegen eine Beteiligung oder Miete oder Schweigegeld oder wie immer man die 5% Anteil an den erhofften ‚Einnahmen‘ nennen wollte. Nach langem Feilschen hatte sie sich mit den Kerlen geeinigt, denn umsonst war in ihrer Bar nichts, absolut nichts zu haben.

Die Bar war mal wieder mehr als gut besucht. Die meisten

waren ‚Sehleute‘, die sich die spärlich bekleideten Damen ansahen und schon bald wieder gingen. Durch diese Menge geiler Kerle schoben sich die Vier und folgten dem Pfeil zur Toilette und weiter zu einer Tür, auf der groß PRIVAT stand. Mit Freddy als erstem betraten sie das vollgepaffte Zimmer, in dem schon vier Männer saßen, deren Gesichter kaum zu erkennen waren, denn die Lampe hing tief und beleuchtete kaum mehr als den mit grünem Tuch bespannten kreisrunden Tisch. Sie setzen sich mit einem mürrischen Brummeln dazu und legten wie vor Tagen vereinbart ihren Anteil – jeder 50 000 Euro – auf den Tisch.

Acht Ganoven hatten sich zum Pokern eingefunden. Acht Kriminelle, deren Berufsbezeichnungen beim Arbeitsamt nicht gelistet sind, wohl aber bei der Polizei. Diese Gesellschaft ‚verdiente‘ ihr Geld als Zuhälter, Hehler, Rauschgiftdealer, als Menschenhändler. Bis auf Ole wurden alle von der Polizei gesucht, und einige waren bereits knasterfahren. Wie dieser Dreifuss mit seinem windschiefen Gesicht z.B.. Dieser Kerl kannte Fuhlsbüttel schon von innen, sein Freund Emil ebenfalls. Auch er saß an diesem Tisch, beide bereits wieder gesuchte knallharte Verbrecher.

Alle starrten auf die 400 000 Euro wie eine Schlange auf ihr Opfer. Ja, die Kerle gierten geradezu nach dem Geld. Selbst der Kartengeber, der sich im Pokern bestens auskannte, war auch vielleicht deshalb von dieser Sucht befallen. Dieser Mann, von ‚Beruf‘ Drogenhändler, zog noch einmal kräftig an seiner Gauloises, schnippte die Asche auf den Boden, sah zum widerholten Mal in die Runde und begann nun betont ruhig die Karten zu verteilen. Und wieder hoffte ein jeder, das Glück möge ihn und bitte nur ihn küssen. Und nun – war es mit einem Mal still, man konnte die Spannung regelrecht fühlen. Wer hatte jetzt die stärkeren Nerven? Wer war der bessere Psychologe? Wer konnte in den Gesichtern lesen? Wer? Der eine und der andere verlangte nach einem und noch einem Blatt, allen voran dieser Dreifuss …

Plötzlich stand Freddy auf, in der Hand eine schallgedämpfte Kanone, und auch der lange Hannes zog seine Knarre. Ole stand ruck, zuck! an der Tür. Und Matschen Hein schob das ganze Geld mit der Ruhe eines Croupiers in eine Plastiktüte. Die Runde saß wie gelähmt. Bis einer aufstand, laut fluchend auf den Geldeinsammler zuging und – zusammenbrach. Freddy hatte ihm die Pistole mit voller Wucht ins Gesicht geschlagen. Zwei kümmerten sich sofort um den Mann, der blutend auf den Boden gestürzt war und wimmernd seinen Kopf hielt, während der vierte hin und her tanzte, als hätte er binnen Sekunden seinen Verstand verloren. Und weg waren Freddy und Freunde. Das heißt, Freddy gönnte sich noch ein außergewöhnliches Extra, denn er sah noch einmal in den Pokerraum:»Ciao«, winkte und knallte die Tür zu. Vor ‚Lissis Bar‘ gingen sie sofort auseinander, wie besprochen jeder in eine andere Richtung.

Zwei der gelackmeierten Ganoven drängten sich durch Lissis Gäste auf die Straße, hofften … aber Freddy und seine Kumpel waren wie vom Erdboden verschluckt.

Ole stand bereits Sekunden später in der Toilette einer der nächsten Kneipen. Hier stopfte er Perücke, Kinnbärtchen und Mütze in eine Tüte, befreite mit viel Wasser und Seife sein Gesicht von Farbe und Cremes und ging strahlend wie ein Sieger zurück in den Schankraum. Nicht einem war die plötzliche Veränderung aufgefallen, dem Thekennachbarn schon gar nicht, ihn interessierte ausschließlich das HSV-Spiel im Fernsehen.

Auf der Kneipen-Uhr war es jetzt 22 Uhr 27.

Sie treffen sich um Mitternacht in ihrer Stamm-Bar, in ‚Elkes Etablissement‘. Zunächst sind es nur drei. Auf den vierten, auf ihren Kumpel Freddy warten sie.

Sie blödeln rum, quatschen über den einen oder den anderen, aber nach einer halben Stunde warten sie nicht länger, ist ihre Geduld am Ende, und Matschen Hein schüttet den Inhalt der Tüte auf den Tisch und macht dabei ein Gesicht wie ein Fuchs beim Schmusen. Meint Hannes. Aber keiner hört ihn, denn ein Berg von Geldscheinen liegt vor ihnen, der sie sofort in Ekstase versetzt. Sie tanzen wie von Sinnen um den Tisch, beglückwünschen sich gegenseitig. Begeisterung ohne Ende. Dem nüchternen Hannes wird es zuviel, wünscht, doch endlich mal die Schnauze zu halten. Murren, aber man hört ihm zu. »Jetzt, Freunde wird nämlich zuerst gerechnet. Lissis 5% machen 20 000 aus. 15 000 sind genug«, befindet er. »Was hat die blöde Kuh denn schon getan? Nichts, absolut nichts. Also, 15 Mille reichen.« Matschen Hein und Ole stimmen zu. »Weiter. Nach Abzug unseres Einsatzes und der Summe für Lissi bleiben jedem immer noch satte 46250 Euro.« Hannes zeigt triumphierend das Ergebnis in seinem Taschenrechner. »Ein Banküberfall hätte nicht so viel gebracht, Freunde ... und die gesamten Hamburger Bullen wären hinter uns her«, lacht auch er jetzt laut. »Wer ist eigentlich auf den Gedanken gekommen, die Pokerrunde auszunehmen?«

»Ja wer schon? Unser Großmaul Freddy«, wusste Matschen Hein, der das Geld wieder in die Tüte packt. Elke muss es nicht unbedingt sehen, außerdem ... sein Handy pfeift mitten in die Unterhaltung hinein, widerwillig drückt er die grüne Taste und seine Kumpel sehen, wie er die Farbe wechselt und nach dem Freizeichen das Handy langsam in die Jackentasche gleiten lässt. Nicht ein Wort hat er gesprochen, und das ist ungewöhnlich für ihn, dessen Klappe sonst nie stillsteht.

»Was ist?«

»Freddy ... «, Matschen Hein räuspert sich, »Freddy ... die haben ihn ... haben ihn totgeschlagen.«

Stille.

»Da geht dieser Arsch noch mal zurück, damit jeder sein

dämliches Gesicht sieht.« Ole nimmt die Füße vom Tisch und stützt seinen Kopf in beide Hände. »Wenn er nur annähernd soviel in der Birne gehabt hätte wie er laut war ... «

»Freunde, das Leben geht weiter. Jetzt werden wir in fröhlicher Erinnerung an ihn sein Geld unter uns aufteilen. Und das macht rund 15 Mille für jeden von uns.« Hannes schürzt die Lippen, »ein verdammt strammes Sümmchen.«

Ole wird zum Geldverwalter bestimmt. Er nickt: »Mach ich.« Und was sagt der lange Hannes noch? »Mit Verlusten mussten wir rechnen.« Ist richtig. Aber solche Sprüche heben die Stimmung nicht. Auch Matschen Hein sagt was, was sehr Vernünftiges sogar: »Wir müssen uns eine andere Bar suchen. Wenn die dahinter steigen, dass wir hier bei Elke öfters ... « und er schiebt den Daumen zwischen Zeige- und Mittelfinger ... »dann haben die uns schon bald am Arsch.«

»Ja, ja.« Ole starrt auf den Tisch, »daran habe ich auch schon gedacht. Fragt sich nur welche Bar, – und viel wichtiger, wer fährt uns? Die Taxis hier in Hamburg können wir nämlich vergessen. Auf jeden von uns hat man längst eine Prämie ausgesetzt. Jedem Taxifahrer fünf Riesen, wenn er einen unserer Truppe diesen Piffern vor die Füße karrt. Daran hat vorher keiner gedacht, ich auch nicht, weil der Plan toll war und wir allesamt geldgierig. Scheiße aber auch!«

»Und wenn uns keiner erkannt hat?«

»Die haben, verlass Dich drauf.«

»Dann müssen wir uns eben einen Fahrer suchen, der mit seinem Wagen jedem von uns zur Verfügung steht.«

»In diesem Moment bin ich so weit zu sagen, dass jeder käuflich ist, jeder, auch ein potenzieller Fahrer.«

Ole ließ den Kopf hängen. Selbst sein Grundsatz, nach jeder großen Tat einer schönen Frau in die Hose zu gucken, hatte heute Pause. Die Geschichte mit Freddy hatte seine an sich immer fröhliche Natur gnadenlos eingetrübt.

»Ob Freddy gesungen hat?« Einer sagt, was allen schon die ganze Zeit durchs Gehirn spukt.

Matschen Hein denkt sofort praktisch: »Hoffentlich hat der erste Schlag ihm sofort das große Maul gestopft, sonst ... sonst gute Nacht Emma!

»Ich schlage vor, dass sich jeder nach Hause durchschlägt; irgendwie, zu Fuß oder so. Was meint Ihr?«

»So sehe ich das auch. Und deshalb hauen wir jetzt ab, jeder für sich, im fünf Minuten Abstand. Matschen Hein, Du machst den Anfang.« Ole öffnet die Tür einen Spalt, schaut in den Barbereich, ob die Luft rein ist ... zwinkert der Elke zu.

Sie kommt, süß sieht sie aus, und ganz kurz blitzt es in Ole auf. Nein! – heute nicht und in den nächsten vierzehn Tagen auch nicht. »Was ist eigentlich los mit Euch?« Sie setzt sich auf Oles Schoß und drückte eine Zigarette in den Ascher. »Was ist passiert? Habt Ihr puren Essig gesoffen, oder kommt Ihr von einer Beerdigung?«

»Ja, so was ähnliches. Zur Sache, heute ist nichts mit Trallala, in ein paar Minuten sind wir weg. Hier sind Fünfhundert, die beiden tun noch was dazu, als Entschädigung. Elke, tschüss, bis dann!« Er macht es kurz, will erst gar keine Gefühle aufkommen lassen.

»Mensch, Lumpi! So kenn ich Dich gar nicht, aber wenn es sein muss«, sie drückt ihm einen Kuss auf den Mund. »Bleib lieb ... und komm wieder«, sagt sie leise und ahnt, dass es sobald nicht sein wird. Sie tippelt davon, dreht sich noch mal um: »Macht's gut!« Die Stimmung riecht plötzlich nach Abschied.

Matschen Hein knöpft die Jacke zu, setzt die Mütze auf. »Tschüss, Freunde! Man sieht sich die Tage.« Wohl ist ihm nicht, wie seine Kumpel ihm anmerken. Beim Hinausgehen versucht er noch, Gitti zu sehen. Vergebens. Sie scheint beschäftigt. Wenn Ole nicht so bestimmt zum Aufbruch gedrängt hätte,

hätte er ihr lieber einen verzimpelt … . Er denkt nicht weiter, schließt die Tür hinter sich und steht auf der Straße. Ein kühler Wind empfängt ihn. Er bläst ihm fast die Mütze vom Kopf. Ansonsten ist es ruhig, keine Menschenseele ist zu sehen. Ja, noch nicht einmal *ein* Auto lärmt durch das Viertel.

Eine halbe Stunde Fußmarsch liegt vor ihm. Und der endet an der nächsten Straßenecke: Zwei Baseballschläger treffen seinen Kopf mit brutaler Wucht und lassen ihn wie einen faulen Kürbis auseinanderplatzen. Aus! Man untersucht seine Taschen und findet ein Handy, eine Geldbörse mit 'nem Hunderter und etwas Kleingeld, sonst nichts Wichtiges. Jetzt hebt einer der Täter das Gitter eines Kellerfensters hoch – »Los, rein mit dem verdammten Arsch« – einer trampelt noch mal nach, weil der elende Hund nicht reinpassen will und legt das Gitter wieder auf. »Fertig! Das war der zweite. Warten wir auf den nächsten.«

»Und wenn der in die andere Richtung geht?«

»O.k., übernimm Du die Ecke da hinten, ich bleib hier, los, beeil Dich!«

Nun hat Ole von seinem Karatelehrer, einem Türken ja einiges gelernt, u.a. auch mit Situationen wie dieser fertig zu werden. Er weiß nicht, *ob* einer hinter der nächsten Straßenecke steht und auf ihn wartet, nein, er geht davon aus, *dass* ihm jemand auflauert. An der übernächsten Ecke wird Ole sich genau so verhalten wie an jeder weiteren Ecke. Die dauernde Anspannung kostet Nerven, keine Frage, aber besser die Nerven strapazieren als ein paar Sekunden nicht aufgepasst haben und im Krankenhaus landen oder gar 2000 mm unter der Erde. Vor Monaten kam Ole mit einem ehemaligen Steiger ins Gespräch. Und was sagt dieser Mann aus dem Ruhrpott? »Junge, merk dir eins: Sicherheit geht vor Kohlenförderung, denk dran.« Er arbeitete auf der Zeche Zollverein und wusste als Bergmann, wovon er sprach.

Ole denkt dran, auch jetzt, nachts zwischen drei und vier. Er geht mit gleichbleibender Schrittgeschwindigkeit dicht an der Wand vorbei auf die Ecke zu, sieht den Mann mit erhobenem Baseballschläger, dreht sich blitzschnell wie eine Katze unter den Schlag hindurch, fasst den Mann in den Schritt, quetscht ihm mit einem Griff die Hoden zu Brei. Der Mann ringt nach Luft, krümmt sich, bäumt sich wieder auf. Sein langgezogener tierischer Schrei hallt durch die Straßenschluchten und dann – hört man nur noch das schwächer werdende Echo. Ole hat ihm mit einem Handkantenschlag das Genick gebrochen. Der Mann rutscht gegen die Hauswand. Sein Kopf liegt auf der rechten Schulter, als würde er nicht zu ihm gehören.

Ole eilt zurück und sieht, wie der lange Hannes soeben ‚Elkes Etablissement‘ verlässt. Er legt einen Schritt zu, erreicht ihn und spricht leise, aber bestimmt auf ihn ein: »Nicht so schnell, Hannes. Ich gehe mit, und wir gehen exakt im Gleichschritt hintereinander. Du hinter mir und zwar sofort!«

»Warum?«

Ole wischt mit der Hand durch die Luft: »Nachher!«

In diesem Gänsemarsch nähern sie sich der nächsten Straßenecke.

Der fremde Schläger sieht jemanden kommen … oder sind es zwei? Nein, doch nur einer! Bei der miserablen Straßenbeleuchtung kann er das nicht sicher ausmachen. Sein Kumpel ist es jedenfalls nicht, das weiß er genau. Der geht anders, seitdem man ihm in den linken Unterschenkel geschossen hatte. Ob er es war, der vorhin so unheimlich geschrien hat, fegt es plötzlich durch sein Gehirn, und er zieht es vor, zunächst einmal in einer Toreinfahrt auf der anderen Straßenseite zu verschwinden.

An der Ecke macht Ole einen Satz nach vorne – nichts, die Luft ist rein, und die zwei überqueren unbehelligt die Seitenstraße. Sie gehen weiter wie eben im Gleichschritt – und drängen sich Hals über Kopf in einen Hauseingang. Verdammt, dieser rasende Polizeiwagen! Ohne Blaulicht hätten sie ihn noch nicht einmal erkannt und wären den Bullen voll in die Arme gelaufen. So ein Mist aber auch, verfluchter! Der Wagen fegt vorbei. Hannes wischt sich mit der Hand durchs Gesicht: »Mensch, Ole, haben wir ein Schwein gehabt, das war knapp.« Ole nickt, versucht durch gleichmäßiges Atmen den Puls zu beruhigen und wagt vorsichtig einen Blick zum Polizeiwagen, der quer auf der Straße steht. Mehr und vor allem Genaueres sieht und hört er nicht, drückt seinen Kumpel mit einem Mal, so weit es geht, in den Hauseingang zurück. In den Häusern gegenüber sind nämlich einige wach geworden, liegen in den Fenstern und schauen sich das nächtliche Theater unten auf der Straße an. Wenn sie wüssten, dass gegenüber …

Inzwischen wird an der Straßenecke hinter Elkes Etablissement eine Leiche in die Blechwanne gelegt, zugedeckt und in einen Leichenwagen geschoben. Und während die Polizei noch mit der Spurensicherung beschäftigt ist, wird der zweite Tote in dem Kellerschacht gefunden und wieder müssen Spuren gesichert werden. Über Funk wird noch ein Leichenwagen angefordert. Alles Routine. Mühe dagegen haben die Polizisten mit der Nachbarschaft, die geweckt vom Tatütata, vom Blaulicht, sich teils im Schlafanzug oder Nachthemd immer weiter vorschiebt, weil es in dem trostlosen Viertel endlich mal was zu sehen gibt. Dazu noch was ganz ‚Schlimmes‘, von dem sie in den nächsten Stunden den lieben Nachbarn erzählen können, natürlich total überzogen erzählen können.

Aber der lange Hannes und Ole sehen zwar das Blaulicht, scheinen aber ansonsten das Glück gepachtet zu haben, so scheint es. Denn nach einer halben Stunde wird in einem Haus oben rechts schließlich das letzte Licht gelöscht, und nur noch die Straßenlaternen stehen mit blassem Schein in der feuchten Nachtluft. Die zwei Freunde Ole und Hannes warten allerdings, bis auch die Blaulichter verschwunden sind. Jetzt verlassen sie den Eingang und gehen weiter wie vorhin, im Gleichschritt hintereinander. Es ist kühl, der lange Hannes schlägt den Kragen hoch. »Noch 'ne halbe Stunde laufen? Soll'n wir nicht 'ne Taxe nehmen? Ich kriege sonst Plattfüße.«

»Nix, Frischluft tut gut!«

Sie gehen Inzwischen durch einen Stadtteil, in dem man, wie man so sagt, nicht begraben sein möchte. »Hier, in *dem* Viertel wohnst Du?«, fragt Ole ungläubig, der ja in einer Supergegend zu Hause ist.

»In zehn Minuten sind wir da. Aber hier in der Gegend wohn ich, wegen der billigen Miete und *viel* wichtiger, hier vermutet mich keiner, hier, wo überhaupt nix los ist. Die meinen alle, ich würde direkt neben der Reeperbahn wohnen, mitten im Rummel, von wegen, hier in 'nem Altbau, oben im dritten Stock. Die Olle von nebenan, die kocht für mich, dafür muss ich mit der ins Bett steigen. Vielleicht nachher noch, aber morgen bestimmt wieder, als Bezahlung – verstehste?«

»Ja, ja, wie alt ist das Schmuckstück denn?«

»Ich glaub, fünfundvierzig oder so, vielleicht ein, zwei Jahre älter, aber mehr nicht.«

»Das geht ja noch.«

»Sag' ich auch.«

Vor einem vierstöckigen Haus aus den dreißiger Jahren verabschieden sich die Freunde. Der lange Hannes ist zu Hause. Und Ole? Bestellt doch ein Taxi, weil er jetzt alleine unterwegs ist – mit 400.000 Euro! Am Zielort zahlt er, steigt aus. Und während der Taxifahrer die Schreibarbeit erledigt, Fahrt und km-Stand notiert, verschwindet sein Gast hinter einem Gebüsch. Wohin? Der Taxifahrer wundert sich, dreht eine Runde, leuchtet mit den Scheinwerfern die Gegend ab – nichts! »Unheimlich«, meint der und gibt Gas.

Hinter dem gemütlichen Restaurant ‚Zum Moorkater' hält ein Mercedes-Kombi. Fahrer und Beifahrer steigen hastig um in einen roten Renault-PKW, dessen Fahrer sofort wendet und mit Vollgas zur Hauptstraße zurückfährt.

Ein unbekannter Anrufer macht die Polizei auf dieses Fahrzeug aufmerksam und keine Stunde später wird der abgestellte Kombi auf einen Tieflader der Polizei gezogen. Der Laderaum dieses Fahrzeugs birgt das nackte Grauen. Ein blutiges Bündel Mensch, dessen Arme und Beine zusätzliche Gelenke zu haben scheinen. Der Kopf steckt in einer Plastiktüte, aus der Blut tropft. Die Polizisten sind den Anblick von Leichen gewöhnt, aber so was wie diese hier haben nur wenige gesehen, die Jüngeren schon gar nicht. »Der Mann wurde gefoltert«, resümiert ein Älterer, »man wollte ihn sicher zum Sprechen bringen, so wie der arme Teufel aussieht. Ob er was gesagt hat oder, was kaum anzunehmen ist, den Mund gehalten hat, wissen wir nicht. So oder so, man hat ihm erst die Knochen gebrochen und ihn schließlich und endlich kaputtgeschlagen – und das in unserem vornehmen Hamburg!« Er wendet sich angewidert ab. »So, Kameraden, wir überlassen jetzt das Feld unseren Kollegen von der Kripo und den Medizinmännern – Abfahrt!«

In einem piekfeinen dunkelblauen Anzug verlässt der angesehene Makler Hanns Hansen alias Karate Ole am darauffolgenden Tag seine Wohnung. Im Vorübergehen nimmt er die Zeitung aus dem Briefkasten, wirft einen Blick auf die erste Seite und geht weiter. Mord! Auf der ersten Seite hat er etwas von Mord gelesen. Im Wagen schlägt er die Zeitung auf:

MORD!
In der vergangenen Nacht wurden im Stadtteil Altona zwei Männer unweit voneinander erschlagen aufgefunden. Von den Anwohnern alarmiert konnte die Polizei in einer

sofort eingeleiteten Fahndung einen Verdächtigen festnehmen. Er war mit einem Baseballschläger unterwegs.

Ferner wurde im Stadtteil Moordeich auf einen anonymen Anruf hin in einem PKW-Kombi eine grausam zugerichtete Leiche entdeckt. Näheres ist noch nicht bekannt.

Klar, die beiden aus Altona sind Matschein Hein und der von ihm ausgeknipste Schlägertyp. »Der lange Hannes, das tut mir leid.« Hansen sagt es laut, faltet die Zeitung langsam zusammen und legt sie auf den Beifahrersitz. »War ein netter Kerl.«

Einen Namen nennt die Zeitung nicht, aber Hansen ist davon überzeugt, dass es sich bei dem Toten im Auto um den langen Hannes handelt, und *er* nun der einzige ist, der den Raub des Pokergeldes zumindest bis zu dieser Stunde überlebt hat.

Das Wetter passt zu seiner Stimmung. Trübe ist es, und es nieselt. Der Scheibenwischer schmiert mehr, als dass er für klare Sicht sorgt. Hansen fährt nicht weit; nach noch nicht einmal zwei Kilometern fährt er rechts ran und parkt seinen Wagen. Er wirft den Anorak über, geht zu Fuß weiter zur nächsten Telefonzelle, wirft Geld ein und wählt. Als Lissi sich meldet, stellt er sich mit Franz vor, aber sie weiß sofort, wer am Telefon ist. Und ‚Franz‘ kommt auch gleich zur Sache: »Lissi, Deine fünf Prozent habe ich auf zwanzigtausend aufgerundet. Und die gleiche Summe lege ich noch mal obendrauf. Das Paket mit dem Geld sieht aus, als käme es aus einer Großwäscherei. Ein Taxi bringt es heute Abend zwischen acht und halb neun. – Und noch etwas, Lissi, und darum bitte ich Dich ganz eindringlich, wenn einer nach dem vierten Mann fragt, sage ihm – nach kurzem Nachdenken versteht sich, Du weißt ja, wie man so was macht – es sei der Bremer gewesen. Du kennst ihn, das ist der mit dem unterernährten Gehirn. Dass meine Kumpel tot sind, hast du sicher schon gehört.«

»Ja, ich hab's gehört – und danke, mehr kann ich jetzt nicht sagen«, flüstert sie, »und tausend Küsse – pass auf dich auf.«

»Schon gut, tschüss Lissi!«

Ähnlich verläuft das Gespräch mit Elke. Das für sie bestimmte Paket ist zwanzigtausend Euro schwer. Zehn für Gitti extra. Auch Elke bittet er das Gerücht zu streuen, der unterbelichtete Bremer sei der vierte Mann gewesen. Mehr kann Hansen im Moment für sich als Ole nicht tun.

Die Rettungsaktion in eigener Sache hat auch ihr Gutes, nüchtern betrachtet: Sie kostet ihn nicht einen Cent. Dieser Nebenaspekt versöhnt ihn schon fast wieder mit dem Drama – und den Mädchen gönnt er die ‚paar‘ Euro mehr in der Tasche. Irgendwann werden sie ihm jeden Euro versüßen.

Keine zwölf Stunden nach Hansens Telefonaten wurde eine Leiche aus dem Hamburger Hafen unweit des Liegeplatzes des Museums-Frachtschiffes ‚Cap San Diego‘ gezogen, die zweifelsfrei als der steckbrieflich gesuchte Oskar Macheska – genannt der Bremer – identifiziert wurde. Die Obduktion ergab, dass man ihm mit einem stumpfen Gegenstand den Schädel eingeschlagen hatte.

.-.-.-.-.-.-.

Vom Spätsommer bis in den Herbst hinein werden in froher Erwartung der Lüste die Clubkassen geplündert, und Busse und Bahnen karren nun Kegelclubs und Gesangvereine aus der ganzen Republik und sogar aus den angrenzenden Benelux-Ländern zu den Hochburgen der rheinischen Fröhlichkeit. Die Parkplätze sind hoffnungslos überfüllt wie die Kneipen, in denen Alkoholika reichlich fließen, die die Heiterkeit und Lust auf Zweisamkeit so richtig anheizen. Die Wirte sind zufrieden, die Finanzkassen auch. Nur die Einwohner in unmittelbarer Nachbarschaft des Vergnügens beklagen sich immer wieder über den unausstehlichen Lärm. Ihr Protest ist laut – und dennoch vergebens.

Und mittendrin Hanns Hansen. Er hatte vom Trubel am Rhein gelesen und wurde nicht enttäuscht. In einer überfüllten Kneipe war eine Schönheit sofort seiner Meinung, die total verbrauchte Kneipenluft mit der im Freien, am besten mit der im Kurpark zu tauschen.

Die Bänke im Park mussten an diesem Abend viel aushalten. Auch die Bank stöhnte hin und wieder, auf der Hansen und seine Flamme … Aber irgendwas geisterte durch Hansens Gehirn und ließ ihn nicht so ganz bei der ‚Sache‘ sein. Denn während seines Ganges durch die Stadt Bad Breisig heute Mittag hatte er am Ende der Bachstraße eine Stelle entdeckt, die sein Vorhaben in Sachen Eisenbahn fast perfektionierte. Nur eine Kleinigkeit fehlte noch, für den Start dieses Projektes gewissermaßen.

Seine Flamme hampelte auf einem Bein rum, zog wieder das Höschen an, denn es wurde Zeit, ihr Bus startete pünktlich um 23 Uhr. Hansen begleitete sie noch zum Bus, verabschiedete sich mit einem dicken Kuss. Winken – das war's.

Es war kurz vor Mitternacht, als Hansen den Bahnsteig 2 Bahnhof Bad Breisig betrat. Der Fahrplan zeigte keine Zugbewegung an, auf durchfahrende Züge musste er dennoch achten. Das wusste Hansen. Er zog die Latex-Handschuhe an und hoffte nun zu finden … nervös sprang er hinunter ins Gleis, leuchtete mit einer kleinen Taschenlampe die Schienen ab und fand nach wenigen Metern schon, was für sein Vorhaben von großer Wichtigkeit war, nämlich den Namen der Schiene: UIC 60.

»Was machen Sie denn unten im Gleis? Kommen Sie sofort

da raus!« Verdammt! Er hatte den Mann weder gesehen noch gehört, so sehr war er mit der Schiene beschäftigt. Gereizt hechtete er hoch auf den Bahnsteig, ging sofort den Mann an und schlug zu. Der Mann fiel auf die Bahnsteigkante, seine Brechstange polterte Meter weiter auf den Bahnsteig. Hansen schob sie mit dem Fuß zurück auf die Bahnsteigkante, zog die Handschuhe wieder aus und verließ gelassen den Bahnsteig 2.

.-.-.-.-.-.-.

Kriminalkommissarin Sabine Fischer-Hoechst betrat wie jeden Morgen als erste die Abteilung K11 der Zentralen Kriminalinspektion im Polizeipräsidium Koblenz. Was nun folgte war reine Routine, und in Gedanken war sie stets zwei Schritte weiter bereits mit anderen Dingen beschäftigt. Im Stehen überflog sie einige regionale und überregionale Tageszeitungen, schnitt relevante Artikel aus und legte sie dem Chef zum Terminkalender. Dazu Ausdrucke neuer Eingänge aus dem Computer. Was noch? Schließlich war sie für tausend Dinge ‚zuständig‘.

Der Chef der K11, der Erste Kriminalhauptkommissar Alexander Hauschild war wie immer äußerst pünktlich. Seine Sekretärin Sabine Fischer-Höchst kannte die Gewohnheiten ihres Chefs, wartete drei Minuten, bevor sie sein Büro, den Salon wie er genannt wurde, mit einem fröhlichen »Guten Morgen, Alexander« betrat. Sie war die einzige übrigens, die mit ihrem Chef per Du war. Alle anderen sprachen ihn respektvoll mit ‚Chef‘ oder ‚Herr Hauschild‘ an.

Sabine erinnerte sofort an die Termine des Tages: »Alexander, um neun beim Oberstaatsanwalt Dr. Beckstein, um zehn bei den Wirtschaftsleuten. Dann erinnere ich an die Sitzung um 11 Uhr 30 beim Oberbürgermeister, an die Vollversammlung

15 Uhr und an den Kleinen Kreis 16 Uhr 45. Und wenn – ich sage *wenn* alles gut geht, sind wir heute mal ausnahmsweise pünktlich zu Hause.

»Sabine, in der Zeitung stand, dass die Kriminalitätsrate zurückgeht. So gesehen haben wir gute Aussichten. »Was ist das denn? Ich sehe hier … den Artikel … aus der Rhein-Zeitung … «

Grausiger Fund am Bahnhof von Bad Breisig
Gestern früh wurde am Ende des Bahnsteigs 2
ein toter Bahnarbeiter aufgefunden. Wie die
Untersuchung ergab, berührte ein vorbeifahrender
Zug seine geschulterte Brechstange, riss sie mit
und zertrümmerte das Genick des Mannes.
Er war sofort tot.

»Schon seltsam, Sabine, sehr seltsam sogar. Lass Deinen guten Draht zu unseren Kollegen glühen und versuche, die Akte zu bekommen. Und wenn Du sie hast, kopiere sie von der ersten bis zur letzten Seite, dann sehen wir weiter.«
»Wird erledigt!«

.-.-.-.-.-.-.

Sie lag bereits zwei Stunden später auf seinem Schreibtisch und jetzt, nach Feierabend zu Hause auf dem Küchentisch. Seine Frau verstand die Welt nicht mehr: »Alex, Du hast Feierabend, Du musst abschalten! Lass doch die Akte da, wo sie hingehört. Morgen ist … «
»Ja, ja, nur eben den Lars anrufen«, fiel er ihr ins Wort.
»Dieser Mann ist einfach nicht zu belehren!« Richtig sauer verließ sie die Küche.
»Alexander, Tag Lars.«

»Alex, sei gegrüßt. Die Tage noch haben wir von Dir gesprochen. Wie geht's?«

»Zur Zeit kommt es knüppeldick. Arbeit so reichlich, dass ich eine Sache an Dich abgeben möchte. Wie sieht's aus?«

»Worum geht es?«

»Nicht am Telefon, bei einer Tasse Suppe vielleicht? Hier bei uns in der Kantine?«

»Und wann?«

»Morgen – zwölf Uhr?«

»Schon gebongt.«

»Lars, ich mach's kurz. Reden können wir morgen, aber danke sage ich jetzt schon. Grüße an Natalie, gute Fahrt und tschüss!« Knacken in der Leitung. Stille.

Als Lars Atorf am nächsten Tag das architektonisch schlichte Gebäude der Polizeidirektion betrat, kam ihm Hauschild schon entgegen. »Lars, willkommen. Du bist pünktlich wie die Maurer.«

»Alex, danke und was die Pünktlichkeit angeht, fast ein Wunder bei dem Autoverkehr.«

»Ich kenne das Elend. Dafür werden wir jetzt entschädigt, denn die Chefköchin hat extra für uns eine besonders gute Bohnensuppe gekocht«, sagte er augenzwinkernd.

Sie gingen nicht flott wie gelernte Kellner, sondern um Balance bemüht langsam zum reservierten Besucherplatz und stellten die vollen Teller unbeholfen auf den Tisch. »Ich werde das nie lernen«, sagte Hauschild und war froh, dass er wie auch sein Freund, ohne etwas zu verschütten, den Tisch erreicht hatte. Am Nebentisch klappte es nicht ganz so gut. Ein Besteckteil schepperte laut auf den Boden. »Ich hol ein neues«, sagte einer und schob den Stuhl quietschend über den Steinboden.

Gleich zu Beginn des Essens und nach dem üblichen ,wie geht's? konnte Hauschild seine Frage nicht mehr zurückhalten. »Lars, ich möchte Deine Meinung hören, aber zuerst der vermeintliche Sachverhalt. Auf dem Bahnsteig 2 Bahnhof Bad Breisig hat man einen toten Bahnarbeiter gefunden. Nach Sachlage hat man einen tödlichen Unfall rekonstruiert. Danach ging dieser Mann mit einer geschulterten Brechstange Richtung Koblenz. Ein Zug, ebenfalls nach Koblenz unterwegs, hat die Brechstange erfasst, sie mitgerissen und dadurch das Genick des Mannes zertrümmert. Meine Frage: Ist so etwas grundsätzlich möglich?«

»Ja!«

Hauschild sah ihn erstaunt an: »Ach! Du sagst *spontan* ja?«

»Richtig. Als frischgebackener technischer Bundesbahn-Inspektor zur Ausbildung, – mehr Titel war nicht«, lachte Atorf, »hatte ich im Verschiebebahnhof Hohenbudberg am Niederrhein zu tun, ein riesengroßer Bahnhof, den es schon lange nicht mehr gibt. In diesem Bahnhof fanden wir zwischen zwei Gleisen einen toten Bundesbahn-Arbeiter, Todesursache exakt wie von dir beschrieben.«

»Keine Zweifel?«

»Keine!«

Dennoch, mein lieber Lars, tu mir den Gefallen und studiere die Akte. Ich werde das Gefühl nicht los, dass hier irgendwas nicht stimmt. Ich habe die komplette Akte als Kopie vorliegen. Meine Sekretärin bringt sie gleich, in eine Tageszeitung gehüllt, du verstehst warum. Schau Dir die Fotos an, lies die Berichte und Protokolle und ruf mich an. Ich gebe Dir eine Woche Zeit – einverstanden?«

»O.k.«.

Als die Freunde sich im Foyer des Polizeipräsidium verabschiedeten, war es fast halb zwei. Früh genug, um sich die Stelle anzusehen, an der der Bahnarbeiter verunglückt war.

Nun muss man sich erst einmal aus der Stadt Koblenz hinauswinden, aus der Universitäts- und Garnisonsstadt, aus der

Enge zwischen Rhein, Mosel und Hunsrück. Zwischen den Massen der Autos die richtige Straße suchen, die Spur auf die B9 Richtung Bonn finden. Und wenn man das als Fremder geschafft hat, darf man sich selbst auf die Schulter klopfen.

Auf dem kleinen Platz neben dem Bahnhofsgebäude Bad Breisig parkte er seinen Wagen, stieg aus … und stand im Müll. Zigarettenkippen. Irgendwer hatte den übervollen Ascher seines Autos hier entleert, die Behältnisse eines Fastfood-Ladens gleich hinterhergeworfen, leere Flaschen auch noch. Am Zaun war ein Drahtesel angekettet, wie er aussah, seit Jahren schon. Im Aufgang zum Bahnsteig 2 und nicht nur hier waren die ‚Kunstwerke‘ der Graffiti-Sprayer zu sehen. Mit ‚faire l'amour? – tres beau!‘ brachte einer seine reichen Französischkenntnisse an die bereits vollgeschmierte Wand. Diesem und anderen Schmierfinken gehört mal kräftig was auf die Glocke, mehr nicht.

Weiter zum Bahnsteig 2, an dem die Züge Richtung Koblenz halten oder vorbeirasen, je nach Zuggattung. Die Unglücksstelle am Südende des Bahnsteigs war schnell gefunden, denn die von der Polizei seinerzeit markierten Stellen waren immer noch deutlich zu sehen und kennzeichneten die Lage des Verunglückten und die der Brechstange. Atorf lehnte sich an einen Laternenmast und versuchte sich vorzustellen, was in der Nacht wohl geschehen sein könnte. Der Markierung und den Fotos in der Akte nach lag der Mann bäuchlings auf der Bahnsteigkante. »Unmöglich«, sprach Atorf ins Diktiergerät, »der Sog eines Zuges alleine schon hätte den Mann unter die Räder gerissen und nicht, wie hier zu sehen auf die Bahnsteigkante geworfen. Und die Brechstange! Auch sie hätte den Mann unweigerlich gegen den Zug gedrückt. Also schon zwei Punkte, die gegen die Polizeiakte sprechen. Und noch etwas: Wenn der Zug die Brechstange auch nur leicht touchiert hätte — wenn! — dann wäre sie durch die Luft gewirbelt und irgendwo gelandet, aber bestimmt nicht zehn Meter weiter ebenfalls auf der Bahnsteigkante. Sieht aus wie hingelegt. Bereits der dritte Punkt! Nachhören, welcher Lokführer eines welchen Zuges den Verunglückten um wieviel Uhr gesehen hat. Außerdem möchte ich wissen, was dieser Mann hier überhaupt zu suchen hatte. – Ende.« Vielleicht stand es ja auch in der Akte, das war sogar anzunehmen, dennoch konnte Nachhören nicht schaden. Er klappte den Zollstock auseinander, nahm noch einige Maße, trug sie in einer Skizze ein und verließ nach einer halben Stunde den Unglücksort Bahnsteig 2 Bahnhof Bad Breisig.

Im Auto blätterte er in der Akte und fand auf Anhieb die Adresse des Toten. Er hatte keine zwei Kilometer weiter in Niederlützingen gewohnt. Also starten, über die B9 war dieser Ort in zwei Minuten zu erreichen.

»Frau Markowski ist zum Einkaufen nach Breisig«, wusste der Nachbar, der dabei war, den Bürgersteig zu fegen. »Kann ich ihnen helfen?«

»Ja … vielleicht … Ihr tödlich verunglückter Nachbar … kannten Sie ihn näher?«

»Was heißt näher, er war mein Nachbar und Kegelbruder.«

»Ach … Kegelbruder … war er ein guter Kegler?«

Der Nachbar stellte den Besen an die Wand. »Der Hans-Hermann? Er war der Beste. Der holte den rechten Bauern bei Nacht und besoffen.«

»Donnerwetter! Dann muss er aber Linkshänder gewesen sein!?«

»Richtig! Auf die linke Seite kam er auch, aber nicht ganz so sicher, aber auch. Ja, ja, unser Hans-Hermann … «

»Was ist denn Ihre Stärke?«, wollte Atorf noch wissen, obwohl ihn die Keglerqualitäten des Mannes überhaupt nicht interessierten.

»Ich? In die Vollen.« Er nahm den Besen wieder. »Wir suchen noch einen neuen Kegelbruder, wissen Sie keinen?«

»Ich höre mich um«, Atorf sah auf die Uhr, »schon so spät, ich muss leider fahren.- Danke für die Auskunft, Herr Nachbar und – Gut Holz, bis die Tage mal.«

»Nix zu danken, tschüss!« Der Kegelbruder hatte ihm, ohne dass er es ahnte, soeben den vierten Punkt gegen die Polizeiakte geliefert.

Jetzt blieb nur das Gespräch mit Hans, einem Bahnhofsmanager. Früher – schon wieder früher – nannte Hans sich Bahnhofsvorsteher. Und heute? Sind eben moderne Zeiten.

Natalie sah ihn mit ihrem Fragezeichengesicht an: »War Dein Gespräch ... «

»Sofort, sofort – nur eben den Hans anrufen« Ihn hetzte er auf die Spur des toten Bahnarbeiters um zu erfahren, welcher Lokführer eines welchen Zuges um wieviel Uhr den Toten gesehen hatte und wohin der Mann auf dem Bahnsteig unterwegs war. Die Antworten auf diese offenen Fragen fehlten noch zu dem Puzzle.

Nun war Natalie ja neugierig und hatte, während ihr Mann mit Hans sprach, längst einen Schluck Rotwein eingeschenkt. »So, Lars, prost! Und nun erzähl, wie war's?«

.-.-.-.-.-.-.

Im Handy-Gespräch mit Hauschild vereinbarte Atorf einen Termin für morgen Nachmittag 16 Uhr. Außerdem bat Atorf zwei Leute bereitzuhalten, einen Links- und einen Rechtshänder, sowie einen Besen. »Einen Besen?«, fragte Hauschild nach. »Ja, einen schlichten, einfachen Stubenbesen.« Er sah im Geiste Hauschild den Kopf schütteln.

Noch am späten Abend meldete sich der Bahnhofsmanager Hans per Handy mit den Ergebnissen seiner Recherche. »Hans,

Moment!« Atorf hielt sein Handy an das Diktiergerät: »So, jetzt kann's losgehen.« Anschließend setzte Atorf sich in eine stille Ecke, hörte das Diktiergerät ab und vervollständigte seinen Bericht, der, das wusste er jetzt schon, die Untersuchung der Polizei auf den Kopf stellen würde.

Vom rechtsrheinischen Bad Hönningen zur B9 auf der linken Rheinseite fährt man am besten mit der Fähre, denn die nächste Brücke überquert den Rhein erst in Neuwied 15 km stromaufwärts. Und über die B9 ist man schnell vor Koblenz. Ab der Moselbrücke stadteinwärts wurde es allerdings eng und langsam. Wie das Navi durch das Straßengewirr in die Altstadt fand, blieb Atorf ein Rätsel. Vor einer rot-zeigenden Ampel stiegen Natalie und Lupinchen schnell aus, kurzes Winken, bis gleich! Grün! Der Fahrer des folgenden Wagens wurde schon unruhig. Auch er – keine Zeit.

Atorf wurde gebeten, etwas zu warten, weil Herr Kriminalhauptkommissar Hauschild noch in einer Besprechung sitzt. Ein junger Beamter reichte ihm eine Broschüre mit dem beruhigenden Titel: ‚Die Polizei in Rheinland-Pfalz – Profis für Sicherheit'. Er blätterte in dem Heft mal vorwärts, mal rückwärts, wartete schließlich im Flur und beobachtete hier die vorbeigehenden Leute … interessant, wo mag der eine wohl arbeiten und als was? Und der Dicke in der etwas zu langen Hose? Die meisten wohl hier im Haus, aber der Schlaksige und die Hübsche in dem superkurzen Rock? Ob auch sie bei der Polizei arbeiten? Nach dreißig Minuten – oder waren es nur fünf? – ging Atorf wieder zurück ins K11.

Und dann kommt Hauschild mit hochrotem Kopf ins Zimmer geschossen. »Lars Entschuldigung, unser Polizeipräsident, Du verstehst.«

Hinter ihm folgen Hackstein und Meier Drei, letzterer bewaffnet mit bestelltem Besen. »Lars, Du übernimmst jetzt das Kommando. Wie geht's weiter?« Hauschild, sehr nervös, sieht ihn fragend an.

»O.k., gehen wir auf den Flur.« Dort angekommen, schildert er den Beteiligten die simulierte Situation: »Meine Herren, wir tun jetzt so, als stünden wir auf dem Bahnsteig 2 Bahnhof Bad Breisig. Die Wand links ist ein Zug. Beide, Bahnarbeiter wie Zug bewegen sich Richtung Koblenz, hier Richtung Fenster am Ende des Flures. Der Besen ersetzt die Brechstange.« Nun wendet er sich an Meier Drei: »Sie haben den Besen bereits, also fangen sie an, schultern den Besen, und gehen nahe an dem Zug – also an der Wand – vorbei Richtung Fenster. Und Alex, du achtest nur auf den Besen, wohin der Besen zeigt. Mehr sage ich nicht. Herr Meier, bitte!«

Meier Drei geht los. Ganz offensichtlich ist er der Rechtshänder, denn er trägt den Besen auf der rechten Schulter.

»Stopp, danke, das reicht. Nun Herr Hackstein bitte.«

Hackstein trägt den Besen auf der linken Schulter, also ist er der Linkshänder. »Zehn Schritte reichen, Herr Hackstein, danke!«

»So, Alex, jetzt bist Du dran. Was ist dir aufgefallen?«

»Ja, zuerst der Meier, seine Brechstange zeigte zur Wand, sprich zum Zug hin. Sie hätte den Zug berühren können. Die Brechstange des Linkshänders Hackstein dagegen zeigte zur gegenüberliegenden Wand, der Zug hätte sie nie … « Hauschild stockt, sieht Atorf an.

»Richtig, Alex, der Bahnarbeiter Markowski *war* Linkshänder! Der Zug konnte die Brechstange gar nicht berühren.«

»Und nun?«

»Lies meinen Bericht! Alles spricht *gegen* einen Unfalltod. Ich neige zu der Annahme, dass eine bisher unbekannte Person nachgeholfen hat – die Brechstange war es jedenfalls nicht.«

»Womit hat denn dieser – ich nenne ihn mal Mister X – womit hat er denn zugeschlagen, was meinst Du?«

»Ja, womit ist schon eine Preisfrage.«

»Als wenn ich es geahnt hätte – so eine verdammte Scheiße!«

In dieser Aussage mischen sich Hauschilds Gefühle.

.-.-.-.-.-.-.

Hanns Hansen ist 31 Jahre alt, 181 cm groß mit der Figur eines Sportmannes. Augenfarbe blau, Kopfform oval, Haarfarbe dunkelbraun. Nicht unerwähnt bleiben müssen Abitur mit der Note 1,2 und ein abgeschlossenes Studium der Wirtschaftswissenschaften. ‚Standesgemäß‘ – wie er selbst gerne betont – besitzt Hansen eine großzügige Eigentumswohnung im Blankeneser Treppenviertel mit Blick auf die Elbe. Übrigens – ein Geschenk seiner Eltern zum bestandenen Examen. Zu allem passend trägt er grundsätzlich maßgeschneiderte Anzüge, Hemden und Schuhe und fährt einen tiefblauen 7er BMW. Man kann ihn auch so beschreiben: Er sieht aus wie ein Banker der Wallstreet.

Soweit die Personenbeschreibung des Hans Hansen.

Gelegentlich wandelte er auf alten Pfaden, die ihn an Geschichten erinnerten, die mittlerweile länger als zwölf Jahre zurücklagen. Als wäre es gestern gewesen, besann er sich mancher Szene, wenn er an einem bestimmten Schuppen im Hamburger Hafen vorbei kam. Damals, damals nahm man ihn noch nicht für voll, ihn, den ‚Kleinen mit der großen Fresse‘. Aber der Kleine hatte seine Augen und Ohren überall, und heute noch dachte er an einen Mann, dem die Mädchen total verfallen waren, und der kurze Zeit später tot war, aus dem Koksrausch nicht mehr aufgewacht. Dieser Kerl lag seinerzeit schon vollgedröhnt und blass wie ein Leichentuch auf einer Bank. Die langen Haare hingen in seinem Erbrochenen. Und rundherum gingen die Geschäfte seiner Kollegen lustig weiter, teilten einträgliche Hurenhäuser, Edelschuppen und Sexbuden unter sich auf, obwohl andere das eigentliche Sagen auf der Reeperbahn, auf der ‚sündigsten Meile der Welt‘ hatten. Aber auf das heiße Pflaster wagte sich der ‚Kleine‘ noch nicht, sah sich dafür im Schuppen um, staunte über die Geschäfte, die meist offen getätigt wurden, wie der Waffenhandel z.B.. Und Rauschgift? Gab es frei in allen Qualitäten. Tolle Frauen auch. Und die hatten es dem ‚Kleinen‘ besonders angetan. Die Lydia war so ein Typ. Ihre Glocken waren von extremer Klasse und – sie war außergewöhnlich musikalisch. Sie blies ihm das zweigestrichene Hohe C aus der Kantate sexus sanctus so gekonnt, dass ihm, dem ‚Kleinen‘ eine Stunde später noch die Knie zitterten. Und noch etwas. Sie zeigte ihm, wie das Geschäft auf dem Kiez und auch im allgemeinen mit den Luden, den Zuhältern lief.

Und er lernte auf diesem Gebiet gut und schnell, hatte bereits mit 18 vier supergute ‚Rennpferdchen‘ auf der Straße stehen. Das war bis dato Hansens drei Tage kurzer, dennoch größter geschäftlicher Erfolg und zugleich das bittere Ende, denn er war in seinem Eifer albanischen Zuhältern zu nahe gekommen, und die verpassten ihm eine gehörige Tracht Prügel mit anschließendem mehrwöchigen ‚Erholungsaufenthalt‘ in einem Krankenhaus und mit ihm eine Zeit zum Nachdenken darüber, wie eine Selbstverteidigung aussehen und wie er das gute Abi-Zeugnis für ein Studium nutzen könnte.

Als erstes gewann er den Türken Osman als Karatelehrer, der für ein unglaublich hartes Training bekannt war. Seine Art Karate auszuüben lag darin, Angriffe auf sein Gegenüber gezielt auszuführen, so dass der Gegner mit einem Schlag schwer verletzt – oder gar getötet wurde. Osman war von Hansens Können so etwas von angetan, dass er ihm einen neuen Namen gab, den Namen Ole, Karate Ole.

Nach einem halben Jahr harten Trainings nahm er sein Studium an der Hamburger Universität auf. Aber, wann immer er konnte, trainierte er beim Türken Osman.

An diese Zeit erinnerte er sich, als er an einem bestimmten Schuppen im Hamburger Hafen vorbei schlenderte. Eine leere Cola-Dose bekam einen Tritt, und sie flog bis auf die andere Straßenseite. Einer kam ihm entgegen, könnte der alte Hafenmeister Jan sein? – er war's. »Jan, Moin! Du hast verdammt graue Haare gekriegt. Und?, was machst Du so als Rentner«?

»Ja, ja, ich guck mich immer noch hier um. Du weißt doch, wenn man im Hafen beschäftigt war, kommt vom Hafen nicht mehr los. Und … was machst Du so?«

»Ich bin als Makler tätig … und immer unterwegs.«

»Ich auch. Als Rentner hat man weniger Zeit als vorher, deshalb, ich muss weiter … tschüss, mach's gut mein Junge!«

»Auch so, tschüss, Jan!«

‚Wie kann ich den Banküberfall von heute Morgen nutzen? Wie? Ich könnte der Polizei einen Tipp geben, einen entscheidenden Tipp sogar'. Hansen blieb stehen und schien zu überlegen. Ein Gabelstapler fuhr vorbei, laut. Er hörte ihn nicht. ‚Für 5000 Euro?', sinnierte er weiter, ‚für 5000, die die Bank in solchen Fällen für die Ergreifung der Täter auslobt? Für den miesen Lohn müsste ich mich stundenlang mit der Polizei unterhalten, mir den Zorn der Täter auf den Hals laden, und womöglich sehe ich meinen Namen am nächsten Tag auch noch in der Zeitung? Nein, nein, ohne mich. 5000 – dass ich nicht lache!' Er tippte sich an den Kopf. ‚Und die Räuber haben für ein bisschen Vorbereitung und vor Angst fünf Minuten schwitzen reichlich Bares kassiert. 5000? – einfach lächerlich!'

Ein Taxi fuhr ihn am Abend zu Elke, denn bei Elke hatte er seltsamerweise immer die besten Ideen. Ob es an der süßen Barbesitzerin lag oder an der Hausmarke, am Champagner der Marke Moët & Chandon oder an beiden zusammen war nicht genau auszumachen.

Der Empfang hatte schon fast Orkanstärke. Und in den

Sturmstärken kannte er sich als Hamburger aus. Diesmal war der Sturm gewaltig.

Eine Stunde später saß er hinten links in der Plüschecke. Elke drückte ihm einen Kuss auf den Mund. »Lumpi, was ist los. Irgendwas stimmt nicht mit Dir. Ich kenn' Dich doch«.

»Ich bin, was soll ich sagen, ich bin arbeitslos.«

»Das kann man ändern.«

»Genau das habe ich vor ... pardon, aber was sind das für Vögel, die an der Gitti rumfummeln?«

»Ich kenne sie nicht, sind zum ersten Mal hier. Geld scheinen sie reichlich zu haben, 2000 sind jetzt schon fällig.«

»Aha! Wenn ich nur deren Gesichter sehen könnte. Vielleicht gehören sie zu einer mir bekannten Gang.«

»Geh' zur Toilette, dann siehst du sie.«

»Elke! Dann sehen diese Kerle auch *mein* Gesicht!«

»Richtig. Habe ich nicht bedacht. Aber es geht auch anders, Lumpi, pass' mal auf.« Sie wendete sich zur Theke: »Gitti, soll die Rosi noch zu Euch kommen, ist doch schöner.« Alle drei drehten sich sofort zur Elke hin um und Gitti meinte, dass es nicht nötig sei, wär' auch so prima.«

»Was ist?, Lumpi!« Er hatte plötzlich ein krebsrotes Gesicht. »Elke ... du hast von dem Überfall auf die Deutsche Bank gehört? ... Der rechts von der Gitti sitzt ist einer der Täter ... der links ... sein Gesicht ... habe ich vor der Bank nicht gesehen. Jetzt müsste man wissen, wie sie heißen, besser noch, wo sie wohnen, und wie sie heißen.«

Sie nahm ihn in den Arm ... »Lumpi, bleib geschmeidig, morgen Abend kriegst du beides von mir.«

.-.-.-.-.-.-.

Sabine Fischer-Hoechst stand am Fenster und sah hinunter auf den Parkplatz. Sie telefonierte, still, nickte. O.k., sagte sie, ging zum Schreibtisch zurück, legte den Hörer auf. »Scheiße«. Irgendwas stimmte nicht. Kollege Schmidt warf sein Käsebrotpapier in ihren Papierkorb. »Schmidt«, pfiff sie ihn an, »nimm sofort das stinkige Papier aus dem Korb, aber sofort!« »Ja, ja, ja, reg' Dich nicht auf.« Das Telefon, sie nahm den Hörer » … Fischer-Hö … selbstverständlich, sofort.« Sie ging rüber zu ihrem Chef: »Alexander, Dr. Beckstein, *sofort* anrufen …« Hauschild winkte ab, telefonierte weiter. Meier Drei ging vorbei. Er war der einzige, den sie richtig mochte. Aber im Moment … Der Fernschreiber tickte. Das Telefon wieder. Hackstein kam und bat um einen Titel für die neue ‚Baustelle'. Gegen elf nahm sie ihre Tasche und ging hinunter in die Kantine. Eine Viertelstunde war sie jetzt mit sich alleine, hoffte sie. Aber immer, wie auch jetzt kam ein Kollege, diesmal vom K3. Er hatte nur *eine* Frage …

16 Uhr, K11, Kleiner Kreis. Sitzung im ‚Salon'. Thema: Tod des Eisenbahners. Teilnehmer: Hauschild, Meier Drei, Hackstein, Schmidt kommt noch, z.Zt. bei der Sektion in der Pathologischen, Frau Fischer-Höchst als Protokollführerin. »So, meine Herren, was haben wir bereits?« Sabine Fischer-Hoechst … kurzer Blickkontakt mit Meier Drei … notiert … »Sabine, hat sich K14 schon gemeldet?« »Nein, bis jetzt nicht.« »Hm. Aber jetzt … zur Sache.« Hauschild sieht Meier drei an.

»Viel ist es noch nicht. In Höhe des toten Eisenbahners ist wer durch's Gleis gelaufen, deutlich zu sehen. Warum? Ist die Frage. Die Spurensucher finden bestimmt was. Wir haben aber die Stelle entdeckt, wo der Mann ins Gleis gesprungen ist. Nur, wie hat er das Gleis verlassen? Wir haben es versucht und meinen, dass er sich auf der Bahnsteigkante aufgestützt und dann hochgewuchtet hat – aber Spuren, exakt wo, wissen wir noch nicht, denn … Schmidt kommt.

»Tag«. Er, kilomäßig ganz schön dabei, wirft eine dünne Akte auf den Tisch, setzt sich. »Frau Dr. Siebert ist sich sicher«, berichtet er sofort und ungefragt, »dass der Eisenbahner durch einen Handkantenschlag ins Genick zu Tode kam.« Er sieht in die Runde. Keiner sagt was. Nur Hauschild:

»Hat sie sonst noch etwas herausgefunden?«

»Die Verletzung im Gesicht rührt vom Sturz auf den Bahnsteig her.« »Noch was?« »Nein. Ihr Bericht kommt morgen.«

»Hm. Das Ergebnis ihrer Untersuchung ergänzt den Bericht meines Freundes Lars Atorf. Er hat ja bewiesen, dass es die Brechstange *nicht* war.«

Meier Drei nickt. ,Nicht widersprechen was Atorf angeht‘, denkt er, ,sonst wird der Hauschild wieder fuchtig, schon erlebt.‘ Frau Fischer-Höchst schreibt, sieht ab und zu auf.

»Wir bilden eine Sonderkommission mit dem Titel ,Schiene‘. Ja, der Titel passt. Meier Drei macht den Vorsitz.«

Hauschild sieht auf die Uhr: »16 Uhr 30, jetzt muss ich mich tatsächlich noch beeilen, dieser Oberstaatsanwalt nervt von Tag zu Tag mehr! Er nimmt hastig seine Akten unter den Arm … bis morgen.«

.-.-.-.-.-.-.

Am gleichen Abend, ca. 23 Uhr.

Erwartungsvoll ließ sich Hansen von einem Taxi zu Elke fahren. Die Adressen! Er konnte es kaum erwarten. Aber zunächst musste er Elkes Sturm über sich ergehen lassen, bevor er sich wunderbar ermattet in die Plüschecke hinten links setzen konnte.

»Lumpi, ich gebe einen aus!« Sie setzte sich zu ihm, stellte eine Flasche Champagner auf den Tisch und legte den Zettel mit den Adressen der beiden Kerle von gestern dazu. »Ich weiß wieviel das Trio erbeutet hat. Weißt Du das auch? Nicht? Dann halte Dich fest! 180.000 Euro und ein paar Kleine bar auf die Hand. Sprich 60 Mille für jeden.«

Ole dachte an die 5000, die er bei … er löschte den Gedanken ganz schnell. »Ein satter Lohn für fünf Minuten Schwitzen. Haben die Kerle gestern Abend wenigstens bezahlt?«

»Ja. Über 3000, in großen Scheinen. Der Gitti haben sie noch zusätzlich ein paar Hunderter ins Höschen gesteckt … Jetzt muss ich natürlich das Geld waschen, denn den Banken sind doch sicher die Seriennummern bekannt, was meinst Du?«

»Richtig!«

»Meine ich doch, sonst habe ich schon bald die Kripo hier auf der Matte stehen. ‚Woher haben Sie das Geld?‘ … Höre ich schon die Kripofritzen fragen.« Ihr Lumpi nahm den Zettel mit den Adressen der beiden, … »Kenne ich nicht, weder den einen noch die anderen. Nur das Gesicht des einen habe ich gesehen, sonst … aber diese Vögel werden mich kennenlernen, und zwar … 25 Mille von jedem!«

»Sei vorsichtig, Lumpi! Der eine hatte eine Kanone im Hosenbund! Habe ich selbst gesehen, Gitti auch!«

»Elke, Bangemachen gilt nicht, sagt man. Vielleicht war es ja auch nur so ein billiges Ding aus ’nem Spielzeugladen und …

»Lumpi, danach sah sie nicht aus. Aber, ich habe noch was Neues. Was Schönes. Ich kaufe das Haus zwei Straßen weiter, wir haben darüber gesprochen.« Sie sah ihn an …

»Elke, Gratulation. Immobilien sind immer eine gute Geldanlage.«

»Obwohl, der Mietertrag ist nicht so gewaltig, und die nächste Mieterhöhung macht den Ertrag auch nicht viel besser. Hauptsache jedoch, das Geld ist angelegt, stimmt’s?«

»Elke, das ist richtig. Dennoch, Du kannst die Rendite erhöhen. Ein Bekannter von mir beschummelt seine Mieter seit über 40 Jahren über manipulierte Nebenkostenabrechnungen und ... « »Nein, nein«, unterbricht sie ihn sofort, »meine zukünftigen Mieter sind alte Leute mit kleinen Renten ... und die soll ich? Nein, mein lieber Lumpi, vergiss' Deine Geschichte. Was hältst du von einem wunderbaren Abendessen? Ich habe eine Frau an der Hand, die für unsereins stets den Herd warm hält. Diese wunderbare Köchin lässt ihre herrliche Speise sogar zu uns bringen.«

»Elke – ruf an. Das ist *der* Gedanke!«

.-.-.-.-.-.

Zwei Tage später.

Ole schlich durch eine kleine Straße in der Altstadt. Hausnummer 27. Hier soll der Kerl wohnen, dessen Gesicht er vor der Deutschen Bank gesehen hat? Elke war sich sicher, dass dieser Mann *hier* wohnt. Fast sicher. Könnte auch der andere sein. »Wenn dieser Vogel ein Tintenpisser ist«, flüsterte Ole, »dann müsste er ja bald kommen.« Es war inzwischen 17 Uhr. Er kam – auf einem Fahrrad. Ole erkannte ihn sofort. Das war er, der Mann vor der Deutschen Bank. Vor dem Haus Nr. 27 stieg er ab, stellte das Rad im Vorgarten gegen einen Baum und betrat schließlich das Haus. »Aha«, brummte Ole vor sich hin, der Mann wohnt alleine und wenn nicht, arbeitet seine Frau zu dieser Zeit sicher noch. Muss ich nicht wissen, den Kerl packe ich mir ohnehin irgendwo unterwegs.

Nein, ihm kam ein ganz anderer Gedanke. Die Nachbarin war eine alte Dame, gestern gesehen. Bei ihr klingelte er gegen 11 an, und Frau Mattisen, so hieß die Dame, erzählte ihm, dass der liebe Nachbar heute, es sei ja Donnerstag, also heute sein Stammtischtreffen im ,Zum Grünen Ochsen' hätte, ja, das wüsste sie genau. So um 18 Uhr würde er heute bestimmt wieder das Haus verlassen. »Ach ja«, sie drehte sich noch einmal um, »vor 'ner halben Stunde hat schon einer gefragt, wie er den Nachbarn erreichen könnte, bis dann, tschüss!«

Mehr wollte Ole gar nicht wissen, bedankte sich überschwänglich und nahm sich vor, sich heute Abend in diesem Lokal umzusehen, zumal sich auch noch ein anderer für diesen Mann zu interessieren schien.

Ole sah auf die Uhr: 18 Uhr 31. Vor dem Lokal standen die Raucher, pafften genüsslich und sprachen aufgeregt über das Spiel HSV gegen Schalke am kommenden Samstag. »Die sind alle schlauer als jeder Trainer«, brummte Ole und betrat die gemütlich eingerichtete Gaststätte. Am Tresen waren noch einige Plätze frei. Von einem aus konnte er das Lokal fast vollständig überblicken. Das ihm bekannte Gesicht entdeckte er sofort. Der Mann saß am Tisch neben dem zweiten Fenster. Ob die beiden anderen Männer an diesem Tisch zu dem Überfall-Trio gehörten? Dann würde die Bande hier tatsächlich komplett sitzen. ‚Die sind sich verdammt sicher oder leichtsinnig‘, denkt Ole. »Zum Wohlsein«, der Wirt servierte das bestellte Veltins Pils. Ole dankte, nahm einen Schluck, beobachtete die Leute und seinen Theken-Nachbarn, der sein Handy mit beiden Händen schon fast krampfhaft festhielt. Vielleicht erwartete er … es rappelte, grüne Taste … und Ole verstand kein Wort. Ausländer? Nein, nein. Eher riecht der nach Bulle. Irgendwas lag in der Luft. Ole hatte ein Gespür für solche ‚Wetterlagen‘. Er schob einen fünf Euro Schein unter das zur Hälfte geleerte Bierglas und verließ ruhig das Lokal. Und? Sein Gefühl hatte ihn nicht getäuscht, denn er erreichte gerade die andere Straßenseite, als ein Mannschaftswagen der Polizei vorfuhr, das MEK, das Mobile Einsatz Kommando heraussprang und ins Lokal stürmte – und wenige Minuten später wieder verließ – mit den drei Kerlen, alle in Handschellen.

Im Eingang zum Lokal knubbelten sich die Gäste. Die einen

wollten raus, die anderen rein. Die ganze Szene aufgewühlt von dieser einmaligen Polizei-Aktion. Die einen meinten, es sei eine ‚Tatort‘-Filmprobe, andere sprachen von Realität, und mit diesen und anderen Meinungen kochte die Gerüchtesuppe jetzt schon über. Ole ging die Straße hinunter, bestellte ein Taxi und ließ sich zum Fischmarkt fahren. Das Thema Überfall auf eine Filiale der Deutschen Bank war für ihn vom Tisch.

Dennoch, er hätte zu gerne gewusst, wie die Polizei diesen Kerlen so schnell auf die Schliche gekommen ist – zu gerne.

.-.-.-.-.-.-.

Meier Drei. Er verdankt seinen Namen der Tatsache, dass es im Polizei-Präsidium gleich drei Meier gibt. Da der K11-Meier der Jüngste ist, ist er folglich der dritte Meier, oder Meier Drei. Drei großgeschrieben bitte, darauf bestand er.

Die ‚Soko Schiene‘ sammelte zunächst alle Daten aus dem letzten Vierteljahr, die bezgl. Tod durch Genickbruch in den Datenträgern zu haben waren. Davon fünf bewiesene Hand-kantenschläge, nämlich 2 in Hamburg, einer in Kiel und ein Handkantenschlag ins Genick einer Frau im Südwesten, in Freiburg. Und der Tote in Bad Breisig war der fünfte.

Meier Drei besprach sich mit seinem Kollegen Hackstein über das Vorgehen in Hamburg, denn »irgendwo müssen wir mit unserer Recherche beginnen und treffen dabei mit Sicherheit auf eine Spur, die uns weiterführt«, war Meier Drei überzeugt. Meier Drei und Hackstein kannten sich schon über Jahre, und Meier Drei sah in Hackstein den richtigen Mann, denn er war ein guter, ein erfolgreicher Ermittler, zwar ein gebürtiger Nie-derrheiner, der aber lange Zeit in Hamburg wohnte. *Er* kannte sich in dieser Stadt immer noch bestens aus. »Und, Wim, nimm nicht zuviel Akten mit. Wenn Du was benötigst, scannen wir den Kram und mailen ihn Dir rüber. Ansprechpartner im Hamburger Präsidium ist der Kollege Ostenberg. Ich habe Dich bereits avisiert. Der Mann weiß Bescheid. Und nun … gute Reise.«

»Bernd, danke. Ich halte Dich auf dem Laufenden. Tschüss!«

Der erste Tag in Hamburg war mit dem Studium der Akten belegt. Die erste, die Hackstein aufschlug, behandelte einen Mord. Zunächst hatte der Täter einem Mann schwerste Verletzungen im Genitalbereich zugefügt und schließlich mit einem Handkantenschlag ins Genick getötet. Der Getötete war der Polizei als ,Wasserträger' bekannt, als kleines Licht im Dunkel der Hamburger Unterwelt.

Vom Mörder wusste man so gut wie nichts. Den Spuren nach trug dieser Mann Latex-Handschuhe, als Bekleidung einen dunkelblauen Jogginganzug der Marke ,Nike', wie die Untersuchung einiger fremder Fasern an der Kleidung des Ermordeten durch des BKA ergab. Mit der Einschränkung allerdings, dass diese Fasern nicht unbedingt vom Täter stammen müssen, also bereits vorher an der Kleidung des Toten hätten sein können. Hackstein rief seine Dienstelle in Koblenz an und erfuhr, dass lt. Laborbericht auch der ermordete Eisenbahner im Nackenbereich Spuren von Latex aufwies wie auch im Brustbereich seiner Kleidung. Das war im Wesentlichen schon alles.

Die Zeugenvernehmung durch seine Hamburger Kollegen brachten ihn, den Mann vom Rhein, auch nicht weiter. Die Damen aus der nahen Bar ,Elkes Etablissement' wussten von nichts, las er in den Protokollen. Vom Mord in der Nachbarschaft hörten sie erst einen oder zwei Tage später, und sonstige Zeugen gab es nicht.

»Hm«, brummte Hackstein, »ich fange also auf der untersten Stufe mit meinen Ermittlungen an, und deshalb werde ich heute Abend ,Elkes Etablissement' einen Besuch abstatten.«

.-.-.-.-.-.

23 Uhr 17. Hackstein steht vor dem Haus mit der übergroßen Nummer 45, die man selbst bei totaler Mondfinsternis noch erkennen kann. Er wartet einen Moment, geht jetzt die wenigen Stufen hoch, schellt. Ein kleines Fenster wird geöffnet, eine Dame begutachtet sein Gesicht, schließt das Fensterchen wieder und öffnet die Tür. »Willkommen der Herr, treten Sie ein.« »Danke und guten Abend.« Hackstein steht in der Bar. Hinten links sitzt ein Mann, alleine. In einigen anderen Sitzgelegenheiten haben die Herren zu tun. Am Tresen herrscht Betrieb. Dezente Musik. »Was dürfen wir Ihnen … « »Ich möchte die Chefin sprechen«, unterbricht er die Dame. »Kommt sofort.«

Sieht verdammt gut aus ist Hacksteins erster Gedanke. Einen zweiten gib es nicht, denn Elke reicht ihm die Hand: »Guten Abend, Herr … « »Hackstein, Kriminalhauptkommissar«, stellt er sich vor und zeigt seinen Ausweis. Sie sieht Hackstein an. »Was sucht denn ein Mann aus Koblenz am Rhein hier in Hamburg?«

»Wir ermitteln in einem Mordfall in Bad Breisig, einer kleinen Stadt nördlich von Koblenz.«

»Aha! Und was haben wir damit zu tun?«

»Die Spur beginnt hier in Ihrem Etablissement«, behauptet er, nur wissen, wissen tut er es nicht. Hackstein sieht sie an. Sie wird unsicher. »Sie entschuldigen mich für einen Moment, ein Gast möchte sich verabschieden.« Hackstein sieht sich um, der Mann, der zuvor hinten links in der Ecke saß, steht bereits an der Tür. Etwa so groß wie er, runde bis ovale Kopfform, helle Hose, grasgrüner Pullover, darunter ein weißes Hemd. Die Musik, dazu die laute Unterhaltung an der Theke übertönen die Verabschiedung.

Hätte er zu gerne gehört. Sie kommt zurück. »Wir sollten uns setzen, kommen Sie.« Mit der Aufforderung hat Hackstein gerechnet, geht sofort zu einem kleinen Tisch. Sie sitzen sich jetzt direkt gegenüber. Hackstein sieht ihr Gesicht. »Frau Sonja

Polzerowa, so ist doch Ihr Name?«, sie nickt, »Ihr Gast hatte es aber plötzlich sehr eilig.«

Sie wischt sich nervös eine Strähne aus dem Gesicht. »Ach, was. Er wollte uns schon vor einer halben Stunde verlassen und ... « Eine ihrer Damen kommt und fragt, ob dem Gast etwas angeboten werden kann. »Ja, ein Glas Wasser, bitte.« Hackstein, bescheiden.

»Wir könnten uns auch Champagner bringen lassen ohne Sie bestechen zu wollen, Herr Hackstein.«

»Frau Polzerowa – Sie können es glauben, oder Sie lassen es bleiben – ich bin gänzlich unbestechlich, bin Polizist und habe ein paar Fragen. Und deshalb bin ich hier. Zum Beispiel die: Ganz in der Nähe ihres Etablissement ist ein Mann ermordet worden. Sie haben davon gehört?«

»Ja, einen oder zwei Tage später, genau weiß ich das nicht mehr.«

»Ich vermute, dass sich der Mörder zuvor hier in Ihrer Bar aufgehalten hat.«

»Das kann sein, aber, woran erkennt man einen Mörder, Herr Hackstein?«

»Ja, ja, Frau Polzerowa, wer war denn an dem Abend der Ermordung des Mannes in Ihrer Bar?

Namen, Frau Polzerowa, nur die Namen.«

»Entschuldigung, schauen Sie sich um. Meinen Sie, ich wüsste morgen noch, wer heute hier war und dazu noch die Namen dieser Herren? Einige kenne ich, sicher, auch mit Namen, die Namen meiner Stammgäste, aber sonst ... «

»Das sehe ich ein, Frau Polzerowa. Dennoch, der Herr, der es vorhin so auffallend eilig hatte, war *der* in der Nacht der Ermordung hier in Ihrer Bar?«

Elke Polzerowa wechselte die Farbe, sah ihn mit großen Augen an. »Herr Hackstein ... dieser Mann kommt ... kommt alle Monate vorbei und ... und vorhin sagte er mir ... «

43

»Dass er in zwei bis drei Monaten wieder vorbeikommt«, ergänzte Hackstein ihren Satz.

»Ja, genau, das, das sagte er«. Sie lächelte gequält.

Er sah sie sekundenlang an. »Frau Polzerowa – Sie sagen die Unwahrheit! Sollte ich Ihre Lügen beweisen können, schleife ich Sie vor den Kadi – wegen Behinderung der polizeilichen Arbeit. *Versprochen!*« Hackstein sprach leise, eindringlich, jedes Wort betonend. »Und, bis heute habe ich meine Versprechen gehalten. *Alle!*« Hackstein stand auf. »Ich besuche Ihre Bar noch einmal. Vielleicht fällt Ihnen bis dahin ein, ob dieser Mann … Sie wissen schon. Bleiben Sie sitzen, ich finde den Ausgang alleine. Guten Abend die Dame.« Vollkommen konsterniert sah sie ihm nach.

Sie saß noch Minuten später an dem Tisch und weinte. ‚Was hat denn mein Lumpi in diesem Weindorf am Rhein angestellt?‘ Mord? Sie wollte und konnte es einfach nicht glauben. »Nein!«, sagte sie laut und noch mal »nein, nein, nein!« Gitti kam, nahm sie an die Hand, begleitete die Chefin zu ihren Privaträumen und übernahm für den Rest des Abends die Geschäfte.

Hackstein warf sich in seinen neutralen Polizeiwagen und fluchte wie ein Rohrspatz. »Dieses bildhübsche Scheißweib weiß mehr, als es zugibt. Aber, Mädchen, warte ab.« Er kurvte um den Häuserblock, parkte 3o Meter von ‚Elkes Etablissement‘ entfernt, diesmal auf der anderen Straßenseite. Er stieg aus, zog eine wärmende Jacke über, eine mit dem Logo der Hamburger Polizei. »Ewig muss man mit diesem dämlichen Polizei-Dings rumlaufen. Für eine ganz neutrale Jacke hat die Obrigkeit kein Geld – alles Scheiße«. Hackstein war durch und durch sauer. Er prüfte noch einmal den Sitz seiner P99 und stellte sich in einen Hauseingang gegenüber der Bar.

Was er sah, trug nicht zu seiner Beruhigung bei. Dicke Karossen fuhren vor und die Herren – nicht die Fahrer! – die

Herren wurden an der Türe mit großem Hallo begrüßt, was für Hackstein hieß, dass sie nicht zum ersten Mal diese Bar besuchten. Die Autos fuhren weiter, parkten in Nebenstraßen. Man musste sie nicht unbedingt vor der Bar sehen. Und Taxis fuhren vor, brachten oder holten Gäste ab.

1 Uhr 30. Hackstein verließ seinen Beobachtungsposten gegenüber der Bar und begab sich zu seinem Wagen. Durch ein starkes Fernglas sah er jetzt dem Betrieb zu. Es war inzwischen kurz vor drei Uhr. Ein Taxi fuhr vor, dem vier Männer entstiegen. Einer in einer hellen Hose und einem auffallend grasgrünen Pullover. »Aha! Dieser Scheißer hat seine verdammte Leibgarde mitgebracht.« Hackstein warf das Fernglas auf den Beifahrersitz, startete den Wagen, fuhr die wenigen Meter weiter und parkte jetzt unmittelbar vor dem Taxi. Die Vier waren nicht mehr zu sehen, hatten bereits ‚Elkes Etablissement‘ betreten, als Hackstein ausstieg und zu dem Taxi ging. Er zeigte dem weißhaarigen Taxifahrer seinen Ausweis, ging um den Wagen herum und stieg ein. »Fahren Sie weiter, zweite Straße rechts rein und parken. Der Alte fuhr los. Noch während des Bremsens bat er noch einmal, den Ausweis sehen zu dürfen. Er war vorsichtig. »Selbstverständlich.« »Der Hackstein aus Koblenz. So, so, eine Tante von mir wohnte in Leutesdorf, das ist da in der Nähe … « »Richtig, auf der anderen Rheinseite … aber lassen Sie uns kurz über die vier Gesellen reden, die vorhin vor ‚Elkes Etablissement‘ Ihren Wagen … wo haben Sie die Vier aufgenommen?«

»Vor ‚Lissis Bar‘.«

»Und, haben die bezahlt?«

»Gut sogar. Können die ja auch, die haben doch Geld wie Dreck, diese Ganoven … «

»Der in dem grünen Pullover … «

» … war wohl der Chef des Vereins. Ole hieß der.«

»Und mit richtigem Namen?«

»Ja, den habe ich mal gefahren von, Moment, von … Blankenese, unten, am Treppenviertel nach … in die Stadt? … Ich weiß es nicht mehr.«

»Name?«

»Ich meine … Hansen oder Nansen, vielleicht Jansen? Nun habe ich hier in Hamburg schon Unzählige mit diesen Namen gefahren. Aber der? Ja, ich glaube, der hieß … ich weiß es nicht. Herr Hackstein, erzählen Sie bloß keinem, dass wir … «

»Seien Sie unbesorgt! Ihr Name, Wagen, Taxi-Nummer – nichts erscheint im Protokoll. Sie können sich absolut auf mich verlassen.«

»Denn dieses Volk scheut vor nichts zurück, und ein paar Jahre möchte ich noch auf diesem Planeten rumlaufen.«

»Sei Ihnen gegönnt und – vielen Dank für die Auskunft, weiterhin gute Fahrt! Hackstein stieg aus. Er machte sich zu Fuß auf den Weg zu seinem Wagen, in … war das … ein Schuss? Er stockte. Woher? »Doch wohl nicht … « Er rannte die hundert Meter zurück zur Taxe und tatsächlich – man hatte den Alten mit einem Kopfschuss regelrecht hingerichtet. Hackstein wollte nicht glauben, was er sah, schrie plötzlich seine ganze gespeicherte Wut auf Elke, auf diesen Grünfink, auf ihren ganzen Scheißladen, er brüllte seinen Zorn in die Nacht: »Ihr verdammten Schweine« schrie er und trommelte mit seinen Fäusten auf das Dach des Taxis, »was seid ihr doch für ein verkommenes Gesindel.« Er japste, lehnte sich gegen den Wagen, öffnete das Pistolenhalfter seiner P99 und tippte gleichzeitig die Nummer des Polizeipräsidiums ins Handy » … und kommt ohne Blaulicht und Signalhorn, verstanden?«

Seine Kollegen kamen fast geräuschlos und stürmten ‚Elkes Etablissement‘. Und Elke, ihre Damen und ihre Gäste mussten sich ausweisen und zulassen, dass ihre Namen und Adressen notiert wurden, was einigen außergewöhnlich peinlich war. Und sie alle wurden befragt, wo sie am Abend der Ermordung des Mannes waren. Es half kein Geschrei, auch keine Drohung mit dem Anwalt, kein Hinweis auf Rang und Namen in der Stadt. Alle waren Gleiche unter Gleichen, folglich wurden *alle* verhört, ihre Daten notiert.

Nur den in heller Hose und auffallend grünem Pullover konnten sie leider nicht verhören – er fehlte unter Elkes Gästen. Er war spurlos verschwunden.

.-.-.-.-.-.

Hackstein rieb sich die Augen und sah auf die Uhr: 10!, es war schon 10 Uhr. Aufstehen, raus aus dem Bett, unter die Dusche. Hier wurde er vollends wach, und einer seiner ersten Gedanken galten diesem verdammten Grünfink. »Wie immer du heißt, wer immer du bist, Kerl, ich finde dich. Das bin ich diesem ermordeten Taxifahrer schuldig.« Bei einer Tasse Kaffee und einem belegten Brötchen im Frühstücksraum eines kleinen Hotels nahm er sich vor, heute Blankenese zu besuchen. »Angeblich bekommen die Hamburger bei diesem Wort ja verklärte Augen … wir werden sehen«, brummte er.

Er parkte seinen Wagen und hoch auf ging's ins Treppenviertel am Geesthang. In diesem Nobelviertel soll dieser Grünfink wohnen, dieser Ole, vielleicht Ole Hansen? Jansen auch möglich. Hackstein hatte im Internet etliche mit diesen Namen gefunden, die alle in diesem einmaligen Viertel wohnen.

Bis jetzt hatte er keinen mit dem Vornamen Ole gefunden. Vier standen noch auf seinem Zettel. Er ging weiter, an Kapitänshäusern, an moderne Villen, protzigen Eigentumswohnanlagen und entzückenden Fachwerkhäusern vorbei. Nichts! Drei Namen konnte er wieder abhaken, aber eins war ihm auf diesem Weg klar geworden: Wenn dieser Grünfink hier wohnen sollte, wird auf seinem Namensschild bestenfalls der Hausname stehen, niemals mit dem Vornamen Ole. Dafür hatte dieser

Ole zu viel Dreck am Stecken. Und ob dieser Mann überhaupt mit Vornamen Ole heißt, war die Frage. Auch die Nachnamen Hansen oder Jansen oder Nansen waren nicht verbrieft.

Auf seinem Weg hinunter kam ihm ein altes Ehepaar entgegen. Immer wieder blieben die beiden stehen, prusteten, gingen drei Stufen weiter und wieder standen sie. »Jetzt wohnt ihr so herrlich, und müsst euch nun bis zu eurem Wohnsitz richtig quälen. Da lobe ich mir mein Häuschen am Rhein. Alles schön flach.« Hackstein grüßte, war versucht sie nach einem Ole Hansen zu fragen. Er ließ es bleiben und machte sich auf den Weg nach unten. Hier oben war es ihm zu beschwerlich und zu – vornehm.

.-.-.-.-.-.-.

Der Makler Hanns Hansen saß bei herrlichem Wetter im Alsterpavillon und könnte die traumhafte Aussicht genießen, wenn er nicht soeben im ‚Hamburger Abendblatt‘ eine Anzeige des Hamburger Bauunternehmers Büggelmann gelesen hätte. Jetzt aber überlegte er bereits, wie er an das Geld dieses Büggelmann ... Er nahm noch einmal die Zeitung und las zum dritten oder vierten Mal, dass die Baufirma am kommenden *Mittwoch* mit alter Tradition brechen und letztmalig den Lohn in bar auszahlen würde, was für Hansen hieß, dass dieser Unternehmer nur noch an *diesem* Mittwoch mit Bargeld zu seinen Leuten auf verschiedenen Baustellen unterwegs sein würde. Ab *sofort* hatte Hansen diesen Büggelmann auf dem Bildschirm. Denn in Zukunft, so las er, würde Büggelmann die Löhne seiner Leute nur noch auf Girokonten überweisen. Dieser Tag, dieser Mittwoch bot also die letzte Möglichkeit, auf die Schnelle an sein Geld zu kommen.

Elke! Seine Gedanken drifteten immer wieder ab, und der

Gedanke an sie schob sich immer wieder in seine Überlegungen bezgl. Büggelmann. Elke! Ihre Bar war seit dem Polizeibesuch geschlossen,und übers Handy war sie nicht zu erreichen. Und das Telefon? – könnte abgehört werden. Elke Privat? Ihr Haus wurde vielleicht observiert, ebenso ihre Bar. »Alles Scheiße«, jammerte er.

Büggelmann brachte ihn wieder auf Kurs, und heute interessierte ihn der Tagesablauf dieses Mannes, und der begann um 6 Uhr 30 mit dem Verlassen seiner Villa an der Elbchaussee. Hansen folgte ihm in seinem Leihwagen, ließ aber immer zwei, drei Fahrzeuge zwischen dem Bentley und seinem Auto. Einmal musste er allerdings bei sattem Gelb eine Kreuzung überfahren, um den Anschluss an Büggelmann nicht zu verlieren. »Das hätte verdammt ins Auge gehen können«, brummte Hansen. Aber er blieb erstaunlich ruhig, folgte dem Unternehmer bis zu seinem Betriebshof im Stadtteil Lokstedt.

Inzwischen war es kurz vor acht. Hansen hatte den Bauunternehmer beobachten können, stieg jetzt wieder in seinen Leihwagen und überdachte sein weiteres Vorgehen. ‚Bis einschließlich Dienstag‘, so überlegte er, ‚werde ich jetzt jeden Morgen diesen Mann beobachten. Die Frage ist nur, wie der entscheidende Mittwoch abläuft. Wird das Geld schon einen Tag vorher gebracht? Mit Sicherheit ja, denn schließlich muss es noch abgezählt und eingetütet werden. Das geschieht vermutlich in der Verwaltung. Die Frage ist nun, ob er von der Verwaltung aus den Betriebshof anfährt oder von zu Hause aus und zwar dann, wenn das Geld bereits am Abend zuvor in seiner Villa eingetütet worden ist. Egal, ich werde ihn wie bisher jeden Morgen beobachten müssen‘.

Die folgenden Tage verliefen in einem eingefahrenen Rhythmus, aber Hansen war sich darüber im Klaren, dass die Situation an besagtem Mittwoch mit Sicherheit eine andere werden würde, als er sie sich in seiner Überlegung vorstellte.

Aber zunächst musste ein anderes Auto her. Die geliehenen waren ihm für diese Aktion zu heiß. Also dachte er an einen geklauten Schlitten, und hier war Plattfisch-Otto zuständig. Otto, eigentlich Otto Platte, hatte von der Maloche auf einem Trawler die Nase gestrichen voll, sah sich an Land nach bequemeren Pfründen um und machte sich binnen kurzer Zeit als ‚Plattfisch-Otto' in Hamburgs Unterwelt einen Namen.

Hansen traf ihn am Montag in einem gemütlichen Café in den Alsterarkaden und kam sofort zur Sache: »Otto, ich brauch einen Wagen, einen kleinen, einen unauffälligen Opel z.B.«.

Plattfisch-Otto rührte Sahne in die heiße Schokolade, schien nachzudenken. »Hab ich. Einen Astra. Steht bei alten Leuten. Nicht vor zehn klettern die aus der Koje, und ehe die merken, dass der Wagen verschwunden ist, ist es wenigstens zwölf. Für wann musst Du den Wagen denn haben?«

»Übermorgen fünf Uhr in der Frühe, Parkplatz Altonaer Museum.«

»Kein Problem, Bis zwölf kannst Du gefahrlos mit der Kiste fahren. Ab da hat die Polizei den Wagen in die Liste der geklauten Autos aufgenommen und sucht ihn auch.«

Hansen hatte seine Handy-Nummer schon vornotiert und schob Plattfisch-Otto den Zettel zu: »Ruf mich an, damit ich ihn auf dem Parkplatz finde. Und wie starte ich die Mühle?«

»Unter dem Lenkrad hängen zwei Drähte die Du zusammendrehst und die Karre startet. Drähte trennen – Motor aus. Ganz einfach.«

»O.k.. Und was kostet mich der Spaß?«

»Tausend.«

»Hoffentlich bist Du so gut, wie du teuer bist.« Hansen hatte mit dem Preis gerechnet und bereits zehn Hunderter in einem Umschlag griffbereit bei sich, schob ihn jetzt dem Plattfisch-Otto zu, der den Umschlag sofort in eine seiner Jackentasche verschwinden ließ. »Danke, Du kannst dich auf mich verlassen.«

»Will ich hoffen.«

Plattfisch-Otto bezahlte die Schokolade und Oles Kaffee, stand auf, tschüss Ole! Bis übermorgen.«

»Bis dann, tschüss, Otto!«

Hansen mochte diesen Kerl. Ein Wunder allerdings, dass er noch frei herumlief. Denn eigentlich gehörte er eingelocht – wegen Dummheit. Die einzigen Dinge, die er wirklich konnte, waren nach Hansens Ansicht Autos klauen und einigen Unterweltbossen den Hintern nachtragen – sonst nichts. Schade!

In der Nacht zum Mittwoch schleicht Plattfisch-Otto um den kleinen Opel der alten Leute rum, drückt den Knopf zum Türschloss – abgeschlossen. »Kein Problem«, murmelt er, wartet etwa zehn Minuten, bis der stärker werdende Geräuschpegel der nahen Hauptstraße in etwa dem seiner ‚Arbeit' gleicht. Jetzt! Der Schlag gegen die Scheibe geht im Lärm der Straße unter. Unzählige Stückchen der Sekurit-Scheibe bedecken jetzt den Beifahrersitz. Auf dem Fahrersitz würden sie ihn sehr stören, hier nicht. Vor Jahren noch hätte er die Tür mit einem Schraubenzieher spielend und vor allem ‚sauber' öffnen können. Vorbei! Er geht um den Wagen herum, steigt ein, legt die Brechstange in die Speichen des Lenkrades – ein kräftiger Ruck und das Lenkradschloss ist geknackt. Als nächstes setzt er die Wegfahrsperre am Zündschloss außer Funktion, auch erledigt. Unter dem Lenkrad löst er als letztes die Klappe zu einem Kabelfach, entnimmt ihm gekonnt zwei verschieden farbige Kabel, dreht sie zusammen und … der Motor springt an!

Plattfisch Otto fährt quer durch Hamburg und stellt schließlich den Opel auf dem Parkplatz am Altonaer Museum ab. Hier tippt er Oles Nummer ins Handy … es meldet sich die Sprachbox … und gibt Farbe und Standort des kleinen Opels durch. »Auftrag erledigt« sagt er laut und macht sich nun auf den Weg zu einer vielbefahrenen Straße. Dort erst bestellt er ein Taxi.

Mittwoch, zwei Uhr in der Nacht. Der Wecker reißt Ole aus dem Schlaf und – er ist sofort hellwach. »Heute ist endlich mal wieder was los«, nuschelt er. Es folgt sein Karate-Programm, Dusche und Frühstück. Noch in seiner Wohnung schaltet er sein Handy aus und verlässt Punkt vier vollkommen geräuschlos das Haus und geht hinunter zur Hauptstraße. Hier wartet bereits das bestellte Taxi. »Wohin?«

»Lobuschstraße.«

»In der Nähe ist das Altonaer Museum, stimmt's?«

»Mag sein, keine Ahnung«, lügt Hansen.

Vor der Hausnummer 24 steigt er aus, wobei es auch die Nummer 36 oder 41 hätte sein können. Jedenfalls hier steigt er aus und geht nun zu Fuß zum Parkplatz und findet sofort den Opel, steigt ein, verbindet die Kabel miteinander, und der Motor springt tatsächlich an. Er trennt die Kabel, und der Motor gibt keinen Mucks mehr von sich.

‚Und nun die Maskerade!' Der Kaufhoftüte entnimmt er die buschigen Augenbrauen und das Kinnbärtchen. Er nimmt sich Zeit, legt sorgfältig die Stücke an, überprüft im Spiegel noch einmal ihren Sitz und schiebt zuletzt die Tüte mit der brünetten Perücke unter den Beifahrersitz. Noch ein Blick in den Spiegel: »Alles o.k.! So, nun wird's ernst«, flüstert er und startet den Wagen.

Er bezieht seinen Beobachtungsposten an der Elbchaussee und hat von hier aus das Büggelmannsche Anwesen voll im Blick. Und was er sieht, lässt seine Befürchtungen wahr werden.

Büggelmann saß nicht alleine in seinem Bentley, als der pünktlich um 6 Uhr 30 durch das große schmiedeeiserne Tor fuhr und sich in den Verkehr der Elbchaussee einordnete. Als Hansen den Beifahrer sah, fluchte er in sich hinein, und er fluchte wieder, diesmal laut, als auf dem Betriebshof etwa zehn oder fünfzehn Leute standen, die ihren Chef freundlich begrüßten, schließlich war heute Zahltag. Hansen blieb in ‚seinem' Opel sitzen und übte sich im Warten. In diesen Minuten jedenfalls waren ihm bereits zehn oder fünfzehn Lohntüten mit vermutlich 250 Euro pro Tüte durch die Lappen gegangen. Noch ein paar solcher Minuserfolge und er konnte die Aktion abhaken.

Nach der Löhnung auf dem Betriebshof wühlte sich Büggelmann mit seinem Bentley durch den dichten Straßenverkehr zu einem Industriegebiet im Norden der Stadt. Neben einem riesigen Schrottplatz an der Peripherie dieses Bezirks hielt er an.

Hansen parkte zunächst auf einem ungünstig gelegenen Parkplatz, entdeckte aber sofort eine Gruppe von Sträuchern, keine 30 Meter vom Bentley entfernt. Hinter diesem dichten Gebüsch parkte er und konnte, ohne rangieren zu müssen auch gleich wieder losfahren. Und im Schatten dieses Strauchwerks konnte er nun Büggelmanns Bentley beobachten.

Nach etwa fünfzehn langen Minuten stieg Herr Büggelmann endlich aus, an der Hand eine Aktentasche stellte Hansen sofort fest. Also musste die kofferähnliche Tasche, die er auf dem Betriebshof gesehen hatte, im Wagen sein.

Büggelmann sprach noch kurz mit seinem Beifahrer, bevor er die Fahrertür zuwarf, jetzt an dem Schrottplatz vorbeiging, am Ende des Platzes links abbog und nicht mehr zu sehen war.

Hansen hat sich für das Laufenlassen des Motors entschieden, steigt aus, sieht in die Runde. Von links kommen zwei Kerle mit einer Kiste Bier. Als sie den Bentley sehen, bleiben sie stehen, scheinen sich zu beraten und gehen weiter – zum Schrottplatz und stellen dort die Kiste Bier unter einem Schrottstück ab, gehen sofort weiter, vermutlich zur Büggelmannschen Baustelle. Die anderen Personen in einiger Entfernung schauen sich nur die Schaufensterauslagen an. Autoverkehr? – Im Moment nicht. Also – jetzt oder nie! Hansen geht schnurstracks zum Bentley, reißt die Beifahrertür auf und schlägt mit einem einzigen Faustschlag den völlig überraschten Mann besinnungslos.

Dieser eine Schlag entstellt sein Gesicht grausam. Blut läuft aus der Nase, sabbert aus dem Mund. Er fällt zur Seite, Hansen hält ihn, stößt ihn zurück zum Fahrersitz, greift sich die Tasche, schließt die Beifahrertür und geht nicht schneller als üblich zurück zu ‚seinem' Opel. Geschafft! Jetzt nur keine Hast aufkommen lassen, denn Hast macht verdächtig.

Als er seinen Stellplatz verläßt, war vom Büggelmann immer noch nichts zu sehen. Und die Personen weit hinten konnten nichts gesehen haben, und selbst die in der Nähe hatten vom Überfall nichts mitbekommen. Einen Radfahrer hätte er nach seinem Erfolgserlebnis fast übersehen. Dieser Mann fluchte und schimpfte, und Hansen hörte was von Polizei und Anzeige. »Die Bullen haben mir gerade noch gefehlt«, sagte Hansen zu sich selbst und beschleunigte ‚seinen' Opel.

Weit fuhr er nicht. Auf dem Parkplatz einer flachstahlverarbeitenden Firma fuhr er rückwärts in eine Lücke, manipulierte die Drähte, und der Motor erstarb. Jetzt erst wagte er einen Blick in die Büggelmann – Tasche und kam nach erstem Überschlag auf 25 – 30.000 Euro. »Nicht viel, aber der Mensch freut sich«, schmunzelte er. Nun zupfte er die angeklebten Augenbrauen und das Kinnbärtchen aus dem Gesicht, warf sie in die Kaufhoftüte und setzte die brünette Perücke wieder auf seinen kahlen Schädel, betrachtete sich im Spiegel – »alles o.k..«

In dem Opel war es eng und das Umpacken der Lohntüten in den Rucksack umständlich und zeitraubend, als er endlich fertig war, stellte er die Büggelmann-Tasche auf den Boden hinter dem Beifahrersitz. Die Kaufhoftüte legte er zusammen und packte auch sie in den Rucksack. Hansen sah auf die Uhr: Halb zwölf und Plattfisch-Otto meinte ja, dass ab jetzt die Polizei den Opel suchen könnte. Ruhig stieg er aus, sah noch mal in den Wagen, drückte die Tür ‚seines' Opels zu bis das Schloss einrastete und – das war's.

Nein, nicht ganz! Er trug seit der Übernahme des Wagens

Latex-Handschuhe. Jetzt zog er sie aus und steckte sie in die Hosentasche. Gut gelaunt machte sich Hansen nun auf zum nahen Einkaufszentrum, gönnte sich im Bistro einen leichten Snack und ging anschließend zum Taxistand.

.-.-.-.-.-.-.

Der Erste Kriminalhauptkommissar Kretschmer, Chef der Abt. Kapitaldelikte, sein Vertreter Kriminalhauptkommissar Ostenberg, beide vom Polizeipräsidium der Hansestadt Hamburg sowie ihr Koblenzer Kollege Hackstein saßen zusammen und überlegten gemeinsam, wie man dem mysteriösen Ole mit dem vermuteten und in Hamburg nicht gerade seltenen Hausnamen Hansen auf die Spur kommen könnte. Sie hatten sich auf einen Namen, auf den Namen Hansen festgelegt. Einig waren sie sich darin, dass der Überfall auf den Unternehmer Büggelmann und der Mord Nähe ‚Elkes Etablissement‘ von ein und demselben Täter ausgeführt worden war. »Hinzu kommt die Ermordung des Eisenbahners durch einen Handkantenschlag in Bad Breisig« fügte Hackstein hinzu. »Richtig«, sagte Kretschmer, »aber diesen Mord werden wir zunächst ausklammern, ‚weil zu weit weg«. Zustimmung. Alle anderen Mordfälle, wie z.B. der grausam zugerichtete Mann in dem Mercedes-Kombi oder der Tote im Hafenbecken waren von anderer Qualität und nicht den genannten Fällen zuzuordnen. Der ermordete Taxifahrer wurde erschossen. »Seine Ermordung ist eine noch andere Tötungsart und wirft die Frage auf, zu welcher Kategorie von Mord steht nun unser Hansen? Ist er überhaupt ein Mörder?« Kretschmer schob die Akte ein wenig zur Seite und … es klopfte. »Ja!«
»Entschuldigung, Chef, wir haben den Plattfisch-Otto hier und … « Da Ostenberg seinen Chef kannte, drückte er sofort die ‚On‘-Taste des Tonbandgerätes.
»Rein mit dem Arschloch!« Kretschmer war ein bekannt

harter Hund. Wer seine Verhörmethode ohne Gehörschäden überstand, konnte von Glück sprechen.

»Plattfisch Otto, sei froh, dass ich heute gutgelaunt bin, und Du Dich setzen darfst«. Er schob ihm mit einem Fußtritt einen Stuhl zu. »Du hast auch diesmal wieder in dem geklauten Auto herrliche Fingerabdrücke hinterlassen und uns somit die Arbeit erleichtert. Aber sag mir, für wen, Otto Platte, für *wen* hast Du den Opel gestohlen?«

Plattfisch Otto saß da wie ein Häufchen Elend, rieb die Hände gegeneinander, wollte etwas sagen, aber ihm versagte die Stimme.

»*Für wen? Plattfisch, für wen?*« Er schrie so laut, dass selbst seine Kollegen zusammenzuckten.

»Für … für … den Ole.«

Ole? Hackstein sah vom Platte zum Kretschmer. Hatte der Taxifahrer nicht auch von einem Ole gesprochen? Hackstein stand auf.

»Na, das ist ja schon mal was«, nickte Kretschmer. »Hat dieser verdammte Ganove auch einen Namen, Platte?«

»Ich weiß nur, dass er Ole heißt. Ole, mehr … mehr nicht.«

»Entschuldigung«. Hackstein stellte sich zwischen Kretschmer und Plattfisch-Otto. »Wie groß ist denn dieser Ole?«

»So, so groß wie … wie Sie?«

»Und, hat der eine runde Kopfform?«, versuchte Hackstein den Plattfisch zu überlisten.

»Ja, ja, rund … ich meine ein langes, rundes … aber mehr ein … ein langes Gesicht … «

»O.k.«, Hackstein setzte sich, und Kretschmer übernahm wieder die Regie.

»Plattfisch-Otto, ich frage Dich noch einmal, wie heißt dieses verdammte Arschloch.«

»Wir alle kennen ihn nur als Ole, manchmal auch als Karate-Ole.«

»Wer ist, wir alle?«

»Die aus Hamburgs … Hamburgs Unterwelt.« Plattfisch-Otto begann zu zittern.

»Pass mal auf, du nachgemachter Mephisto, wenn Du mich
belügst, reiß ich dir die Beine ab – und zwar bis zum Hals!
Verstanden?« Jetzt sah er in eine Akte, die mit dem Plattfisch
überhaupt nichts zu tun hatte, und die er jetzt zum Teil seiner
Verhörmethode machte. »Also, ich habe gerade noch einmal in
Dein Sündenregister geschaut und festgestellt, dass Du mittlerweile zu den schweren Jungs gehörst. Dessen ungeachtet
mache ich Dir einen Vorschlag: Du bringst mir binnen einer
Woche den Namen dieses Ole, klar? Und wenn nicht, werde
ich dafür sorgen, dass Du in den Knast kommst, und zwar
in den Trakt für Schwerverbrecher und Vergewaltiger! Und
glaube mir, die werden Dich dreimal täglich vornehmen und
Dich zum Schluss kaputtschlagen. Solltest Du mir allerdings
den Namen liefern, werde ich mich persönlich für Deine Frei-
lassung einsetzen.« Kretschmer legte die Akten zusammen.
»Und jetzt geh! In spätestens einer Woche höre ich von Dir!«

Der labile Plattfisch-Otto wankte zur Tür. Ostenberg hielt
ihn, setzte ihn wieder auf den Stuhl und telefonierte nach
einem Sani.

.-.-.-.-.-.-.

Hamburg Hauptbahnhof. Die Bahnhofsuhr zeigte 23 Uhr 17.
Hansen war auf der Suche nach der Schiene UIC 60. Wie sie aussah wusste er ja bereits. In Bad Breisig gesehen. Aber der Querschnitt war von wesentlicherer Bedeutung, und der fehlte noch.
Wenn er ihn hatte, konnte er den Namen der Schiene vergessen.

Bahnsteig 3. Zwischen den Gleisen lagen flammneue Schienen. Ob es die gesuchte UIC 60 war, konnte er vom Bahnsteig aus nicht erkennen. Also ging er langsam an den vielen

Reisenden, an schlafenden Kindern, an Koffern und Taschen vorbei bis zum Bahnsteigende, übersah geflissentlich das Schild ‚Betreten der Gleisanlagen verboten‘ und kam über eine sechsstufige Treppe hinunter auf Gleishöhe. Auch hier lagen die neuen Schienen, und er fand im Licht einer Taschenlampe sofort den Namen der Schiene und – hier konnte er ganz bequem den Querschnitt der Schiene abgreifen.

Es war bereits nach halb eins, als er in der Bahnhofsbuchhandlung eine Tageszeitung kaufte. Irgendeine, Hauptsache Zeitung. Auf dem Bahnsteig 3 fand er auf einer Bank einen freien Platz, zog die Zeitung aus der Jackentasche und – verstand nicht ein Wort. Er hatte eine russische Zeitung gekauft. »Scheiße, aber die tut's auch«, meckerte er mit sich selbst. Er steckte die Zeitung wieder ein und beobachtete die Reisenden. Eine sah seiner Elke ähnlich. Er sah die Leute nicht mehr, den Bahnsteig nicht. In seinem Tagtraum sah er nur sie. Wild war sie, wild wie immer. Aber der Traum half ihm nicht, seine Gemütslage aufzuheitern. Ein einlaufender Zug, die Bewegung der vielen aus- und einsteigenden Reisenden verwischten schnell Elkes Bild.

Nach der Abfahrt des Zuges war der Bahnsteig etwas menschenleerer und ohne den vielen Reisenden diesmal ausweichen zu müssen, erreichte er das Ende des Bahnsteiges 3. Hier sah er sich um, wartete. Er dachte an Bad Breisig und war jetzt vorsichtiger, ehe er die Stufen hinunter zum Gleis ging. Auch hier vergewisserte er sich noch einmal, bevor er die Zeitung aus der Tasche zog, eine Seite abriss, sie gegen das Ende der Schiene legte und mit dem Daumen die Kontur der Schiene in das Zeitungspapier drückte. Nach wenigen Minuten war die Aktion beendet. Vier Seiten der russischen Zeitung zeigten deutlich den Umriss der Schiene UIC 60.

.-.-.-.-.-.-.

Hansen ließ sich von einem Taxi vom Hauptbahnhof zur Bleicherstraße fahren, zahlte und stieg aus. Als das Taxi außer Sichtweite war, ging er zurück zur Thadenstraße, stellte sich in einen Hauseingang und beobachtete die nähere Umgebung. Keiner schien ihm gefolgt zu sein, und als es zu nieseln begann, es also ungemütlich wurde, schloss Hansen die Haustür auf, trat ins Haus und schloss die Tür wieder – geräuschlos. Im Hausflur zog er die Schuhe aus und schlich über die Holztreppe nach oben. Das Zimmer, richtiger Zimmerchen unter dem Dach war spartanisch eingerichtet. Neben dem Feldbett stand ein kleiner Tisch, ein Stuhl und an der Wand gegenüber ein alter Kleiderschrank. Hinter einem Vorhang verbargen sich Waschbecken und Toilette. Einziger Luxus waren die Dachluke, fließendes Kalt- und Warmwasser, ein elektrisches Heizöfchen, eine Kochplatte, Tischlampe und ein Radio, das er selbst beigesteuert hatte. Dieses an sich wunderbare Refugium hatte aber einen Nachteil: es bot keine Fluchtmöglichkeit. Ansonsten war es ein herrliches Versteck, das einer alten Dame gehörte, der er monatlich per Dauerauftrag 150 Euro überwies.

Obwohl es schon sehr, sehr spät war, schnitt Hansen die vier Schienenabdrücke aus der Russenzeitung aus und steckte sie in einen Briefumschlag. Die weitere Bearbeitung nahm er sich für zu Hause vor.

Nach einer ‚Katzenwäsche‘ fiel Hansen ins Feldbett und schlief weit in den bereits aufziehenden Tag hinein.

.-.-.-.-.-.-.

An diesem Morgen erstattete ein älterer Herr auf einer Polizeistation im Stadtteil Lokstedt Anzeige gegen Unbekannt. Ein kleiner Opel mit Hamburger Kennzeichen hätte ihn, den Radfahrer fast überfahren, gestreift habe er ihn bereits. Auf die Frage des Polizeibeamten, wo denn das genau geschehen sei, antwortete der Mann aufgeregt: »Hier, im Industriegebiet Herr Oberkommissar, neben dem riesigen Schrottplatz!« Der Beamte sah ihn erstaunt an, hatte er nicht gestern von einem Kollegen …

Als Kretschmer von der Aussage des Radfahrers erfuhr, sah man ihn zum ersten Mal seit Tagen mit einem zufriedenen Gesicht, denn jetzt konnte man davon ausgehen, dass dieser Ole der Verbrecher war, der das Büggelmann-Geld geklaut und den Beifahrer zusammengeschlagen hatte. »Ostenberg«, rief er laut ins Nebenzimmer, »so weit sind wir schon mal, und in den Knast bringen wir dieses verdammte Arschloch auch noch.«

.-.-.-.-.-.

Hanns Hansen saß in seiner Küche und verglich die aus der Russischen Zeitung, der Iswestija ausgeschnittenen Schienenprofile miteinander. Sie waren vollkommen deckungsgleich. Er nickte zufrieden und machte sich nun daran, sie auf einen starken Karton zu übertragen, schnitt sie anschließend aus und klebte drei Karton-Schienenprofile aufeinander, legte sie zum Trocknen auf die Seite.

Im zweiten Akt konstruierte er aus gleichem Karton ein Teil, ein Modell sozusagen, dass einem Schmied als Vorlage für ein zu schmiedendes Teil aus Stahl dienen soll.

Im dritten und vorläufig letzten Akt wurden beide Karton-Teile, nämlich Modell und Schiene zusammengefügt. Sie passten haargenau!

Aufräumen. Die Leimflasche in den Werkzeugschrank, die Schere in das Besteckfach rechts …

»Hansen, das Schienenprofil! Menschenskind! Er fasste sich an den Kopf. Wenn der Schmied demnächst irgendwo etwas liest, sieht oder hört, was mit meiner Schiene in Verbindung gebracht

werden *könnte*, wird er sich meiner erinnern und dann haben die mich … Also, Hansen, Kommando zurück, das Ganze von vorne.« Von dem starken Karton hatte er noch reichlich. Folglich zeichnete und schnitt er erneut und verfälschte das Profil der Schiene dabei in einer Weise, dass sie als solche nicht mehr zu erkennen war und die ‚neue Schiene‘ dennoch exakt zum Modell passte. »Das hätte ins Auge gehen können« und ihm fiel ein, was sein Vater immer sagte, wenn etwas nicht so ganz in der Reihe war: ‚Hanns, erst denken, dann arbeiten – und nicht umgekehrt!‘ »Manchmal haben die Alten ja recht.«, sagte er laut und betrachtete noch einmal die ‚neue Schiene‘ und das Modell.

Was jetzt fehlte, war ein Schmiedemeister, einer, der nicht in unmittelbarer Nachbarschaft Hamburgs seine Schmiede hatte. »Urlaubsreif bin ich ja«, redete er sich ein und entschied sich für eine Reise Richtung Osten. »In irgendeinem Dorf werde ich einen Schmied finden«, sprach er mit sich selbst »und Elke könnte … nein, Hansen, nein. Sie könnte schon, sicher, aber sie könnte observiert werden und wenn ich sie … dann hätten die Bullen uns beide.« Hansen schloss die Küchentür und ging hinüber ins Wohnzimmer, stellte sich nicht unmittelbar ans Fenster, sondern zwei Meter von ihm entfernt und sah minutenlang gedankenversunken hinunter auf die Elbe.

.-.-.-.-.-.-.

Es war Mitternacht, als Ole ‚Lissis Bar‘ betrat, in der wie immer Hochbetrieb herrschte was daran lag, dass man ‚Lissis Bar‘ wie eine simple Kneipe betreten konnte. Jeder Hanswurst guckte also mal eben rein und betrachtete die Bardamen, nicht selten mit frivolen Sprüchen auf den Lippen und ging wieder. Lissi konnte sich einfach nicht dazu entschließen, eine für ihre Bar entsprechende Tür einbauen zu lassen. Aus welchem Grund blieb ihr Geheimnis.

Ole sah sich um, er suchte Lissi, aber Antje, eine süße Holländerin sagte ihm, dass Lissi im Moment mit einem Oberbulli, er wisse schon und sie wohl die nächste Stunde … Einer tippte ihm auf die Schulter. »Ich hab' was, wird Dich interessieren.«
»Siehst Du nicht, dass ich mich mit einer Dame unterhalte?, Du Tröte! … Was willst Du denn?«
»Draußen!«
»Antje tschüss!« Er ging mit dem aufdringlichen Kerl hinaus gleich auf die andere Straßenseite – sie war ruhiger. »Und? Schieß' los!«
»Erst mal. Was kriege ich für eine ordentliche Information?«
»Kommt drauf an. Fangen wir mit 'nem Hunderter an.«
Kopfschütteln. »Zweihundertfünfzig?« Kopfschütteln. »Fünfhundert?«
»Ist o.k.. Also, Du kennst doch den Plattfisch-Otto. Er interessiert sich auffallend für Deinen Hausnamen. Fragt überall rum.«
»Hm!« Ole zog aus seinem Portemonnaie einen 500er, der ihm sofort von dem Informanten aus der Hand gerissen wurde. Wie der Kerl hieß, wusste Ole nicht. Er hatte ihn zwar mal gesehen, irgendwo, aber der Name? Lag wohl daran, dass ihn dieser Kerl nicht interessierte, unordentlich wie dieser Vogel aussah und … er roch nicht gut. »Und wo finde ich diesen neugierigen Plattfisch?«
»Im ‚Blutigen Knochen'.«
»Fahren wir!«

In dieser Bar war stets die Hölle los. Die Musik so laut, dass die Trommelfelle Freudensprünge machten, und mancher fragte sich, wie lange sie das aushalten. Und die Bardamen! Sie liefen grundsätzlich in Tangas rum, nicht größer als Bierdeckel. Manch eine hätte diesen Stofffetzen besser weggelassen.
Der Chef dieser verschlampten, nach Zigarettenqualm und

Parfüm stinkenden Sexbude war ein Süddeutscher, der auf der Reeperbahn sein Hauptgeschäft betrieb. Als er Ole sah, roch er sofort Geld, und Ole hatte davon, das wusste jeder Ganove und er bestimmt. Als er auf Ole zusteuerte, stolperte er über ein paar leere Sektpullen, die ein Betrunkener auf dem Boden abgestellt hatte und knallte der Länge nach hin. Einige Schleimer waren sofort zur Stelle, halfen ihm auf die Beine, klopften den Schmutz von seinem Anzug. Kopfschüttelnd wandte sich Ole ab. »Billiges Volk«, brummte er vor sich hin, sah sich nach seinem Begleiter um: »Bring mir diesen Plattfisch und dann nichts wie raus aus diesem verkommenen Puff.«

Als sie Minuten später zu Dritt den Ausgang erreichten, kam ihnen ein Muskelprotz nachgelaufen. »Halt, Ihr Scheißer, dieser Kerl«, er zeigte auf den Plattfisch, »dieser Kerl hat nicht bezahlt!« Und er hielt Ole eine Rechnung vor die Nase.

»Und warum hältst Du mir … wenn dieser Kerl neben mir eure Bude leergesoffen hat?«

»Weil Du vornehmes Kerlchen das Geld hast.«

»Verstehe. Wie viel?«

»Zweihundertachtzig«.

»Wie bitte?«, meldet sich empört der schmächtige Plattfisch, »für zwei Glas Bier und einen Köm wollt ihr … 280 Euro?«

»Und was Du der Mieke ausgegeben hast, hä?, hast Du das schon vergessen?«

»Ich hab' überhaupt nicht … «

»*Schluss!* Geht schon mal vor, ich komme nach.« Und so, wie Ole das sagt, rammt er dem Muskelfritzen unvermittelt das linke Knie zwischen die Beine … und geht ebenfalls.

.-.-.-.-.-.

In den frühen Morgenstunden erreichten sie einen seit Jahren schon leerstehenden Industriekomplex im Westen Hamburgs.

Einige sagten, hier sei früher Papier hergestellt worden, andere sprachen von Zucker. Egal. Heute trieb sich hier in diesen Gebäuden ein verkommenes Volk rum. Und Graffitisprayer, die an jeder noch verwertbaren Stelle ihre neuesten ‚Kreationen‘ vorstellten.

Die drei gingen eine Treppe hinunter, die in einem schmalen Gang mündete. Auf Wandgestellen lagen verrostete, inzwischen undichte Rohre verschiedenen Durchmessers, die in ihrer besten Zeit bestimmt unterschiedliche Medien transportierten und jetzt Teil dieser dahinsiechenden Industrieruine waren.

»Was wollen wir eigentlich hier unten?« fragte der Informant und sah sich in dem Halbdunkel um. Ganz geheuer war ihm die Umgebung nicht und dem dürren Plattfisch schon gar nicht. Ihm schwante mit einem Mal nichts Gutes. Denn jetzt riss Ole auch noch ein Kabel von der Wand, wofür? Der Plattfisch stand zitternd vor der hinteren Wand und sah … wie Ole dem Informanten übergangslos und scheinbar ohne erkennbaren Grund die rechte Handkante mit voller Wucht gegen den Kehlkopf schlug. Der Mann flog gegen die Wand. Blut schoss aus Mund und Nase. Er sah Ole mit weitaufgerissenen Augen an, bewegte den Mund, als wolle er was sagen, als Ole ihm nun in aller Ruhe das Kabel drei- viermal um seinen Hals schlug, das eine Kabelende von hinten nach vorne und das andere umgekehrt von vorne nach hinten um ein stabiles, an der Decke verlegtes Rohr warf, den röchelnden, am Boden liegenden Mann etwa einen Meter hochzog und jetzt die Kabelenden mit einem Kreuzknoten festzurrte. Ole nahm ihm noch den Fünfhunderter aus der Tasche, das Handy ebenfalls und ging zurück zur Treppe. Der vollkommen enervierte Plattfisch-Otto sah sich noch einmal um, ehe er die Treppe betrat und hinter Ole herwankte.

»Wir fahren jetzt ins ‚Alte Land‘ «, beruhigte ihn Ole und während der Fahrt erklärte er seinem immer noch zitternden

Beifahrer, *warum* er diesen Kerl ins Jenseits befördert hat: »Otto, dieser Mann war einer der Unsrigen, und dieser Mann hat dich für ein paar Euro verraten und … er hat mir deinen Aufenthalt gesteckt. Das geht überhaupt nicht! Deshalb, seine Exekution war wie ein chirurgischer Eingriff, der musste einfach sein. Und jetzt zu Dir, Otto: Warum bist Du denn hinter meinem Hausnamen her, warum?«

Der Plattfisch drückte die Hände gegeneinander, die Angst, dass Ole ihm auch … »Also … dieser Kriminalmensch«, stotterte Plattfisch, »dieser … Kretschmer … «

»Hat Dich unter Druck gesetzt. Ja, ja, dieser Kretschmer. Aber Du, Otto, Du musst jetzt aus Hamburg verschwinden. Und zwar sofort! Ich helfe Dir dabei.«

Nach dem ‚Vorfall‘ von vorhin konnte Plattfisch-Otto das so oder so verstehen. Er hoffte jetzt inständig, dass Ole ihm wirklich *helfen* will.

.-.-.-.-.-.

Von einem Internet-Café aus hatte Hansen unter dem Namen Henning Weber Kontakt zu einem Spezialisten für Fernsteuerungen aufgenommen. Mit diesem Mann, er hieß John, Wilhelm John, hatte er einen Termin für Dienstag, also den folgenden Tag um 16 Uhr in Remagen am Rhein vereinbart.

Von diesem Café aus kontaktierte er auch seine alte Bekannte Traudel Bothe. Einmal, weil er einen neuen Pass benötigte, denn sie war eine Passfälscherin vor dem Herrn und außerdem, weil Traudel ein richtig süßes Weib war. Denn nach einem Weib war ihm, seit ihm Elke von der Fahne gegangen war. D.h., von der Fahne, nein, das war nicht so ganz richtig.

Denn nach dem Besuch dieses Hackstein aus Koblenz mit anschließendem Großeinsatz der Polizei hatte sie ihre Bar schließen müssen, weil die guten Gäste aus verständlichen

Gründen ausgeblieben waren. Und sich nur noch mit der unteren Gehaltsklasse abgeben kam für sie nicht in Frage. Seit dem hielt sie sich in ihrer Privatwohnung auf, die sie nur zum Einkauf des Nötigsten verließ. Das Telefon und auch das Handy rührte sie nicht an. Beide könnten abgehört werden.

Das alles wusste ihr Lumpi. Aber er vergaß, nein, er vergaß sie *nicht*, er sah in dem Prachtweib Traudel seine Elke auf dem Bildschirm, strahlend süß wie immer und – er meldete sich für heute Abend an, wegen des Passes natürlich, für was sonst!

Tage später, es war ein Montag, fuhr dieser Hansen, elegant gekleidet wie ein Banker aus der oberen Etage eines Bankhauses mit dem ICE 1. Klasse von Hamburg nach Bonn. Bei herrlichem Wetter genoss er die Weiterfahrt mit einem Taxi ins nördlichste Rotweingebiet Deutschlands.

Der Dame an der Rezeption des Hotels Steigenberger Bad Neuenahr stellte er sich als Henning Weber vor, und da er sich vor Tagen bereits angemeldet hatte, waren die Formalitäten schnell erledigt. Mit dem Aufzug ging es hoch in die erste Etage. Hier schob ein Page seinen Rollkoffer in eine kleine Suite, nahm dankend das großzügige Trinkgeld an und ging.

Nachdem er sich in der Suite eingerichtet hatte, telefonierte er mit einem Autoverleiher in Ahrweiler und bestellte einen Wagen für den nächsten Tag 11 Uhr, zu parken in Bad Neuenahr, Lindenstraße Nähe dem Restaurant ‚Die Bayrische Botschaft‘. Aufgetankt bitte. Er werde in der Nähe sein und den Wagen in Empfang nehmen. Nach diesem Telefonat folgte seine Karatestunde und die obligate Dusche.

Am Dienstag gegen elf fuhr er mit diesem Leihwagen nach Bad Breisig. Den Ort kannte er ja bereits. Den Bahnhof auch. Aber diesen *einen* Punkt galt es noch einmal näher zu inspizieren. Und das war die Sichtschutzwand zur Eisenbahn am Ende der

Bachstraße. Vor dieser Wand stand ein Verteilerschrank der RWE. ,Den nehme ich mit einem Sprung' sinnierte er. Und ein Blick durch ein Sichtfenster in dieser Wand nahm seine Vorstellung bereits Gestalt an, die ,Aktion' binnen einer Minute erledigen zu können. »Hansen«, sagte er laut, »du wirst dieses Thema in aller Ruhe Schritt für Schritt abarbeiten.«

.-.-.-.-.-.-.

Einer dieser Schritte hieß John, Wilhelm John. Mit ihm hatte er ja den Termin für 16 Uhr vereinbart. Henning Weber sah auf die Uhr, in zwei Stunden musste er in Remagen sein.

Er fuhr mit seinem Leihwagen früh genug los, weil er aus Erfahrung wusste, dass ein Stau mittlerweile zum Autofahren gehört wie die Nacht zum Tag. Und prompt bildete sich auf der B9 ein Schlange, die glücklicherweise durch eine Baustellenampel in Bewegung blieb und ihn kaum Zeit kostete. In Remagen verließ er die B9 und folgte dem Schild ,Apollinaris-Kirche'. John hatte ihm den Weg beschrieben.

Bevor er das Haus des Spezialisten betrat, zog er sich dünne Stoffhandschuhe an, was John auch sofort auffiel: »Was ist los, kalte Hände?«

»Schön wär's! Nein, ich leide an einer akuten Staub-Allergie. Die geringste Berührung mit Staub löst bei mir sofort eine Schleimhautentzündung aus.«

»Tja, so hat jeder sein Päckchen zu tragen.«

Weber taxierte ihn unauffällig von der Seite. Wilhelm John, ein etwa fünfundfünfzigjähriger Mann von kräftiger Statur, mit frischem Gesicht und graumelierten Haaren war ein durchaus sympathischer Typ. »Kommen Sie, setzen wir uns an den großen Küchentisch, da haben wir Platz genug«, bot er Weber an. »Bitte, was kann ich für Sie tun?« John war offensichtlich kein Freund langer Vorreden.

»Ich beschreibe in groben Zügen das Gerät und Sie sagen mir, ob Sie mir das Stück anfertigen können.«

»Wir werden sehen, fangen Sie mal an.«

»Es sieht in etwa einem übergroßen Vorhängeschloss ähnlich mit dem Unterschied, dass das Schloss – um bei dem Vergleich zu bleiben – auch unten einen Bügel hat, der kleiner ist und sich ferngesteuert öffnen lässt. Der obere Bügel steht fest und hat etwa eine Durchlassöffnung in Höhe und Breite von jeweils 150 mm. Der untere eine Größe von ca. 100 x 100 mm. Bügeldurchmesser jeweils 10 mm, Ausführung in Stahl.« Er sah John zu, der dabei war, Webers Beschreibung in einer Skizze festzuhalten.

»Aus welcher Entfernung soll sich der untere Bügel im günstigsten Fall öffnen?«

»Absolut sicher aus tausend Meter.«

»Aha! Wozu brauchen Sie denn das gute Stück?«

»Zur Wildtierjagd in Afrika.« Mit der Frage hatte Weber nicht gerechnet, und er wunderte sich selbst über seine spontane Antwort.

»Ja, ja, antwortete Weber langgezogen und ließ damit offen, ob ihn diese Antwort überzeugte. »Um es kurz zu machen, das Schloss kann ich ihnen anfertigen. Zwei Fragen noch: Muss das Ding wasserdicht sein und Fertigstellung für wann, eine Vorstellung?«

»Wasserdicht ja und fertig? Was soll ich sagen, gestern.«

O.k., in vierzehn Tagen, schneller geht's nicht. Und nun zum Preis. Um die 3500 Euro, Anzahlung 2000.«

»Einverstanden«, Weber griff in die Tasche, zählte das Geld ab. »Bitte, hier, 2000 Euro.«

»Danke.«

»Den Rest bei der Funktionsprüfung?«

»Richtig.«

Sie standen auf. »Wohnen Sie alleine in dieser schönen Wohnung«, wollte Weber noch wissen, der schon weiter dachte.

»Ja, meine Frauen wohnen außerhalb sozusagen, in den Wohnungen über mir. *Sehr* praktisch«, grinste John.

»Meine wohnen zig Kilometer entfernt, also weniger praktisch, lachte er. Was soll's. Herr John, bis dann? Ich melde mich. Auf Wiedersehen!«

»Herr Weber, gute Fahrt.« Weber verließ das Haus, sah sich noch einmal um und stieg in seinen Leih-Golf. Hinter der nächsten Straßenecke hielt er an und zog die Handschuhe aus. »Zweckmäßig, aber lästig!«, maulte er. Er fuhr zurück nach Bad Neuenahr, parkte den Wagen in der Lindenstraße und ging die wenigen hundert Meter zu Fuß zum Hotel.

.-.-.-.-.-.

Weber sah sich die ‚heute'-Nachrichten im Zweiten noch an, bevor er runter ging in den Speisesaal. Großen Hunger verspürte er nicht, dennoch, essen musste er etwas. Er wählte aus der Speisekarte eine Kleinigkeit aus, dazu ein ‚Viertelchen' vom halbtrockenen Rotwein von der Ahr. Der Ober, steif wie ein zollstarkes Brett nahm die Bestellung dankend entgegen, ging und verschwand hinter einer Tür.

Am Nebentisch saß eine ganz noble Herrschaft, die Dame um die fünfundsiebzig, der Herr vielleicht fünf Jahre älter? Aber, nobel hin oder her, das Ehepaar übertrieb, meinte Weber im Stillen. Die alte Dame trug z.B. schwer an ihrem Schmuck. Alleine das Collier, das ihren langen, dürren Hals schmückte, hätte einige Karat auf die Goldwaage gebracht. Apropos Hals. Er erinnerte Weber an ein Huhn in der Mauser. Warum, wusste er auch nicht so ganz genau, aber an ein Huhn allemal. Und die Ringe erst! Wenn sie sich ohne einen bewaffneten Gorilla auf die Straße traute, konnte es nur der Leichtsinn sein, der sie begleitete. Und wie der personifizierte Leichtsinn sah der hochlöbliche Herr Gemahl mit seiner vollen, weißen

Künstlermähne auch aus, den ausschließlich die Weinkarte zu interessieren schien. Seine Frau sah ihn von der Seite an: »Karl Friedrich, trinke ruhig den Rotwein, dann schläfst Du nachher vor dem Fernseher auch besser ein« sagte sie etwas zu laut, ihr Herr Gemahl war wohl schwerhörig. »Mir soll es ja gleich sein«, nörgelte sie weiter, »mich stört nur Dein«, jetzt um eine deutliche Nuance leiser, »nur Dein … Dein unappetitliches Schnarchen!« Das war ihrem lieben Gatten denn doch entschieden zu stark! Karl Friedrich nahm das Monokel vom Auge: »*Isolde, bitte, jetzt reicht's aber!*«, klemmte das Einglas wieder vors linke Auge und blätterte weiter in der Weinkarte.

Nach dem Abendmahl gönnte Weber sich einen Gang durch Städtchen. Viel sah er nicht. Er war mit seinen Gedanken in Bad Breisig, sah bereits seine ‚Aktion'. Aber zunächst musste er sich um Elke kümmern und um einen Schmied. In der Reihenfolge.

.-.-.-.-.-.-.

In Hamburg war einiges zu erledigen. Von der süßen Traudel erfuhr er, dass der Pass erst in der nächsten Woche fertig sein wird. Hat also Zeit. Absoluten Vorrang aber hatte die Fahrt nach Mitteldeutschland, zu einem Schmied in irgendeinem – noch – unbekannten Ort. Und Elke! Er musste sie aus ihrer Lethargie reißen. ‚Elkes Etablissement' war ihr Leben, und das gab es nicht mehr, seit dem Besuch der Polizei war diese Bar geschlossen. Ganz in der Nähe des Hafens war die Edelbar ‚Annis Troika' zu verkaufen. Hat Ole gehört. Aus Altersgründen wurde gesagt. In Wahrheit hatte die Inhaberin bereits ihr Haus verzockt, ihre Bar verschuldet. Ihr Mann, ein steinreicher Anwalt und Eigentümer ganzer Straßenzüge rückte nicht einen Cent mehr raus. Mit seinem Geiz wollte er seine Frau ‚zwangskurieren' was für Ole hieß, dass über den Preis mit Sicherheit gesprochen werden kann. Das wäre doch was für seine Elke! Das Handeln, Verhandeln, das Feilschen um jeden Euro, das konnte Elke besser als jeder Marktschreier, und unter dem Strich hieß das: Sie musste her, heute noch.

Ole nahm einen kleinen Taschenkalender Jahrgang 2011 aus dem Schrank. Der Jahrgang war unwichtig, wichtig war der Inhalt, und der bestand aus Zahlen, aus Worten, eine Art Code. Er war zwar einer der einfachsten Art mit dem Vorteil allerdings, dass man mit wenigen Ziffern viel sagen konnte. Und die Code-Nachricht hatte außerdem den Vorzug, dass man den Standort des Handys wegen der Kürze des Gesprächs so gut wie nicht orten konnte.

Als Elkes Handy zweimal bimmelte und danach eine unheimliche Stille eintrat wusste sie, dass ihr Lumpi ‚unterwegs‘ war. Nach etwa fünf Minuten bimmelte es wieder, wie zuvor zweimal und wieder Stille. Elke saß an ihrem Esstisch, vor sich Papier und zwei Kugelschreiber. Sicher ist sicher, einer könnte ja ausfallen. Aufgeregt war sie, und wie! Sie sah auf die Uhr. Noch zwei Minuten … das Handy!

Grüne Taste. »Hier!« Und sie notiert jetzt eine Reihe von Ziffern. Die letzte bedeutet ‚Over‘. Sie drückt die rote Taste, und nun muss der kleine Kalender her. Nervös blättert sie hin und her und kommt zu folgendem Klartext: Heute, 22 Uhr, Fischmarkt, Eingang ‚Alt Helgoländer Fischerstube‘, kleine Reisetasche, Ende.

Der Taxifahrer Sven Feddersen kannte sich aus. Und nicht nur in Hamburg. Aber als Hamburger in ‚seiner Stadt‘ nun mal besonders gut. Und die Barchefin Elke kannte er auch. Und den Ole. Ihn schätzte er wegen seines Benehmens und wegen seiner außergewöhnlich guten Trinkgelder. Oft hat er ihn schon gefahren und jedes Mal hatte Ole neben der Taxigebühr tief in den Beutel gegriffen.

»Sven, wir fahren zum Fischmarkt, nehmen die Elke auf und reisen weiter nach Lübeck.«

»O.k., machen wir.«

Sie stand neben dem Eingang zu den ‚Fischerstuben‘, stieg ein, Sven ließ die Bremse los und sein Automatik-Fahrzeug fuhr an. »Fahren wir jetzt durch bis Lübeck?«

»Sven, so ist es!«

.‑.‑.‑.‑.‑.‑.‑.

Achtundvierzig Stunden später stand sie vor ‚Annis Troika‘. Sie kannte Anni und auch die Lage dieser Bar. Sie war einfach super. Besser als ihr Etablissement. Elkes Bar lag abseits in der Stadt und wurde erst nach und nach zu dem, was sie war: Bekannt für faire Preise und … für tolle Frauen.

Elke drückte den Klingelknopf. Nach der ‚Begutachtung‘ durch ein Fensterchen wurde ihr von einer Dame geöffnet, die sie weniger freundlich empfing. Dabei war es mittlerweile durchaus üblich, dass sich eine Frau einen Barbesuch erlaubte. Warum auch nicht! Sie suchte sich dann unter den Männern an der Theke den richtigen für eine intime Runde aus und ab ging‘s ins Separee. ‚Geschäft ist Geschäft‘ pflegte Elke in so einem Fall zu sagen. Und, sie sah sich nach der Empfangsdame um, und wenn sagte sie sich, wenn ich die Bar übernehme, dann ist sie die erste, die fliegt. Unfreundlichkeit dulde ich nicht!

Viele Stunden saß Elke mit Anni zusammen, und es ging hin und her, und zum Schluss siegte Annis Gier nach Barem fürs Glücksspiel, fürs Zocken. Und Elke hatte zu einem sensationell guten Kurs eine neue Bar erworben … ‚Annis Troika‘.

Dass sie ihr Glück mit ihrem Lumpi nicht teilen konnte bedrückte sie mehr, als sie zugeben wollte. Er durfte sie noch nicht einmal in ihrer neuen Bar besuchen, denn die Polizei war am Fischmarkt zu präsent. Sogar in Zivil war sie unterwegs! Als die Ordnungshüter zudem erfuhren, dass die ehemalige Chefin der Bar ‚Elkes Etablissement' jetzt hier in ‚Annis Troika' das Sagen hatte, wurden die Streifen angewiesen, auf diese Bar besonders acht zu geben. Nicht, dass hier die Unterwelt ein und ausgehen würde, nein, serös war diese Bar wie manch andere auch. Nein, es ging ausschließlich um einen einzigen Mann, etwa 180 cm groß, Sportfigur, evtl. mit einem grünen Pullover gekleidet, und von dem man bislang nur den Vornamen kannte, den Namen Ole. Und *der* war noch nicht einmal sicher.

An dem Abend, an dem Elke in ihrer neuen Bar ‚Annis Troika' das Zepter übernahm, ließ sich ihr Lumpi von einem Taxi zu ‚Wallis Bar' fahren. Diese Bar, in Ganovenkreisen besser unter dem Namen ‚Zum blutigen Knochen' bekannt, stank schon vor der Tür nach Hasch, Tabak, Schweiß und Parfüm. Und die Musik dröhnte bis nach draußen. Der Türsteher, ein Bulle von einem Kerl sah ihn misstrauisch an, musterte ihn und ließ ihn schließlich passieren.

Ole beachtete ihn nicht einmal, als er durch die offen stehende Tür die Bar betrat. »Wer hat mich eigentlich zu einem Gespräch in diesen Billigladen eingeladen?«, brummte er. »Warum habe ich nicht, wie sonst üblich intensiv nachgefragt?«, warf er sich vor. Hätte er noch einmal … dann wäre er vielleicht erst gar nicht hier erschienen. Jetzt war es zu spät, er stand bereits mitten in dieser verkommenen Bude.

Die Bar war gerappelt voll. Auf der Bühne beendeten gerade zwei Damen ihre ‚Arbeit an der Stange' und wurden sofort von drei Kerlen unter lautem Gegröle abgeschleppt. Durch dieses Durcheinander von Drogis, Betrunkenen, fast nackter Bedienung, von Kerlen, die für ‚Ordnung' zu sorgen hatten, durch eine total verbrauchte Luft, durch diesen völlig beknackten

Wahnsinn schob sich langsam ein Mann. Als Ole ihn entdeckte, brannte plötzlich sein Gehirn wie ein Reaktor fünf Minuten vor der Kernschmelze. Denn dieser Kerl saß damals mit am Pokertisch … damals, in ‚Lissis Bar'.

Dieser Mann, es war der mit dem total windschiefen Gesicht, lotste ihn zu einem Tisch, an dem Emil saß, Ole erkannte ihn sofort. Wussten die beiden, dass der von ihnen eingeladene Ole der eigentlich vierte Mann war, und wollten sie ihn hier in diesem verkommenen Laden in eine Falle locken? Ein Pfiff … und ein Dutzend Kerle würden über ihn herfallen und massakrieren?

Nein, sie wussten es offensichtlich nicht! Im Gegenteil, sie schienen stolz darauf zu sein, mit dem ‚großen Ole' an einem Tisch sitzen zu dürfen. Ausgerechnet diese beiden, die zu den Proleten unter den Ganoven zählten.

»Was darf's bei Euch sein?« flötete eine süße Bedienung, die mit einem handtellergroßen Stück Tuch zwischen den Beinen ‚bekleidet' war. Ole nahm den beiden sofort den Wind aus den Segeln. »Was hier an diesem Tisch getrunken wird, geht auf meine Rechnung. Bring uns zum Auftakt eine dicke Pulle.«

»Wie dick darf sie denn sein?«

»Noch dicker!«

»Hm! Das soll ein Wort sein« und sie wippte in ihren ‚high heels' zur Theke.

»Freunde, was gibt es Neues bei euch? Erzählt mal.« Seit der Pokerrunde hatte er sie nicht mehr gesehen. Sie sahen schlecht aus, übernächtigt, verlebt oder beides.

»Wie Du sicher weißt, sind wir mit Weibern dick im Geschäft«, prahlte gleich zu Anfang des Gesprächs der mit dem schiefen Gesicht. Die Tage fahren wir wieder nach Bulgarien … holen da die Weiber … und hier stecken wir sie in einen Puff oder stellen sie zum Anschaffen auf die Straße.«

»Das bringt Geld, jeden Tag« meldete sich Emil und grinst dabei.

»Dass Ihr mit Frauen handelt, habe ich nicht gewusst.«

»Man kann nicht alles wissen« meinte großkotzig das Schiefgesicht. »Und was machst Du so?«

»Eine feste Sache, so wie Ihr sie habt, habe ich nicht. Mal bringt der Tag viel, mal wenig. Dennoch, ich bin zufrieden.«

»Manche Tage sind eben richtig Scheiße.« Das Schiefgesicht rutscht auf seinem Stuhl etwas nach vorne. »Ist noch nicht lange her, da haben die uns ja beim Pokern ganz schön ausgenommen. Du hast sicher davon gehört.« Er flüstert fast.

Oles Nerven sind mit einem Mal zum Zerreißen gespannt. Kommt's jetzt zum Showdown? Konnten die sich bis jetzt so gut beherrschen und haben bereits die Messer gewetzt?

Dem Plauderton nach nicht. Locker erzählen sie, wie ihnen der Freddy nach einer regelrechten Folter abgekratzt sei. »Gejammert und gebettelt hat der«, grinst Emil. »Und der Matschen Hein?« Das Schiefgesicht erzählt weiter: »Der passte kaum ins Kellerloch. Da haben wir ganz schön nachtrampeln müssen. Die meiste Arbeit hatten wir aber mit dem langen Hannes. Ja, meinst du, der hätte sein Maul aufgemacht, obwohl wir ihm alle Knochen gebrochen hatten? Als er immer noch nicht sagte, wer der vierte Mann war, ist mir der Kragen geplatzt, und ich habe ihm mit einem Kuhfuß den Schädel eingeschlagen.« Er hob das Sektglas: »Auf seine verkommene Seele!«

»Prost!« Und in dieser Sekunde beschloss Ole, die beiden umzubringen oder umbringen zu lassen.

Aber sie hatten noch eine ‚Geschichte‘ auf Lager: »Und weißt du, wer der vierte Mann war? Der Bremer! Die Lissi hat zuerst rumgedruckst, dann aber ist sie mit der Sprache rausgerückt, dass es der Bremer war. Er stotterte noch, als ihm der Kuhfuß auf den Kopf fiel« und jetzt mussten die beiden laut lachen. »Nachts haben wir diesen Arsch in den Hafen geschmissen, jawohl!« Emil soff den Sekt wie Wasser, rülpste laut nach jedem Schluck. »Äh! Guck Dich datt an, da vorne auffe Bühne.«

Ole sah sich um. Ein Paar übte sich im Sex. Und das ‚Volk‘ klatschte dazu im Takt. »Das ist das Schöne hier, Ole, hier ist immer was los. Heute fliegen hier bestimmt noch die Stühle und dann sind meistens ruck, zuck! die Bullen hier.« Das Schiefgesicht verdreht leicht die Augen. »Musse sehn, datte vorher raus bis«, lallt Emil.

Ole winkte nach der Bedienung: »Bring den beiden noch eine kleine Pulle und mir bitte die Rechnung.«

Sie kam. Wär doch was für Elke, dachte Ole. »Schon mal in einer ordentlichen Bar gearbeitet?«

»Nein. Entschuldigung, ich darf mich nicht lange mit einem Gast unterhalten, sonst … « Ole spürte … die ‚Aufsicht‘ stand schon neben ihm. »Und? Schwierigkeiten an diesem Tisch?« fragte er in einem Ton, der keine Kompromisse erwarten ließ sondern eher die Konfrontation. Ole stand auf. »Ich wollte gerade die Rechnung begleichen. Darf ich mal sehen?«, wandte er sich an die Bedienung. Er sah auf die Rechnung: »O.k., wer nimmt das Geld?«

»Ich!« Ole nahm den Mann etwas auf die Seite. »Achthundert Euro sind o.k.. Hier sind Tausend. Der Rest ist für Dich. Und noch etwas. Die Bedienung (sie war nicht mehr anwesend) ist keine achtzehn, das weißt Du ja.«

»Ich? … «

»Moment! Ich gehe jetzt raus und du schickst sie mir 10 Minuten später unversehrt nach. Damit Du keinen Ärger bekommst und ordentlich abrechnen kannst, gebe ich Dir noch mal fünfhundert. Noch Fragen?«

»Und wenn ich sie nicht, ich meine … ?«

»Ist die ‚Sitte‘ schon zu diesem Laden unterwegs!« Ole drehte sich um und verließ den Schuppen, ohne sich vorher vom Schiefgesicht und seinem Freund verabschiedet zu haben. Warum haben die beiden mich überhaupt eingeladen, warum? »Muss ich nicht mehr wissen«, brummelte er.

Die plötzliche Ruhe nach dem unglaublichen Krach empfand er draußen als totale Stille. Fast taub ging er zum Taxi und musste den Fahrer zweimal bitten, doch etwas lauter zu sprechen. Erst nach und nach nahm er wieder ganz normale Geräusche wahr.

Ole saß im Fond des Wagens, als sie den Laden, der sich bramsig ,Wallis Bar' nannte verließ. Er öffnete die hintere Tür und ließ sie einsteigen. »Zum Fischmarkt« rief er dem Fahrer zu. Auf einem Bierdeckel schrieb er etwas und unterschrieb mit Thomas. Mit einem ,o' , dass Elke gleich wusste wer der Schreiber war. »Der Deckel ist für die Barchefin Elke. So, wie alt bist Du denn tatsächlich? Ich habe dem Geldeintreiber gesagt, Du wärst noch keine achtzehn!«

»Zweiundzwanzig … wo … wo fahren Sie mich denn hin?« Sie sah ihn ängstlich an.

»Zur Troika-Bar. Die Chefin, Elke heißt sie, passt auf Dich auf. Da passiert nichts, was du nicht möchtest. Wie war das denn in dem Schuppen?«

Sie zuckt mit den Schultern. »Wer mich wollte … ohne zu fragen … « Sie hatten den Fischmarkt erreicht. »Ich bedanke mich erst, wenn ich weiß, dass Sie … « Sie begann zu weinen, stieg aus und ging die wenigen Meter hinüber zur Troika-Bar.

.-.-.-.-.-.-.

Ole saß im Wohnzimmer seiner hundertfünfzig Quadratmeter Eigentumswohnung und dachte über seine nächsten Aktivitäten nach: Ausweis bei Traudel abholen – John hat das ,Schloss' fertig – die Suche nach einem Schmied – der Test in Bad Breisig. »Aber, ich muss Prioritäten setzen«, sprach er laut mit sich selbst »und fange mit der Traudel an. Es folgt die Suche nach einem Schmied in Thüringen. Danach hole ich das Schloss beim John ab, und schließlich folgt der Test in Breisig. So wird's gemacht. Und in spätestens einem Monat starte ich die BAHN-Geschichte. Ole, auf geht's.«

Er durchschritt den herrlichen Vorgarten, den Traudel ganz nach ihrem Geschmack angelegt hatte, nahm die zwei Stufen zu ihrer Haustür mit einem Satz und zog an der Türglocke. Als sie die Tür öffnete, riss es ihn fast um, und um ein Haar wäre er die beiden Stufen wieder runtergefallen. »Traudel ... was siehst Du heute wieder süß aus.« Sie zog ihn in die Diele, küsste ihn so heftig, dass er fast ,vergessen' hätte, was er heute Abend *zunächst* mit ihr vorhatte, nämlich sie ins ,Atlantic' zum Abendessen einzuladen. »Und danach schau ich in Dein Höschen, ob da noch alles in Ordnung ist.« Sie lachte laut: »Hasi, das kannst Du nicht« und sie flüsterte ihm was ins Ohr. »*Traudel!*« rief er mit gespielter Verlegenheit. »Ohne?«

»Ohne! – in dem neuen Ausweis heißt Du übrigens Sven Christiansen«, lenkte sie ihn ab.

»Danke, der Name steht mir.«

Im ,Atlantic' schaut man nicht so einfach in die Speisekarte, nein, man studiert sie, ebenso die Weinkarte. Und wenn man fündig geworden ist, winkt man nach dem Ober.

Traudel war begeistert vom Salade de pissenlit au lard, nach einem Rezept aus dem Bergland der Region Franche-Comté mit den zarten Blättern des Löwenzahns, dazu Speck und Ziegenkäse auf hauchdünnen Weißbrotscheiben.

Und ihr Hasi genoss die ,Poularde demi-deuil', die Poularde in Halbtrauer, ein melancholischer Name für ein wunderbares Gericht aus Lyon. Das Fleisch der Poularde bleibt durch das Einreiben mit Zitrone schön weiß und die Trüffelscheiben schimmern schwarz durch die zarte Haut. Eine Freude für Gaumen und Auge.

» ... ja, so war das, Traudel, vor einem Jahr. Und jetzt? Man hat ihn verhaftet. Im Hotel. Hier im Atlantik. Samt Leibwächter.« Ole tupfte sich den Mund ab, nahm einen Schluck vom Pfälzer Rotwein, flüstert fast:»Weißt Du, Walter«, er räusperte sich etwas,»Walter hat mit Waffen gehandelt. Jetzt sitzt er in Fuhlsbüttel ein.«

Traudel sah ihn erstaunt an:»Hasi! Also so was! Gut dass man diesen Helfer des Todes aus dem Verkehr gezogen hat.«

Er sah sie erstaunt an.

Traudel legte nach:»Mit Waffen handeln ist doch wohl das Mieseste! Im Fernsehen werden täglich die Dörfer und Städte gezeigt, die Verwundeten, die weinenden Kinder.«

Dachte sie im Stillen, womit ihr Hasi *so viel* Geld verdient? Aus seinem Geschäft als Makler von Immobilien konnte es kaum stammen, eher aus den ,Geschäften der besonderen Art'. Wie z.B. die Geschichte um den Pokerabend und seine Folgen. Er hatte ihr die Geschichte mal erzählt, wobei er seine Rolle in dem Drama allerdings verharmloste.

»Ja, Du hast recht«, sagte ihr Hasi langsam und sah Traudel nachdenklich an. »Ich muss mich Deiner Meinung uneingeschränkt anschließen. Mit Waffen und Frauen handeln ist mehr als verwerflich und weiß Gott nicht zu verzeihen.« Sonstige ,Geschäfte' bezog er in seine neuerliche Betrachtungsweise von Gut und Böse nicht ein.

»Hasi, so gefällst Du mir. Trinken wir noch einen?«

»So viel Du willst. Komm, in der Bar finden wir bestimmt noch eine Ecke für uns.«

.-.-.-.-.-.-.

Unter seinem neuen Pseudonym Sven Christiansen mietete er bei einem ihm bislang unbekannten Hamburger Autoverleiher einen Wagen, mit dem er schnell über die A24 und A241 den Schweriner See erreichte. In Dobin am See fand er einen

Schmied, der ihm die Anfertigung des ‚Modells' bis morgen Nachmittag verbindlich zusagte. Es war wie so oft: Diesmal war es ein Schmiedehammer. Ein üppiges Aufgeld machte ihn extrem schnell.

Voller Erwartung, dass das ‚Modell' seinen Vorstellungen entsprechen würde, betrat Ole am Tag darauf die Schmiede. Es lag zusammengelegt auf einer Werkbank. Die beiden Teile, das ‚Modell' und die (ehemalige) Schiene UIC60 passten haargenau zusammen. Die Schraube samt Federring, die kleine Platte und der Ringschlüssel lagen daneben. Der Schmied montierte jetzt in Oles Beisein Platte und Schraube. Auch sie lagen exakt an der Schiene an. Spontan schob Ole dem Schmied einen Schein in die Brusttasche seines Arbeitshemdes. »Danke für die saubere Arbeit!«

Der Schmied brachte die Stücke noch zum Wagen, und da Ole das Finanzielle bereits gestern erledigt hatte, konnte er reisen, und hiermit war der Punkt 2 seiner Agenda erledigt.

.-.-.-.-.-.-.

Die Dame an der Rezeption des Hotels ‚Steigenberger Hof Bad Neuenahr' begrüßte ihn freundlich, war er doch vor kurzem erst als Gast in diesem Haus. »Guten Abend, Herr Weber, hatten Sie eine angenehme Reise? Ich habe für Sie wieder die kleine Suite reserviert. Ist Ihnen doch recht?«

»Danke, sehr freundlich von Ihnen.« Hanns Hansen, den man in diesem Hotel als den freundlichen Herrn Weber, den Herrn mit besten Umgangsformen kannte, war willkommen. Ein Page zog seinen Rollkoffer zum Aufzug, oben stellte er ihn in der Suite ab. Auch der Page mochte ihn, nachdem er die Tür zugezogen hatte, denn ein Schein knisterte in seiner Hand.

Bevor er sich um den Inhalt seines Koffers kümmerte, tätigte Weber zwei Telefonate. In dem ersten Gespräch meldete er sich bei Wilhelm John an für morgen elf Uhr, in dem zweiten bestellte er einen Leihwagen in die Lindenstraße, zu parken Nähe des Restaurants ‚Die Bayerische Botschaft'. »Bitte vollgetankt und … ich werde vor Ort sein und den Wagen übernehmen. Danke!« Den Verleiher fand er über das Internet, nicht wie zuletzt in Ahrweiler, sondern diesmal unweit in Bad Bodendorf.

Wir lesen im Internet, dass die Stadt Remagen im Bundesland Rheinland-Pfalz liegt … und das auf der einzigen damals noch intakten Rheinbrücke am 07. März 1945 amerikanische Truppen den Rhein überschritten. Ergänzend muss gesagt werden, dass es sich um eine Eisenbahnbrücke handelte, die durch unzählige Bombardements und stundenlangen Artilleriebeschuss regelrecht perforiert war und schließlich unter der Last der US-Panzer und sonstiger Militärfahrzeuge zusammenbrach und in den Rhein stürzte. Die Brücke wurde nicht wieder aufgebaut, und nur die Brückentürme auf beiden Seiten des Rheins sind die stummen Zeugen des Kampfes um diese Brücke. In einem der Türme auf der Remagener Seite ist ein Museum untergebracht, das an das Kriegsgeschehen von damals erinnert.

In unmittelbarer Nähe der gesprengten Brückenauffahrt hatte Wilhelm John eine Doppelgarage gemietet, in der er sich eine kleine Werkstatt eingerichtet hatte, ‚eine für's Grobe', wie er sagte. Das Schlossgehäuse sei hier entstanden; die Innereien, die Elektronik also, im Keller seines Hauses. Das alles hörte sich Weber brav an, heuchelte Interesse. Dabei wusste er seit fünf Minuten, wie er John eliminieren konnte. Bis auf eine Kleinigkeit sah er den Tathergang schon vor sich, und diese Lücke schloss sich ihm beim zweiten Hinsehen.

Unterdessen erklärte Wilhelm John ihm nun die Funktion des Schlosses und eines Gerätes von der Größe eines Handys. Für die Demonstration hatte John einen 500 m entfernt stehenden Baum ausgewählt, an dem das Schloss mit einem starken Seil aufgehängt war. Am unteren Bügel hing ein 20 kg schwerer Stein. Nun forderte er Weber auf, zum Entsperren des Gerätes zunächst den weißen Knopf zu drücken, nun den grünen – der Bügel des Schlosses öffnet sich und mit einem Schlag fiel der Stein zu Boden. Der Versuch wurde noch zweimal mit Erfolg wiederholt. Das Schloss hatte die Prüfung bestanden. Das Gerät besaß noch einen dritten, einen roten Knopf, der allerdings noch nicht belegt war. Auf Wunsch Webers hatte John ihn installiert. Aber wofür? Auf eine entsprechende Frage Johns antwortete Weber ausweichend, dass er es noch nicht genau wüsste … eine Vorstellung noch nicht zu Ende gedacht sei.

»Kompliment, Herr John, ich bin ganz begeistert! Und jetzt sagen Sie mir, was ich ihnen noch schulde.«

»Wenn Sie mir zu der Anzahlung tausend obendrauf geben, bin ich zufrieden.«

»Danke, ich habe mit mehr gerechnet. Aber eine Bitte habe ich doch noch. Ich sehe hier vorne ein dickes Blech liegen. Können Sie mir aus diesem Blech ein großes ‚F‘ herausbrennen? Etwa 25 cm hoch? Ich will es gerne bezahlen.«

Ein F? Wie kommt er nur auf ein F? Es hätte auch ein O sein können oder die Umrisse eines Hundes. Welche Figur John aus dem Blech herausbrennt, ist Weber wurschtegal. Wichtig ist der Brennvorgang an sich. Seit Weber vorhin die Flaschenkarre gesehen hat, steht sein Entschluss fest – und der ist höllisch. Denn das Ventil der Sauerstoff-Flasche ist undicht. Der kaum wahrnehmbare Pfeifton ist ihm nicht entgangen.

»Kein Problem. Da vorne liegt Kreide«, John zeigt auf die Werkbank. »Zeichnen Sie den Buchstaben auf das Blech, ich schließe inzwischen Gas und Sauer an.« Hiermit sind Acetylen und Sauerstoff gemeint.

Weber nimmt die Kreide, beginnt das ‚F‘ zu zeichnen und

beobachtet gleichzeitig John, wie er die Schläuche anschließt, blau = Sauerstoff, gelb = Gas, die Überwurfmuttern anzieht und zuletzt den Schraubenschlüssel wieder in die Brusttasche seiner Latzhose steckt. Die Bedeutung der Farben sind Weber noch bekannt aus seiner Praktikantenzeit bei Arne Johannsen, einer kleinen Werft an der Elbe.

»Fertig?« John schiebt die Brennerbrille mit den fast nachtschwarzen Gläsern auf die Stirn, sieht noch einmal auf die Manometer.

»Ja, hier.« Weber legt das Blech mit dem aufgezeichneten ‚F‘ auf den Rost, geht einen Meter zurück.

»O.k., gucken Sie nicht in die Flamme, nicht gut für die Augen.« Auch das weiß Weber noch.

Jetzt zieht John die Brille vor die Augen, entzündet das Gas, reguliert das Acetylen-Sauerstoff-Gemisch und schon frisst sich die 3000 Grad heiße Flamme unter lautem Zischen durch das 5 mm dicke Stahlblech.

Während John mit dem Brennen beschäftigt ist, schüttet Weber hinter seinem Rücken Öl aus einer Kanne auf einen ohnehin bereits fettigen Putzlappen und legt ihn behutsam – er zögert. Wenn er den Lappen jetzt auf das Ventil der Sauerstoff-Flasche legt und die chemische Reaktion sofort zur Katastrophe führt? Ihm bleibt keine Zeit über das Für und Wider nachzudenken! Entschlossen legt er den Lappen blitzschnell auf das Ventil, greift sich sein Schloss und verlässt schleunigst die Garage.

Er hat sein Auto noch nicht erreicht, als die chemische Reaktion Sauerstoff / Fett die Sauerstoff-Flasche zur Explosion bringt, so heftig, dass das Garagendach in die Luft schleudert und herabfallende Betonstücke das Ventil der Acetylen-Flasche beschädigen. Das noch glühende Stahlblech lässt das sofort ausströmende Acetylen unmittelbar explodieren. Johns -sowie die beiden Nachbargaragen sind in ein einzigen Flammenmeer gehüllt.

Weber steigt in seinen Leih-Golf, den er bewusst hundert Meter entfernt geparkt hat. Als John ihn bei der Begrüßung gefragt hat, warum ‚so weit da hinten‘, hat ihm Weber was vom Abwürgen des Motors erzählt, und dass er sofort den Wagen habe stehenlassen und zu Fuß zur Garage gegangen sei. Jetzt startet er grinsend den Wagen – er hat das Schloss und auch noch die 1000 Euro. Er hat ein Geschäft gemacht und kann *den* Punkt ebenfalls abhaken.

Unterwegs nach Bad Neuenahr kommt ihm bereits die Feuerwehr mit durchdringendem Tatütata entgegen. »Dann lösch mal schön«, wünscht er selbstzufrieden und biegt auf die B9 ein.

.-.-.-.-.-.-.

An diesem Abend machte Weber eine Ausnahme. Er wurde nämlich seinem Grundsatz, sich nach jeder Großtat in einer Bar von einer schönen Frau verwöhnen zu lassen, untreu. Stattdessen ging er nach einem Gang durch's Städtchen zum ‚Steigenberger‘ und nach seinem obligaten Karate-Workout zum Abendessen.

Als er sich in der gemütlichen Bar hinten links in einen Sessel setzte – komisch, es zog ihn immer, ganz gleich wo er war, wenn möglich in eine Ecke hinten links – spielte der Pianist, begleitet vom Bassisten und einem Schlagzeuger gerade ‚You Are My Sunshine‘ im Boogie-Woogie-Rhythmus, einfach toll. Diese Musik und die Atmosphäre hier in der Hotelbar luden zum Träumen ein, und er hing schon bald mit halbgeschlossenen Augen seinen Gedanken nach. Der Ober hatte ihm zuvor einen Scotch Whisky, einen 18 Jahre alten ‚Glenmorangie‘ mit einem herrlichen Duft nach Sherry, Walnuss und Eiche empfohlen. Er hatte probiert – und war begeistert.

Bis jetzt war, aus *seiner* Sicht, alles glatt gelaufen. Auch bei dem Halbgescheiten, dem er in der Nähe von ‚Elkes Etablissement‘ das Genick brechen musste, um ihn von seinen grausamen Schmerzen zu befreien.

Dann hat man nach seinen Anrufen bei Lissi und Elke dem ‚Bremer‘ den Schädel eingeschlagen und ihn in den Hafen geworfen. Ebenfalls eine saubere Lösung des Problems durch Emil und dieses Schiefgesicht, befand Weber und nippte an seinem Whisky.

Die Geschichte mit dem Eisenbahner in Bad Breisig stand groß in der Zeitung. Wer dämliche Fragen stellt, muss mit einer klaren Antwort rechnen. Weber hat sie ihm gegeben, und dieser Kerl fiel goldrichtig auf die Bahnsteigkante.

Die Sache mit dem Taxifahrer lief etwas anders. Er hat Bomber-Rudi gesagt, dass er das Gesicht des Taxifahrers etwas polieren soll, und der hat ihn gleich erschossen. Pech für den Alten.

Dann musste ich dem Büggelmannschen Beifahrer etwas das Gesicht verbiegen. Aber – was sein muss, musste in *dem* Fall sein.

Und dieser Informant! Das Aufhängen dieses Nestbeschmutzers war eigentlich noch zu wenig.

Schließlich Wilhelm John. Dieser wunderbare Allround-Tüftler, der das ausgefeilte Bügelschloss mit Fernauslösung angefertigt hatte. Hat sich dieser Mann nicht mit einem phantastischen Feuerwerk von dieser Welt verabschiedet? ‚Gute Reise und prost‘ – der Zyniker Weber nahm noch einen Schluck des Whiskys und winkte nach dem Ober. Mir bitte noch einen von diesem wunderbaren Getränk, und vergessen sie unsere Musiker nicht!«

Sehr wohl, Herr Weber.«

Bis zur Stunde hatte er alles in reiner Handarbeit erledigt. Geräuschlos erledigt. Mit einer Kanone wäre ihm das in dieser Weise nicht gelungen. Sie ist laut, hinterlässt Spuren, z.B. Schmauchspuren, das Geschoss mit seinen unverwechselbaren Laufzügen, die Hülse, die irgendwo hinrollt und in der Hast der Ereignisse nicht so schnell auffindbar ist, und die Pistole selbst, unter der Hand gekauft, kann bereits beim BKA bekannt sein, wer weiß das? Und eine schallgedämpfte Pistole? Auch deren zischendes Geräusch kann verräterisch sein, und der aufgeschraubte Schalltrichter macht die Pistole unhandlich. Außerdem ist es nicht praktikabel, den Trichter erst vor oder gar während der Handlung aufzuschrauben, wo die Zeit sowieso drängt. Nein, er war für die Handarbeit, solide, direkt und effektiv. Und – keine Bande! Nur zweimal hat er diesen Grundsatz missachtet, zuletzt, als er sich dem lauten Freddy, dem Matschen Hein und dem langen Hannes angeschlossen hat. Nie wieder! Die Geschichte quält ihn heute noch. »Hansen«, sagte er zu sich selbst, »am besten bist du als Solist unterwegs!«

Er machte es sich in dem Sessel bequem und streckte die Beine von sich. Das Trio bedankte sich mit einem wilden ‚Mackie Messer‘ Boogie für die freundliche Runde. Weber hob sein Glas, prostete den Musikern zu und drückte sich noch tiefer in das breite Sitzmöbel. Die Lampen waren zum Teil schon gelöscht, das machte den Raum richtig kuschelig, und Weber konnte den Betrieb an der helleren Theke wunderbar beobachten. Da ging es ganz schön laut her, und es war bereits abzusehen, wer wem sympathisch war – und einige waren sich schon etwas mehr sympathisch. Rechts außen saß eine hübsche Brünette, die immer öfter einen Blick zu ihm hinüber wagte. Sie erinnerte ihn an seine Frauen, an Elke, an Traudel. Er stand auf, sprach beim Bezahlen noch einige Takte mit dem Ober – und ging zum Ausgang.

Am folgenden Morgen ging Weber nicht gleich durch zur Kaffeestube, sondern setzte sich im Foyer an den Tisch, auf dem die neuesten Tageszeitungen auslagen. *Im lokalen Teil der ‚Rhein-Zeitung' fiel ihm ein Artikel sofort auf:*

Explosion in einer Garage
Remagen. Gestern gegen 17:30 Uhr ereignete sich unweit der Brückentürme ein folgenschwerer Unfall. Ein Hobby-Handwerker, Name der Redaktion bekannt, hantierte unsachgemäß mit Brenngasen. Es kam zu einer gewaltigen Explosion. Das anschließende Feuer zerstörte drei Garagen und zwei Autos. Der Mann kam in dem Inferno zu Tode. Die Feuerwehr war mit vier Löschzügen im Einsatz. Die Kriminalpolizei hat die Ermittlungen aufgenommen und Brandsachverständige hinzugezogen. Die Höhe des Schadens wird auf 150 000 Euro geschätzt. Wir werden in den nächsten Tagen über dieses folgenschwere Unglück noch ausführlich berichten.

Weber legte die Zeitung wieder zu den anderen. So ganz zufrieden war er nicht. Die Kripo und die Sachverständigen? Aber was wollen diese Experten in dem ausgebrannten Laden noch finden? In dem, was das Feuer übrigließ? ‚Nichts, rein gar nichts', sagte ihm sein Verstand. Diese Erkenntnis tröstete ihn zwar, aber überzeugte nicht.

.-.-.-.-.-.

9 Uhr 30 in der Kaffeestube. Hier kam Ole während des Frühstücks zu der Erkenntnis, dass er unmöglich mit einem Auto bis zum Ende der Bachstraße Bad Breisig, also bis zum ‚Tatort' fahren kann, und das mitten in der Nacht. Zu dieser Zeit ist der leiseste Wagen noch zu laut. Ein Fahrrad wäre richtig, ein Klappfahrrad noch besser, weil man es im Kofferraum ver-

stauen kann. Mit dem Wagen könnte er dann, so sein Gedanke zu einem Parkplatz fahren, das Klapprad fahrtüchtig machen und mit ihm nun geräuschlos bis zum Ende der Bachstraße fahren.

Im Internet fand er die Adresse eines Fachgeschäftes für Fahrräder in Linz am Rhein. Hier halfen ihm Fachleute, seine Idee zu realisieren. Er erwarb ein Klappfahrrad mit Beleuchtung, einem Gepäckträger mit Gummistrapsen, mit einer Luftpumpe alter Bauart und einem Fahrradständer. Die Leute boten noch eine Trainingsrunde an, auf die Weber jedoch aus Zeitmangel verzichtete. Denn er hatte es jetzt eilig, also bezahlen, einladen, danke, auf Wiedersehen und reisen. Bevor er den Wagen anrührte, zog er wieder seine Stoffhandschuhe an, und sollte einer neugierig fragen warum, hatte er ja die Ausrede mit der Stauballergie parat. Nach wenigen Minuten schon überquerte Weber mit der Fähre Linz am Rhein – Kripp den Rhein und parkte keine halbe Stunde später seinen Leihgolf vor dem ‚Das kleine Caféhaus' Lindenstraße.

Hier machte er seine Neuerwerbung fahrbereit und wusste nach wenigen Metern, warum die Fachleute ihm eine Trainingsrunde angeboten hatten: Die Geradeausfahrt mit dem Klappfahrrad war gewöhnungsbedürftig, was wohl an den kleinen Rädern lag oder an der Größe des Fahrrades insgesamt. Nach seiner Übungsfahrt durchs Städtchen gab es jedoch keine Unsicherheiten mehr, und er fuhr zurück zur Lindenstraße, klappte das Rad zusammen und verstaute es im Kofferraum seines Leihgolfs. Jetzt konnte er die Handschuhe ausziehen – endlich!

Die Wetterkarte im Fernsehen zeigte das Tief weit draußen über dem Atlantik. Also konnte Weber die Generalprobe heute Abend starten. Er verglich seine mit der Internetuhr: es war jetzt 20 Uhr 35. Er wartete noch, bis die Straßenlaternen und

Parklampen seine Suite in ein Dämmerlicht tauchten, das so ähnlich sein müsste, wie das Licht am Gleis zur Nachtzeit sagte er sich. Jetzt! Er öffnete die dunkelgrüne Reisetasche und entnahm ihr das ,Eisen', wie er das Stück inzwischen nannte, das der Schmied aus Dobin am See angefertigt hatte. Die verschiedenen Stücke schraubte er nun zu einem kompletten Teil zusammen und demontierte das Teil auch wieder. Diese Montage und Demontage übte er bei *dem* Licht dreimal, schaltete die Stehlampe an und sah auf die Stoppuhr: durchschnittlich fünfzehn Sekunden für eine Montage. Weber war zufrieden. Er legte die einzelnen Stücke wieder zurück in die Tasche, die Latex-Handschuhe dazu. Was nun folgte war obligat: Sein Karate-Workout mit anschließender Dusche.

Bevor er das ,Steigenberger' im dunkelblauen Jogginganzug verließ, sah er auf die Wetterstation: Außentemperatur 14°, Luftfeuchtigkeit 41 %, Uhrzeit 22 Uhr 52. »O.k.«, murmelte er, zog die Latex Handschuhe an und machte sich auf den Weg zum seinem Leihgolf.

Da auf dem Edeka-Parkplatz Bad Breisig selbst zu dieser Zeit immer noch was los war, steuerte er eine ruhige Nebenstraße an, hielt und stieg aus. Fünf Minuten horchte und sah er in die Nacht und als ,die Luft rein war', begann er mit der Montage seines Klappfahrrades. Zuletzt klemmte er die Luftpumpe unter die Strapse, und mit dem ersten Pedaltritt begann der Test der ,Aktion Eisenbahn'.

In einer Nebenstraße in unmittelbarer Nähe der Sichtwand zur Eisenbahn stellte er sein Rad in eine Hausnische, klemmte die Luftpumpe ins Hinterrad. Ein richtiges Schloss wäre in der Dunkelheit wenig praktikabel gewesen. Deshalb die Luftpumpe, geht auch! Er schlich zur Bachstraße und nun hieß es warten auf den Zug aus Koblenz. Zeit, um die in der Nacht tristen Häuser zu betrachten und in die Dunkelheit hinein zu horchen. Weber schlug den Kragen hoch. Kühl war es hier am

Rhein, die Luft wurde zunehmend feuchter und malte bereits bunte Ringe um das trübe Licht der Straßenlampen. Erste Herbstgrüße.

Die Eisenbahn näherte sich aus Richtung Koblenz. Der immer lauter werdende infernalisch pfeifende Lärm überfällt die schlafende Stadt, reibt sich an den Häusern, die ihn gleich durchreichen bis in die Täler der Eifel, bis auf die andere Rheinseite.

Der Zug rast weiter und stört bereits die nächtliche Ruhe der nächsten Ortschaft, als Weber mit langen, federnden Schritten zur Sichtschutzwand hechtet. Mit einem Satz steht er auf dem RWE-Elektroschrank, lässt sich auf der anderen Seite der Wand runter und landet neben dem Gleis. Nach dreißig Sekunden – die erforderliche Zeit für die Montage des Eisens – zieht er sich wieder an der Wand hoch auf den Elektroschrank und springt von dort auf die Straße. Fast lautlos sprintet er an den Häusern vorbei zu seinem Rad, zieht die Luftpumpe aus dem Hinterrad und schiebt sie unter die Strapse. Er wartet noch einige Minuten – und erst, als er nichts hört, schwingt sich auf den Sattel und verlässt zufrieden den Ort der bestandenen Generalprobe.

Auf einer Bank am Rhein legte er eine Pause ein, streckte die Beine. Die Ruhe tut gut. Vor ihm, keine dreißig Meter entfernt leuchtete im Schein des abnehmenden Mondes das silberglänzende Band des Rheins. Unten fuhren Schiffe vorbei, dank Radar und moderner Navigationstechnik auch zu dieser Nachtzeit. Das sonore Geräusch der Dieselmotoren erinnerte ihn an Hamburg, an die Elbe. Und hier wie da, bei Rheinfrachtern wie bei den großen Überseeschiffen sieht er die Seitenlichter grün und rot, die weißen Sektorenlichter an Bug und Heck.

.-.-.-.-.-.

Meier Drei war mit vier seiner Mitstreiter unterwegs. In Remagen. Genauer im Haus des in dem Inferno umgekommenen Hobby-Tüftlers und Bastlers Wilhelm John. Und schon bald wusste Meier Drei, in welchem Verhältnis die Damen im Haus zu John standen. Im 1. Stock wohnte eine ansehnliche Dame nahe 50, Abteilungsleiterin im Post-Tower Bonn, und ihre fast gleichaltrige Nachbarin auf der rechten Seite arbeitete in der Universitätsverwaltung Bonn. Jede Wohnung war etwa 75 Quadratmeter groß und nach der Miete befragt sagten sie, dass der Betrag sehr, sehr sozial sei, was Meier Drei mit ,umsonst' übersetzte. Der Hauseigentümer John selbst bewohnte zu Lebzeiten die gesamte untere Etage.

Die Kripoleute durchsuchten die John Wohnung und alles, was auch nur annähernd von Relevanz sein konnte, wurde in Kartons gepackt. Danach wurde die Wohnung versiegelt und weiter ging es in den Keller, in die Werkstatt. Auch hier landete alles, was von Bedeutung war in Kartons. Die Skizzen und Schriftstücke sowieso. Anschließend wurde auch der Keller versiegelt.

Aber warum dieser Aufwand? – Weil Hauschild nicht glauben wollte, dass ein so begabter und professionell arbeitender Mann sich durch eine grob fahrlässige Unvorsichtigkeit, nämlich der Außerachtlassung einer Grundregel, die man jedem Auszubildenden in der Metallbranche bereits in der ersten Woche ,bis zum Gehtnichtmehr' eintrichtert, selbst in die Luft gesprengt haben sollte? Er schränkte ein, dass ein derartiger Unfall ,passieren' kann, selbstverständlich. Aber nach Auskunft der Unfallberufsgenossenschaft sehr selten, was für Hauschild hieß, dass sich seine Abteilung intensiv mit dem Fall befassen werden müsse.

Die insgesamt sechs Kartons landeten samt Inhalt zunächst auf einem großen Tisch. Lediglich der Schriftverkehr der letzten zwölf Monate kam an die Pinnwand, ebenso alle Fotos, also auch diejenigen, die die Kameraleute der Polizei gemacht hatte. Alle technischen Unterlagen, wie z.B. Skizzen, Schaltpläne usw. kamen zunächst zur Kriminaltechnik.

Mehr war im Moment nicht zu tun, abgesehen davon, dass auch einige andere Fälle absolute Priorität hatten. Lediglich die K7-Techniker machten sich an die Arbeit. Und so kochte der Fall Wilhelm John zunächst auf kleiner Flamme.

.-.-.-.-.-.

Für den Nachmittag verordnete Ole sich einen ausgedehnten Gang durch den Kurpark Bad Neuenahrs, einzig und allein zum Nachdenken. In Gedanken ging er seinen Einsatz in Bad Breisig noch einmal durch, denn jeder Handgriff, jeder Schritt musste hundertfünfzigprozentig sitzen. Er überdachte auch einige Eventualitäten, die nicht auszuschließen waren. Aber als Realist wusste er auch, dass unmöglich alles bedacht werden konnte. *Einem* Gedanken ging er jedoch intensiv nach: Was geschieht, wenn urplötzlich eine Polizeistreife aufkreuzt, oder wenn jemand nicht schlafen kann, aus dem Fenster schaut und ihn sieht? Wie er der Polizei entkommt, hatte er bereits einige Male in Gedanken durchgespielt, aber ob es auch im Ernstfall so ablaufen wird war eine ganz andere Frage. Alle anderen Probleme mussten ohnehin vor Ort entschieden werden.

Er setzte sich auf eine Bank in der Nähe des Musikpavillons, stützte seinen Kopf in beide Hände und montierte in Gedanken das ‚Eisen‘ an die Schiene – dutzendmal in der Suite simuliert. Dazu stellte er sich die Situation am Gleis vor, das Licht der Straßenlampen, die Unebenheiten im Schotterbett des Gleises. Unter diesen Umständen musste in praxi jeder Handgriff sitzen, in der vorgegebenen Zeit sitzen. Nervosität durfte erst gar nicht aufkommen, darüber war er sich im Klaren. Sie könnte tödlich sein! Für die Aktion hatte er den Zeitraum zwischen

0.10 Uhr bis 0.40 Uhr vorgesehen. In dieser Zeit musste der IC 2003 nach Frankfurt/Main Hbf über Koblenz, Abfahrt Bonn Hbf 0,14 Uhr, diese Stelle in Bad Breisig durchfahren. Er hatte, soweit überhaupt möglich, jede Kleinigkeit überdacht und vorbereitet. Sogar den Brief an den Bahnchef hatte er bereits geschrieben, kuvertiert und frankiert.

An diesem Abend gönnte er sich ein opulentes Mahl und als Ausklang des Tages die Wetterkarte im Fernsehen, sonst nichts.

Den folgenden Tag ließ er ruhig angehen und belud seinen Leihwagen nach und nach mit den wenigen, aber wichtigen Dingen für seinen nächtlichen Einsatz. Als letztes trug er die Reisetasche mit dem ‚Eisen‘ zum Auto. Und da er alles in ungleichen Zeitabständen zum Auto schaffte, schöpfte keiner auch nur den geringsten Verdacht und sei es, dass einer neugierig gewesen wäre und nach dem Reiseziel gefragt hätte. In Bad Neuenahr hatten die Kurgäste andere Sorgen und sowieso dieses oder jenes Problem. Und die Hüft- und Knieoperierten aus der Reha waren ohnedies froh, wenn sie einige hundert Meter weit relativ schmerzfrei gehen konnten.

Nach einem leichten Abendessen machte er sich auf den Weg zu seinem Leihwagen. Es war einundzwanzig Uhr durch. Im Auto überprüfte er noch einmal seine Papiere. Sie waren allesamt auf den Namen Weber ausgestellt: Personalausweis, Führerschein und auch die Unterlagen des Autoverleihers.

In Bad Breisig parkte er seinen Wagen in der ihm bereits bekannten ruhigen Nebenstraße. Da er noch etwas Zeit hatte, ging er noch hinunter zur Promenade. Vor einem Wohnhaus mit Fenstern, größer als die Schaufenster in der Stadt, setzte er sich auf eine Bank. Vor ihm der Rhein mit dem Tag und Nacht gleich starken Schiffsverkehr. Ein Container fuhr vorbei, zu Berg. Ein Container wie im Hamburger Hafen, dachte er, nur sehr viel kleiner. Er sah auf die Uhr. Vater musste vor zwei, drei Stunden die Tür zu seinem Büro, oder ‚Bureau‘, wie es seit fast hundert Jahren auf dem Emailleschild zu lesen ist, geschlossen und die Speicherstadt verlassen haben. Der alte Herr hätte es ja zu gerne gesehen, wenn Herr Sohn das Geschäft übernommen hätte. Nichts für ihn! Schwester Lillichen wollte ebenfalls nicht ins Geschäft einsteigen. Sie studierte Medizin, und als sie fertig war und Frau Doktor eine gute Stelle im Labor eines bekannten Pharmakonzerns hatte, lernte sie Frank kennen, den Chefarzt Frank. Die geborene Arroganz. Diese Sippschaft kann mir gestohlen bleiben, resümierte er. Für diese Leute bin und bleibe ich nun mal der akademische Makler, der ihrer Meinung nach mit orientalischen Händlermanieren zu Geld kommt. Bitte! Sollen sie ihre Meinung behalten, ich habe nichts dagegen. Er sah auf die Uhr, machte sich auf den Weg zum Auto, zur Montage seines Klappfahrrads.

Über einige Nebenstraßen erreichte er die Kreuzung vor der Sichtwand der Eisenbahnstrecke, stellte das Rad in die dunkle Hausnische, nahm die Tasche mit dem ‚Eisen‘ vom Gepäckträger und wickelte sie in eine Decke. Jetzt noch die Luftpumpe ins Hinterrad – fertig! Kurzer Lagecheck: Außer schwachen Stimmen aus dem Restaurant ‚Flohmarkt‘ war nichts zu hören. Eine Minute noch! Hier waren die Straßen leer, alle Fenster dunkel. Auf dieser Seite der B9 schlief Bad Breisig bereits um diese Zeit.

Und Jetzt! Er hechtet an der Häuserfront vorbei, hebt die eingewickelte Tasche über die Sichtwand und lässt sie auf der anderen Seite ins Gleis fallen. Mit einem Satz springt er auf den RWE-Elektroschrank, lässt sich auf der anderen Seite der Sichtwand runter und steht mit wenigen Schritten im Gleis Bonn-Koblenz. Tasche aus der Decke wickeln, öffnen, das ‚Eisen‘ auf die Schiene legen, das kleinere Stücke anlegen, Schraubenmutter von Hand andrehen, mit dem Ringschlüssel festziehen. Fertig! Decke und Ringschlüssel in die Tasche packen, auf die Straße werfen. An der Sichtwand hochziehen auf den RWE-Schrank, von dort auf die Straße springen, die Tasche aufnehmen, horchen – Stille. Am Rad angekommen klemmt er die Tasche unter die Gummistrapse, Luftpumpe dazu, abfahren.

Gleich neben der Kirche St. Marien überquert er die B9 und radelt nun die Biergasse hinunter zum Rhein. Neben dem Fahrscheinhäuschen einer kleineren Personenschifffahrtsgesellschaft zog er den schwarzen Pullover aus und steckte ihn in die Tasche. Und jetzt, im weißen T-Shirt schob er sein Rad zur Promenade. Gleich rechts auf der großen Terrasse saßen an allen Tischen mehr Frauen als Männer. – Wie er später erfuhr, war das Verhältnis meist umgekehrt. – Die Drei-Mann-Kapelle mit ihrer ‚Live-Musik‘ (so stand es vor der Terrasse auf einer Tafel) musste mit dem Schunkelwalzer ‚Trink, trink, Brüderlein trink‘ erst gar nicht ans Trinken erinnern. Denn getrunken wurde dank der geleerten Kegelklub- und Gesangvereins-Kassen ohnehin reichlich, und deshalb stieg der Alkoholpegel schneller als der Rhein bei akutem Hochwasser.

Kaum, dass Weber die Terrasse betreten hatte, hakte sich eine vollschlanke blonde Schönheit bei ihm ein und schob ihn auf die Tanzfläche. »Mann, hast Du Bizeps!«, staunte sie. »Hast Du auch so stramme Beine? Ich heiß übrigens Silvi.«

»Otto – und ich hab nicht nur stramme Beine«, grinste er.

»Sag nur! … « Was sie noch sagte, hörte er nicht mehr. Der schlagartige, unglaublich laute, anhaltende donnerähnliche Lärm übertönte alles. Die Terrasse bebte. Die Musiker wie die Tanzpaare verweilten sekundenlang in einer skurrilen Stellung. An den Tischen verstummte jedes Gespräch. Der rheinische Frohsinn legte unfreiwillig eine Pause ein!

Und in die ebenso plötzliche, unheimliche Stille hinein heulten die Feuersirenen und schon bald das Tatütata der Feuerwehren und Krankenwagen.

.-.-.-.-.-.-.

Der Lokführer des IC 2003 blickte aus dem Seitenfenster seiner E-Lok. Soweit er den Bahnsteig übersehen konnte, waren alle Fahrgäste an Bord seines Zuges. Das Ausfahrtsignal zeigte immer noch rot. »Schon eine Minute drüber«, murmelte er – Grün! Der Zugführer sah noch einmal zum Zugende, ehe er das Signal zum Abfahren gab. Der Lokführer schloss das Seitenfenster, nahm auf dem Fahrersitz Platz, löste die Bremsen und schob den Fahrhebel langsam nach vorne. O.15 Uhr, der IC 2003 verließ mit zwei Minuten Verspätung den Hbf Bonn.

Diese zwei Minuten holte der Lokführer unterwegs wieder auf, zumal er bis zum nächsten Halt Koblenz Hbf seinen Zug auf den einzelnen Streckenabschnitten mit den jeweils zugelassenen Geschwindigkeiten voll ausfahren konnte. Lediglich auf einem bestimmten Streckenabschnitt musste er lt. ,La' die Geschwindigkeit auf 100 km/h zurücknehmen. (Die ,La' ist ein Sonderfahrplan für das Bahnpersonal, in dem alle außerfahrplanmäßigen Besonderheiten, wie z.B. Baustellen, Langsamfahrstellen, Gleis- und Signaländerungen u.ä. mit Streckenkilometer und Geschwindigkeit angegeben sind.) Mit 170 km/h ging es auf Bad Breisig zu. Höhe Industriegebiet nördlich der Stadt drosselte er die Geschwindigkeit auf die vorgeschriebenen 140 km/h, womit er jetzt ins Stadtgebiet Bad Breisig einfuhr.

Der plötzliche, unvorstellbare, anhaltend dröhnende Krach trifft den Lokführer wie ein Keulenschlag. Aber er behält die Nerven, zieht den Bremshebel nicht in einem durch, sondern peu à peu, sodass sein Zug im Bahnhof Bad Breisig fast normal am Bahnsteig zum Stehen kommt. Aber jetzt, jetzt bricht er zu-

sammen. Im Schock stammelt er nur soviel: »Ich hab doch …
nichts verkehrt gemacht! … Nichts verkehrt … !«

Der Zugführer, ein alter Hase, der wie die Passagiere ebenfalls den wahnsinnigen, ohrenbetäubenden Krach erlebt hat, findet den Lokführer zusammengebrochen im Führerstand der Lok und übernimmt jetzt das Kommando. Während er über Bahnfunk mit der Zentralen Betriebs-Überwachung, der ZBÜ spricht und die momentane Situation schildert, wählt er bereits über Handy die ‚112‘ und erfährt, dass bereits mehrere Wagen unterwegs sind. Ein zufällig im Zug anwesender Arzt habe wegen einer hochschwangeren dreißigjährigen Frau angerufen. Als er immer noch mit der ZBÜ spricht, hört er auch schon das Tatütata mehrerer Fahrzeuge.

Von der ZBÜ veranlasst, läuft nun das gesamte Szenario eines Katastropheneinsatzes ab. Da im Moment keinem die genaue Anzahl evtl. Verletzter und der Umfang etwaiger Schäden bekannt ist, werden neben der Feuerwehr auch der Rettungsdienst, Notärzte und das THW zum Bahnhof Bad Breisig gerufen, außerdem wird ein Rettungshubschrauber in Bereitschaft versetzt. Die BAHN chartert Busse für den Weitertransport der Passagiere und organisiert die Umleitung der Züge, weil die linksrheinische Strecke zwischen Bonn und Koblenz komplett gesperrt werden muss. Die Polizei sperrt Straßen, richtet Umleitungen ein.

Mit dem ersten Rote-Kreuz-Fahrzeug wird die junge Frau zur Uni-Klinik Bonn gefahren, mit dem zweiten der Lokführer zum Bundeswehr-Krankenhaus Koblenz. Einige andere werden vor Ort versorgt und, wenn erforderlich, ebenfalls nach Bonn gefahren.

Bereits eine Stunde nach dem Anschlag trafen die ersten Spezialisten der Bahn ein, die den Zug an Ort und Stelle untersuchten. Nachdem sie keine ersten Schäden feststellen konnten, wurde der komplette Zug zur Fahrt in eine Werkstatt für die nun anstehende Hauptuntersuchung freigegeben.

Der Schaden für die Bahn betrug jetzt schon einige Hunderttausend Euro.

Inzwischen war es fünf Uhr geworden und noch immer herrschte an der mittlerweile mehr als vier Stunden gesperrten Eisenbahnstrecke ein außergewöhnlich reger Betrieb. Die Kripo war intensiv mit der Spurensicherung beschäftigt. Aber das Drumherum außerhalb der Sichtschutzwand war für Bad Breisig schon mehr als ungewohnt, denn neben der Polizei waren das Rote Kreuz, die Feuerwehr und selbstverständlich die Bahn mit Fahrzeugen und Mannschaften reichlich vertreten. Und die Presse! Allen voran das SWR-Fernsehen und RTL mit Kameras und Scheinwerfern. Da die Fernsehleute, wie alle anderen Presseleute auch, das Gleis nicht betreten durften, hatten die Kameraleute vom Fernsehen ihre Hubfahrzeuge mitgebracht und filmten jetzt von oben herab die grell beleuchtete Szene.

Hauschild sah seinen Meier Drei an: »Und?«

Der zuckte mit den Schultern. Fest steht, Chef, dass wir Arbeit kriegen, und zwar reichlich!«

»Noch sind wir mit … mit dem Fall … nicht befasst, oder schon mittendrin … « sagte Hauschild nachdenklich.

»Sie denken an den Markowski?«

»Ja, wir werden noch einmal die Akte auf den Tisch legen müssen, denn hier besteht offensichtlich ein Zusammenhang zwischen dem Ermordeten vom Bahnsteig 2 und der Geschichte hier … «

Drei Hauschild-Leute streiften durch den Kurpark, gingen auf ein Paar zu, dass heftig knutschend auf einer Bank saß. Mit einem lauten Räuspern näherten sie sich …

»Entschuldigung, wir müssen leider stören und sie um die Ausweise bitten.«

»Sie sind vielleicht ein Gentleman«, sagte die Frau und kramte in ihrer Handtasche. Der Mann zog seinen Ausweis aus der Hosentasche. »Bitte.«

Die Kripoleute tippten irgendwas ins Handy, sprachen drei Worte und gingen zurück zu dem Paar. »Alles o.k. und entschuldigen sie nochmals unsere Unfreundlichkeit. Aber aus gegebenem Anlass mussten wir Sie leider stören – guten Morgen!

Weber wollte was sagen, aber sie hielt ihm den Mund zu. »Ruhig! Sonst reden die uns noch die Ohren voll und stehlen uns die Zeit«, flüsterte sie.

.-.-.-.-.-.-.

» … und salü bis morgen früh!« Der immer gutgelaunte Michael Heuvel vom SWR Hörfunk 4. Programm verabschiedete sich für heute. Neun Uhr. Natalie drehte für die nachfolgende Nachrichtensendung das Radio etwas lauter, denn Nachrichtenhören war für die Atorfs schon fast Pflicht. Nach den ersten Sätzen der Sprecherin Jeanette Schindler starrte Natalie das Gerät an: » … Auf den Intercity Bonn – Koblenz wurde gegen Mitternacht ein Anschlag verübt. Ein Unbekannter hatte in Höhe des Bahnhofs Bad Breisig auf der Schiene ein Eisenteil festgeschraubt. Der Lokführer sowie viele Reisende erlitten … Die Passagiere mussten in Bussen … In Syrien wird weiter auf Zivilisten geschossen und … « Natalie hatte die Lautstärke etwas reduziert, weil Lars und Lupinchen von ihrem Morgengang zurückkamen, und es ohnehin laut werden würde, das wusste Natalie. Es war immer so, denn Lupinchen bellte gleich ihre Neuigkeiten in die Wohnung und … Natalie legte sofort los: »Lars setz Dich!«

»Was ist los?«

»In der vergangenen Nacht wurde in Bad Breisig auf den IC Bonn – Koblenz ein Anschlag verübt. Soeben im Radio gehört.«

Lars sah seine Frau sekundenlang an. »Weißt Du, an wen ich jetzt denke?«

»Ja – an unseren Eisenbahner.«

»Richtig. Jetzt wissen wir, warum dieser Mann ermordet wurde. Den Mörder kriegen wir, verlass Dich drauf!« Er sagte unbewusst ,wir', als würde er zur Polizei gehören. Lars tippte bereits eine Nummer ins Handy. »Natalie, wir fahren nach Koblenz, aber vorher noch eben den Hauschild anrufen.« Und der war nicht anwesend; in einer wichtigen Besprechung sei er und die könne noch Stunden dauern, wurde ihm gesagt. Die Atorfs fuhren trotzdem.

Auf dem Parkplatz des Polizeipräsidiums herrschte eine seltene Enge. Autos der Polizei, der Stadt, des Landes Rheinland-Pfalz und der BAHN standen Stoßstange an Stoßstange. Atorf hielt vor einer Reihe Autos, stieg aus und Natalie übernahm jetzt das Steuer. Wenn es sein musste, konnte sie den Wagen zur Seite fahren und den anderen Platz machen.

Im Foyer herrschte ein dichtes Gedränge. Das Getuschel hörte sich wie ein surrender Bienenschwarm an. Die übergewichtige Dame an der Rezeption hatte reichlich zu tun, und es dauerte, bis Atorf endlich seinen Spruch loswerden konnte. Sie tippte eine Kurznummer ins Telefon, nickte dreimal mit dem Kopf, Atorf hörte »o.k.«, bis sie ihm erklärte: »Gehen Sie schon mal durch!«

Der Summer öffnete die Tür zum Mützenladen. Und während Atorf die Tür hinter sich zuzog, stieg Herr Rosinke bereits aus dem Fahrstuhl. Sie kannten sich und Atorf stellte sofort die Tasche mit dem Schienenstück auf den Tisch. »Für Herrn Hauschild. *Diese* Schiene ist auch im Bahnhof Bad Breisig verlegt. Zusammen mit dem Corpus Delicti kann er nun seine Dokumentation vervollständigen. Gruß an Herrn Hauschild, tschüs, Herr Rosinke!«

»Tschüs, Herr Atorf!« Als Atorf sich noch einmal umdrehte,

stand Rosinke bereits im Aufzug. »Hektik, *die* Hektik, schreibt man groß«, murmelte Atorf und hier in diesem Bau *ganz* groß.

Etwa um diese Zeit hielt der BAHN-Chef in Berlin ein Schreiben in der Hand, dessen Inhalt ihn fast um den Verstand brachte:» … war nur der Vorgeschmack dessen, was auf sie zukommt, wenn sie meiner Forderung über 3 Millionen Euro nicht nachkommen.«

Eine Kopie des Schreibens wurde sofort nach Koblenz gefaxt. Außerdem wurde ein Anruf des BAHN-Chefs unverzüglich an den Polizeipräsidenten durchgestellt.

.-.-.-.-.-.-.

Auf dem Parkplatz löste Atorf seine Frau am Steuer ab und fuhr Richtung Stadt. »Hauschild sitzt immer noch in dieser dicken Besprechung« sagte er und bog rechts ab.

»Und jetzt?«

»Wir haben eine kleine Erholung verdient und fahren nach Maria Laach, einverstanden?«

»Hast Du gehört, Lupinchen? Wir fahren zum Mäuschenweg! Und *wieder* wurde Lupinchen gedrückt.

Auf dem Weg vom Parkplatz zur Abteikirche Maria Laach kommt man am ‚Klosterladen‘ vorbei. Dieses Geschäft ist vollgepackt mit den herrlichsten Köstlichkeiten aus der Region und den angrenzenden Beneluxländern. Und alles ist ‚Bio‘, selbstverständlich. Wie die Eier. Sie stammen von freilaufenden Hühnern, wobei ‚freilaufend‘ hier wörtlich genommen werden darf, denn man kann die Hühner auf den weiten Wiesen rund ums Klostergut sehen.

Wo können Städter noch gackernde, scharrende Hühner auf saftigen, bunten Wiesen beobachten? Wo?

Aber die meisten Besucher sehen fast nichts! Sie verlassen die Busse, marschieren sofort los zum Klosterladen oder gleich zur Kirche, und hier? Wer sieht die architektonischen Details, wie z.b. links neben dem Eingang zum ‚Paradies' in der Kapitellzone die ‚Haarraufer' und daneben versteckt ein kleiner Teufel in einer Schlingpflanze, der die Sünden der Menschheit peinlich genau notiert? Oder den Atriumbau mit dem ‚Brunnen des Lebens' in seiner Mitte? Wer? Diese und andere Impressionen werden nur von wenigen mit nach Hause genommen.

Die Atorfs machten sich gleich auf zum ‚Mäuschenweg', der nichts anderes ist als ein Weg durch den Wald oberhalb der Abtei. Ein Wald mit mächtigen, haushohen Buchen. Lupinchen liebte ihn, weil hier die Waldmäuschen zu Hause sind. Wurde erzählt. Gesehen hat sie noch keines, vielleicht die Patres unten aus dem Kloster, die angeblich auch die Sprache der Waldmäuschen verstehen, wie zu hören war. Aber davon hatte Lupinchen nichts. Die Atorfs übrigens auch nicht.

Auf der dritten oder vierten Bank, jedenfalls auf der, von der aus sie den freien Blick auf den Laacher See hatten, machten sie Rast. Ein seltene, fast feierliche Ruhe herrschte hier oben. Sie, die sie in einer Umgebung ständiger Geräusche lebten, hörten hier nur noch den leichten Wind, der durch die Baumkronen strich und den Gesang der Vögel begleitete. Einfach herrlich. »Ich überlege schon die ganze Zeit, was wir gestern zu Mittag gegessen haben«, wandte sich Lars unvermittelt an seine Frau.

Sie schien in einer ganz anderen Welt zu sein. »Gestern, wieso gestern?« Es war, als müsse sie einen Traum verlassen und erst wach werden. »Wir waren doch im … im Bauernstübchen.«

»Ja, richtig!« Lars verschränkte die Arme. »Die Soße war gut. Grüne Pfeffersoße. Frau Lauterbach hätte gesagt, ‚Köstlich, köstlich'. Die gute Frau Lauterbach.«

»Und sie ist so krank.«

»Ja, ja.« Stille. Wieder waren die beiden mit ihren Gedanken unterwegs, nur nicht mit Lupinchen auf dem Mäuschenweg.

In diese himmlische Ruhe hinein drangen jäh und viel zu laut die irdischen Signale moderner Technik, die Töne des Handys. Grüne Taste. »Atorf?«

»Hauschild. Lars, Tag! Danke für das Schienenstück. Mit ihm wurde mein Vortrag wesentlich anschaulicher – kann ich … kann ich es behalten?«

»Für eine Tasse Bohnensuppe – gerne.«

»Werde ich organisieren und … nochmals danke. Gruß an Natalie. Tschüs, Lars!

»Das war aber kurz. Und was machen wir jetzt?«

Natalie sah ihn mit ihrem Fragezeichengesicht an und schlug vor, nach Koblenz zurückzufahren, den Wagen wegen der Rushhour auf einem Parkplatz abzustellen und mit einer Taxe zum Platz ‚Am Plan‘ zu fahren. »Da war doch so eine tolle Pizzeria, weißt Du noch?«

»Natalie, das ist *die* Idee.«

Und so kam es, dass sie am späten Nachmittag in einer Pizzeria bei italienischer Musik und einem Viertelchen vom halbtrockenen Roten die Speisekarte rauf und runter lasen und sich schließlich für eine teuflisch scharfe Pizza entschieden.

.-.-.-.-.-.-.

Es war spät, schon fast 23 Uhr und Frau Kriminalkommissarin Fischer-Höchst war immer noch mit dem Aussortieren einiger Akten beschäftigt. Ausgerechnet jetzt, zu dieser Stunde meldete sich die BAHN im Internet. Sie ließ sofort die Mail ausdrucken.

Das Schnelllesen hatte sie sich angewöhnt. Ergo legte sie einige Seiten sofort wieder auf den Tisch, alles was für morgen. Nur die Seite fünf und … und auch die Seite sechs nicht. Wo hatte sie das abgebildete Gerät schon einmal gesehen?

Zwei Zimmer weiter saß ihr Kollege Meier Drei und blätterte ebenfalls noch in einer Akte und hatte dabei die Beine hoch auf einer Schreibtischecke liegen und … »Bertie, sieh Dir das an!« ‚Bertie‘ hatte sie ihn gerufen. Noch nie hatte eine Frau ihn mit Bertie angesprochen, noch nie! Sabine stand neben ihm. Und wieder dieses Parfüm.

Vom Juristen konnte es kaum noch sein. Den hatte sie vorige Woche ‚in den Wind geschossen‘, hörte Meier Drei vor Tagen vom Kollegen Hoffmann, und der musste es wissen. Nicht umsonst nannte man ihn den ‚Generalanzeiger‘, denn was immer an Zwischenmenschlichem hier im Hause geschah, Hoffmann wusste wer, wann und wo.

»Sieh Dir … «

»Ja … ja«, stotterte er.

Sie wusste ja, dass er sie … Seit Wochen schon lief er, was sie anging, neben der Spur! Aber *so* kannte sie ihn noch nicht. Dieser Meier Drei! Im Polizeipräsidium zählte er zu den Härtesten, und hier stand er und stotterte.

Aber er hatte sich schnell gefangen. »Lass‘ mal sehen. Na, bitte! *Jetzt* wissen wir, für wen John das Schloss gebaut hat«, er ging zur Pinnwand. »Die Bilder zeigen das Schloss«, erklärte er seiner Kollegin »und hier siehst Du die Konstruktionszeichnungen dazu, angefertigt von einem Wilhelm John. Und dieser Mann ist unlängst in Remagen, in seiner Garage bei Schweißarbeiten tödlich verunglückt – so steht es in amtlichen Dokumenten. Nachdem ich nun diese Bilder im Zusammenhang mit unserem Mister X sehe, behaupte ich, der Unfall wurde von diesem Kerl absichtlich herbeigeführt. Er hat den John gezielt getötet, sprich: einen wichtigen Zeugen beseitigt. Der Eisenbahner wurde aus gleichem Grund umgebracht. Und der Schmied, der das Stück Stahl passend zur Schiene angefertigt hat? Ihn kennen wir noch nicht und können nur hoffen, dass er *noch* lebt. Morgen früh … «, er sah auf seine Uhr, »nein, verdammt, es ist ja schon heute! Also heute wirst du bitte, so wie der Chef reinkommt, einen Termin für den kleinen Kreis organisieren.«

»Wird erledigt.« An der Tür drehte sie sich noch einmal um, zögerte etwas: »Bis nachher, tschüss!

Kriminalkommissarin Sabine Fischer-Höchst notierte:
7 Uhr 42, kleiner Kreis: Herr Hauschild, Meier Drei, Mülleisen, Schmidt.
Hauschild legte die Internet-Ausdrucke in die Mitte des Tisches. »Kollegen, neben Bekanntem beinhaltet die Mail so was wie eine Gebrauchsanleitung für das Schloss. Ihr habt sie ja gelesen. Jetzt wissen wir wenigstens, wie die Geldübergabe erfolgen soll: In das Schloss wird die Geldtasche eingeklinkt. Und irgendwo auf der Strecke Hamburg Hbf – Koblenz Hbf wird Mister X die Tasche per Funk ausklinken. Irgendwo! Und genau da beginnt für uns die Schwierigkeit. Es ist nämlich gänzlich unmöglich, diese Strecke mit ihren Bahnhöfen, Brücken und Tunneln komplett zu überwachen. Hinzu kommen womöglich uns noch vollkommen unbekannte bauliche Objekte. Das heißt, ich muss es leider so deutlich sagen, dass unsere Chancen, den Erpresser schon bei der Geldübergabe schnappen zu können, gegen Null tendieren. Und das weiß unser Mister X, ein verdammt gerissener Hund! Wir können nur *hoffen,* dass wir ihm zuvorkommen.«

»Vom Kollegen Hackstein haben wir auch noch nichts Positives gehört«, Meier Drei. »Und was sagt Kretschmer?«

Hauschild wählte schon: »Herr Kollege, Morgen, was gibt es Neues?«

»Nichts, was uns weiterbringt. Aber wir bleiben dran.« Noch ein paar Takte und Hauschild legte den Hörer wieder auf. Fast hätte er den Kretschmer noch gehört: »Diese Karnevalisten vom Rhein … «

»Wann ist die nächste XY-Sendung? Wenn wir es schaffen, gleich zu Beginn dieser Sendung das geschmiedete Stück zu zeigen, wir ein paar Worte dazu sagen könnten – oder in den Hauptnachrichten … «, Meier Drei sah seinen Chef an. »*Wenn* das klappt, und der Schmied sich meldet, könnten wir gemeinsam mit ihm ein Phantombild … «

»Wenn er sich meldet«, Hauschild sah seinen Meier Drei an. »O.k., der Vorschlag ist super. Du und Sabine werdet den Vorschlag realisieren.«

Wenn Hauschild, wie in dieser Besprechung seine engsten Mitarbeiter duzte, war für ihn die Welt in Ordnung. Dann war sein ‚Laden‘ richtig mal in Schwung. Wenn er sie aber siezte, hingen irgendwo die Glocken schief, und dann musste man ihm nicht unbedingt begegnen.

»Noch was zu diesem Thema?« Hauschild sah in die Runde. »Nicht? Dann an die Arbeit!«

Sabine Fischer Höchst notierte: Ende der Sitzung 7 Uhr 53.

.-.-.-.-.-.-.

An diesem Morgen saß ein Team von Spezialisten in der Hauptverwaltung der BAHN in Berlin zusammen und beriet über das weitere Vorgehen in Sachen Erpresser. Unter Punkt 3 wurde die Umrüstung eines Reisezugwagens besprochen, an dessen Heck das ‚Schloss‘ mit eingeklinkter Geldtasche hängen und im Inneren Platz für ein BKA-Team geschaffen werden sollte. Mit dieser Arbeit sei unverzüglich zu beginnen.

Zwei Tage später schob eine Rangierlokomotive einen Reisezugwagen in die kleine Werkstatt des Hauptbahnhofs Hamburg. Sein Inneres war von sogenannten ‚Fußballfans‘ restlos zerstört worden.

Normalerweise würde dieser Wagen einem Bahnbetriebs-

werk zugeführt, um das Fahrzeug von Grund auf zu über-
holen.

Mit dem Wagen in Hamburg geschah aber etwas ganz anderes. Die zerstörten Innereien wurden restlos ausgebaut. Nicht
einmal Aschenbecher und Gepäckablagen verblieben im Wagen. Nichts wurde erneuert oder repariert. Eine Ausnahme
machte die Toilette, sie wurde wieder original hergestellt.

Was nun in dem Wagen eingebaut wurde, war zuvor in der
Werkstatt in Tag- und Nachtarbeit hergestellt worden, und
zwar unter Aufsicht und nach Maßgabe des Bundeskriminalamtes, und natürlich ,top secret'!

Als schwierig erwies sich die Umgestaltung des Wagenhecks.
Das Anbringen des ,Schlosses' war kein Problem und schnell
erledigt. Aber jetzt wurden an ausgesuchten, möglichst unauffälligen Stellen Lampen und Kameras angebracht, die die
Geldtasche im Fokus hatten. Die Arbeit setzte größte Sorgfalt
voraus, weil die Anlage bei 200 km/h genauso sicher funktionieren musste wie bei dickstem Regen. Für die Überprüfung
auf Wasserdichtigkeit wurden übrigens die 4000 Liter aus
einem Tankfahrzeug der Feuerwehr auf das präparierte Heck
des Reisezugwagens versprüht. Ziemlich zum Schluss wurden
die Fenster mit einer Folie beklebt, die nur die Sicht von innen
nach außen erlaubte. Die Handwerker gaben dem Fahrzeug
daraufhin den Namen ,Geisterwagen', der sogar von Polizei
und BAHN übernommen wurde.

Nach einer 1000 km langen Testfahrt wurde der umgerüs-
tete Reisezugwagen sofort in die Halle geschoben und von der
Polizei rund um die Uhr bewacht.

.-.-.-.-.-.-.-.

Hackstein stand mal wieder vor dieser Pommes-Bude. Der
Geruch alleine schlug ihm schon auf den Magen. Aber in der

näheren Umgebung gab es außer dieser Bude keine … »Bitte schön?«

»Einmal Pommes mit Majo, bitte.«

»Ihnen scheinen meine Pommes besonders gut zu schmecken.« Der Chef der Frittenbude schüttete frische Pommes in die Fritteuse und sah Hackstein mit einem schmalen Grinsen an.

»Ja, ja, andere Speisen vertrage ich kaum noch. Ich leide nämlich ich an einem funktionellen Defekt partieller Regionen meines Magens, an einer sogenannten Stomachuritis. Ich kann Ihnen sagen, dass … «

»Mann, dann sind Sie aber nicht zu beneiden« kürzte er Hacksteins Leidensbericht ab – »Bitte, ihre Pommes.«

»Danke, bis dann!«

Wie heißt meine Krankheit, fragte sich Hackstein im Weggehen, Sto-ma-chu-ritis? – Muss ich mir merken, sonst hat mein Leiden morgen einen anderen Namen.

Unweit dieser Fritten-Bude saß Hackstein in seinem Auto. Wenn dieser Hansen überhaupt im Treppenviertel wohnen sollte, wenn, dann hat er in der Nähe seiner Wohnung vielleicht weder Garage noch Stellplatz. Also muss er runter, wie viele andere auch. Jetzt wieder. Der Mann steigt in einen 7er BMW. Hackstein notiert die Zulassungsnummer, tippt eine Nummer ins Handy und staunt: Der Eigner heißt – Hanns Hansen.

Bevor er sich zum Treppenviertel aufmachte, lüftete er seinen Wagen. Der stank inzwischen genauso wie die Frittenbude. Zehn Minuten genoss er den Blick auf die Elbe, dann schloss er die Türen und ‚machte sich auf die Socken‘ zu der Adresse eines Mannes mit Namen Hanns Hansen.

Nach einer Stunde treppauf, treppab näherte er sich dem Haus, in dem dieser Hansen wohnen sollte … und rechnete bereits. Jede Wohnung ist mit Sicherheit nicht unter eine Million zu haben. Und wenn sich hier jemand einmieten möchte, sinnierte er. 5000 oder gar 6000 Euro Miete sind das Mindeste. Monatlich! Die sich *die* Miete leisten können, arbeiten bestimmt *nicht* bei der Polizei. »Da nehm' ich jede Wette an«, murmelte er.

,Hansen' stand neben dem Klingelknopf, mehr nicht. Er sah nicht nach oben, denn der Eingang wurde kameraüberwacht und sein Gesicht musste nicht unbedingt ,gespeichert' werden. Er ging langsam weiter, blieb hier und da stehen und konnte sich dabei das Haus von allen Seiten ansehen. »Hat nur einen Eingang«, brummte er vor sich hin. »Und den werde ich noch … aber jetzt geht's erst mal runter ins Tal der Normalverdiener. Hier in diesen vornehmen Höhen kann ich heute nichts mehr ausrichten.«

.-.-.-.-.-.-.

Karate-Ole öffnete die Tür zu ,Lissis Bar', sah hinein und zog sie vorsichtig wieder zu, denn am Tresen saßen seine speziellen Freunde, das Schiefgesicht, von dem er inzwischen wusste, dass es der ,Dreifuss' war und sein Intimus Emil. Trotz der Barbeleuchtung waren sie nicht zu übersehen. Ole wechselte rasch die Straßenseite und stellte sich zu den Wartenden an der Bushalte. Und jetzt? Er ging auf drei Halbstarke zu: »Hat einer von Euch ein Handy dabei?«

»Was geht Dich an, ob einer ein Handy … «

Ole hielt einen Zehner hoch: »Nur ein Stadtgespräch.«

Der mit den feuerwehrroten Stoppelhaaren riss ihm den Zehner aus der Hand und wollte stiften gehen. Genau damit hatte Ole gerechnet und hielt ihn fest: »Das Handy oder den Zehner, aber ganz schnell! Oder Dir tun gleich die Haare weh!«

»Komm runter, Alter – hier, hier hast Du eins.«

»O.k.!« Er ging abseits und wählte. »Lissi, ist der Dreifuss noch lange da?«

»Zahlt gerade.«

»Danke, bis gleich.«

Ein Taxi fuhr vor. Ole ging etwas seitlich, um die Nummer des Taxis besser sehen zu können. 531 las er. Jetzt verließen die beiden offenbar bester Laune die Bar. Dreifuss stieg vorne ein, sein Schatten hinten rechts. Der Wagen war noch zu hören, als Hansen die Bushaltestelle verließ und ein bestimmtes Taxi bestellte. Nun gab er dem schon unruhigen Rothaarigen das Handy zurück.

Folke Feddersen fuhr mit seinem Taxi vor. »Hallo, Ole, sag an, wohin soll es diesmal gehen?«

»Wenn wir wissen, wohin das Taxi 531 fährt, vor einer viertel Stunde hier abgefahren … «

»Au, das wird schwierig! Wenn der Mann in der Zentrale der 531 steckt, dass einer nachfragt und … «

»Stopf sein mitteilsames Maul mit einem Hunderter, und wir wissen, wie er reagiert.«

Feddersen köderte die Stimme in der Taxizentrale mit dem verlockenden Angebot und erfuhr: »Die 531 fährt zum Schuppen 6 und wohin fährst du?«

»Zum Moorburger Elbdeich.«

»Ist o.k., und denk an den Schein!«

»Geht klar.«

Zum Moorburger Elbdeich fuhren sie selbstverständlich nicht, sondern zum anderen Ende Hamburgs, zum Schuppen 6; genauer, zur Straße zwischen Schuppen 4 und 5.

»An der Straßenecke steige ich aus.«

»O.k.,« Folke Feddersen hätte selbst bei dichtem Nebel die Schuppen gefunden und auch die enge Straße zwischen 4 und 5. Nicht viele kannten sich im Hafengebiet so gut aus wie er.

Nicht eine Straße, nicht ein Schleichweg war ihm fremd, und er kannte auch die manchmal ebenso wichtigen kleinen Umwege.

»Wir sind da.« Feddersen fuhr in die Seitenstraße, setzte zurück und parkte den Wagen vor dem Schuppen 5.

»Folke, hör zu, ich bin jetzt unterwegs.« Ole löste den Gurt und sah sich um. »Ich hoffe nicht, dass die Aktion aus dem Ruder läuft, wenn ich jedoch in einer Stunde *nicht* zurück bin, fährst Du ab. Verstanden? Und deshalb bezahle ich jetzt schon.« Hansen griff in die Tasche. »Hier ist der Schein für den Meister in der Zentrale – und die sind für Dich.«

»Ole, danke! Du bist … «

»Schon gut, Folke, bis gleich.«

Folke schob den einen Schein und die fünf Hunderter für sich selbst in das Geheimfach unter der Fußmatte. Fahrgäste von dem Kaliber waren äußerst rar.

Ole ging an der Längsseite des Schuppens vorbei zu seiner Rückseite. »Vielleich kann ich meinen Freunden hier schon die Hälse umdrehen.« Nur zu dem Zweck war er den beiden kurz entschlossen gefolgt.

Er hatte die Rückseite erreicht. Damals führte eine Treppe nach oben. Damals, wie lange ist das her? Er überlegte nicht weiter. Er stand vor der Treppe und sah trotz der schwachen Beleuchtung, in welch miserablem Zustand sie sich befand. Konnte er sie überhaupt noch gefahrlos begehen? Aber zu dem oberen Umgang im Schuppen, etwas mehr als zwei Meter unterm Sheddach, gab es seines Wissens nach nur zwei Zugänge; einer war der über diese Außentreppe. Der andere führte vom Haupteingang aus noch oben, und den konnte er vergessen. Wenn er also ungesehen in den Schuppen wollte, hatte er keine andere Wahl, als über diese altersschwache verrostete Außentreppe. Nun denn, langsam rauf, nur keine Erschütterung.

Die Tür gab es noch, wie damals passte auch jetzt noch der Dietrich. Und nun nicht hektisch werden, denn seinerzeit quietschte die Blechtür laut, ja, richtig jämmerlich. Millimeter für Millimeter zog er sie auf … und sie blieb ruhig. Es schien, als hätte sich einer der Tür erbarmt und sie mit ein paar Tropfen Öl ruhiggestellt.

Ole betrat den oberen Umlauf und bewegte sich nun vom Haupttor aus gesehen auf der linken Seite des Schuppens. Unten auf der gegenüberliegenden Seite gab es immer noch die etwa 7 x 7 Meter großen Boxen, die durch Holzwände voneinander getrennt waren. Die Decken bestanden aus dichtem Maschendraht. In zwei miteinander verbundenen Boxen brannte Licht.

Was sich Karate Ole aus der Vogelperspektive bot, war der blanke Horror. Selbst den in gewissen Situationen äußerst gefühlskalten Ole packte beim Anblick dieses perversen Dramas eine irrsinnige Wut!

In der einen Box standen vierzehn heulende, schreiende, total verzweifelte, sich gegenseitig haltende Frauen. Die Jüngste vielleicht achtzehn, die Älteste um die vierundzwanzig? So, wie sie aussahen, waren es ausnahmslos Südländerinnen. Drei stabile Kerle zerrten gerade eine vielleicht zwanzigjährige schlanke Frau auf ein schmales Bett, hielten sie fest während ein vierter, es war Emil, sich nun anschickte, sie zu vergewaltigen. Drei weitere Kerle standen bereits mit nacktem Unterkörper bereit. Dreifuss, der sich nicht nur im Schädeleinschlagen auskannte, sondern wie zu sehen auch auf diesem Gebiet eine ebenso grausame Rolle spielte, stand grinsend daneben und wippte mit dem Fuß zum Gesang eines Rappers aus einem voll aufgedrehten Radio.

Die Frauen, von Menschenhändlern und -schleppern nach Deutschland und in diesem Fall nach Hamburg verfrachtet, werden solange vergewaltigt, bis sie geradezu betteln, auf der

Straße ‚anschaffen' gehen zu dürfen, um diesem Martyrium endlich zu entgehen.

Die Pässe hat man ihnen abgenommen, Geld besitzen sie keins; und sollten sie sich der Polizei anvertrauen, laufen sie Gefahr, bei Nacht und Nebel im Hamburger Hafenbecken zu landen. Alleine der öffentlich gewordene Gedanke an die Polizei kostet wenigstens ein blaues Auge.

Nach wenigen Jahren jagt man diese armen Geschöpfe zum Teufel, nicht mehr zu gebrauchen. So sieht die Zukunft ihres total verpfuschten, jungen Lebens aus.

Acht Schwergewichte waren für Karate Ole im Alleingang zu viel. Was aber tun? Zuerst schlich er aus diesem verdammten Schuppen heraus. Auf der Straße machte er einige Kniebeugen und sprintete dann los zum Taxi. »Fahr los, schnell! Im Kreisverkehr die zweite Ausfahrt raus und fünfzig Meter weiter den Parkplatz ansteuern.«

»War nichts?«, versuchte Folke was zu erfahren.

»Wie man's nimmt. Hast Du ein Handy dabei?«

»Ja«.

»Her damit!«

Auf dem Parkplatz stieg er aus, wählte 110. Der Polizei berichtet er in kurzen, knappen Sätzen vom Drama im Schuppen 6 und er erwähnte die Möglichkeit, dass einige der Verbrecher bewaffnet sein könnten. Ferner wies er darauf hin, dass zwischen Schuppen 5 und 6 eine Verbindung besteht und beide auch rückwärtige Ausgänge besitzen. Und er bat sich zu beeilen – der Frauen wegen. Das Handy schaltete er aus, total aus und stieg ins Taxi.

»Wir fahren jetzt ein Stück weiter bis zum Parkplatz vor dem Schiffsausrüster.«

Und Folke parkte so, dass sie den Straßenverkehr beobachten konnten, der auch um diese Zeit nicht geringer war als am

Tag. »Wie lange sind wir jetzt schon unterwegs?« Ole schaute aufs Taxameter. »Hab' ich mir gedacht, hier hast Du noch mal etwas Bares, damit du mit der Zentrale sauber abrechnen kannst.«

»Ole, das ist … «

»Keine Widerrede. Du hast mich durch die Nacht gefahren und damit basta! Gleich fährst Du mich zur Lissi, und vielleicht benötige ich Dich in einer Stunde nochmal.«

»Gerne. Du hast ja meine Handy-Nummer und … Ja, was ist das denn?!«

Schwarze Kombi-Limousinen, vielleicht sieben oder acht oder neun, so schnell konnte man gar nicht zählen, rasten ohne Martinshorn, ohne Blaulicht Richtung Kreisverkehr. »Wohin will das SEK denn noch?«

»Folke, ist nicht unser Bier! Wirf den Motor an, wir fahren zur Lissi. Und schalte Dein Handy wieder ein.«

.-.-.-.-.-.-.

Hansen packte seine Koffer, der Showdown stand bevor. Eine breite Regenfront aus dem Nordatlantik hatte die Mitte der Niederlande mit Kurs Südost erreicht, besser konnte das Wetter für ihn nicht laufen.

Zuvor musste er allerdings noch einen wichtigen Termin wahrnehmen. Treffpunkt war der Platz vor dem Museums-Segler Rickmer Rickmers in der Nähe der Landungsbrücken.

Wim, ein grauhaariger, kantiger Typ saß bereits auf einer Bank, wie ausgemacht verdeckt hinter einer aufgeschlagenen BILD-Zeitung. »Moin, wie geht's?«

»Hm, und Dir?«

»Auch.«

»Du kennst den Dreifuß und seinen Kalfakter, den schleimigen Emil?«

»Und ob!«

»Sie sitzen in Fuhlsbüttel ein. Lass aus beiden die Luft raus.«

»Kein Problem. In spätestens vierzehn Tagen verlassen die beiden den Knast – im Leichenwagen.

»O.k., Preis?«

»Zehn Riesen pro Leiche.«

»Und mit Garantie?«

»Fünfundzwanzig zusammen.«

»In Ordnung. Hier, das Geld. Ich verlass' mich auf Dich.«

»Du kennst mich. Ich bin sicherer als die Bank von England.«

»Die von Deutschland reicht mir, tschüss, bis in vierzehn Tagen!«

»Tschüss!«

Sie gingen auseinander wie Fremde, die zufällig auf einer Bank gesessen hatten.

.-.-.-.-.-.-.

Das gewaltige Regenband schüttete über Westdeutschland und insbesondere über den Niederrhein seine Kübel aus. Auf der A3 krachten ein paar Autos in die Leitplanken und sorgten für kilometerlange Staus. Einige Fahrer hatten immer noch nicht begriffen, dass eine zentimeterstarke Wasserschicht für sich selbst und andere Verkehrsteilnehmer gefährlich ist.

Hanns Hansen hatte am Spaghettiknoten, wie die Anfahrt von der A2/A3 am Duisburger Kaiserberg im Sprachgebrauch heißt, die Autobahn verlassen und näherte sich seinem Zielort. Er sah auf die Uhr. »Vier Stunden wird es noch so intensiv regnen«, murmelte er und dankte den Wetterfröschen für die exakte Vorhersage. Aber zunächst musste er seine Zeit vor der ‚Aktion‘ belegen können, dazu brauchte er auf die Schnelle ein Alibi, und das gedachte er sich durch den Besuch der UIC-Kinowelt am Ostausgang des Hauptbahnhofes Duisburg zu beschaffen. Seinen Wagen stellte er im zum Kino gehörenden Parkhaus ab und erreichte so trockenen Fußes den Kassenraum.

Keine fünf Minuten später wusste er, dass die Kassiererin einen Freund hat, es mit einem Abendessen also nichts wird, dass das Billet vierundzwanzig Stunden gültig und der Film wunderbar sei. Den Inhalt könne er vorher schon nachlesen, meinte sie und schob ihm einen Flyer zu. Er bedankte sich und wünschte noch, vielsagend grinsend einen sehr schönen Abend.

Den Kinosaal betrat er auf der linken Seite, ging etwa bis zur Mitte des Saales, durchschritt eine leere Stuhlreihe zur rechten Seite hin und verließ Minuten später wieder den Kinosaal. »Der Süßen werde ich sagen, dass ich per Handy … mir fällt noch was ein«, murmelte er halblaut. Ihm brauchte nichts mehr einzufallen, denn die Kassiererin hatte ein Schildchen hinter der Glasscheibe aufgestellt: ‚Bin in fünf Minuten zurück‘. »Noch besser«, brummte er und verließ das UIC-Kino.

Draußen erwartete ihn ein Starkregen, wie er ihn noch nicht erlebt hatte. Die Stufe III des Scheibenwischers schaffte es einfach nicht, für klare Sicht zu sorgen. Hinzu kam, dass sich tausend Lichter in den Wassermassen widerspiegelten und alles zusammen das Autofahren zu einer Art ‚Fahrt nach Gefühl‘ machte, denn ein klares Sehen ließ dieser unvorstellbar starke Regen nicht zu. Hansen war heilfroh, als er in der Tiefgarage des Steigenberger ‚Duisburger Hof‘ aus seinem 7er BMW stieg. »Die paar Meter waren verdammt anstrengend«, sagte er, lehnte sich an einen Pfeiler und wartete eine Weile bis er sicher war, alleine in der Garage zu sein. Dann begann er sich umzuziehen. Den wasserdichten Ganzkörper-Regenanzug hatte er einem Elbe-Lotsen abgekauft, die Gummistiefel ebenfalls und, wichtig bei diesem verdammten Wetter, den ‚Südwester‘, einen wasserdichten Seemannshut, dessen Krempe vorne hochgeschlagen wird und hinten über den Kragen reicht.

In Hamburg Hbf schob eine kleine Rangierlok den ‚Geister-wagen' gegen den letzten Wagen des IC 2307. Ein Rangierer kletterte ins Gleis, hob die Anhängevorrichtung dieses Wagens auf den Haken des IC-Wagens, kuppelte die Druckluft-schläuche aneinander und die vielpolige Steckverbindung für die elektrische Versorgung des ‚Geisterwagens' auch noch. Er kletterte unter die Puffer hinweg auf den Bahnsteig, ging zur Rangierlok, kuppelte sie vom ‚Geisterwagen' ab – fertig.

Der Zug, bestehend aus acht Reisezugwagen war durchge-hend begehbar. Nur die Tür zum letzten, zum ‚Geisterwagen' war abgeschlossen. Am Heck dieses Wagens hing eine Tasche aus dickem Segeltuch mit 3 Millionen Euro Inhalt. Sie war erst vor zehn Minuten von Beamten des BKA und des technischen Dienstes der BAHN am Wagen angebracht worden und wurde ab sofort über die Monitore im ‚Geisterwagen' nicht eine Se-kunde mehr aus den Augen gelassen.

Nur Lok- und Zugführer waren instruiert. Nur sie wussten, neben der BKA-Besatzung des ‚Geisterwagens' selbstverständlich, dass der Erpresser irgendwo auf der Strecke Hamburg Hbf – Ko-blenz Hbf die Tasche ausklinken würde und dass die BKA-Leute in diesem Fall sofort die Notbremse ziehen würden. Alle übrigen Zugbegleiter, selbst der Chefkoch im Bistro-Wagen, wussten von nichts. Obwohl man in Erwägung gezogen hatte, auch ihn we-gen der heißen Speisen in den Kreis der Wissenden einzubezie-hen. Aber wie das so ist, einer war dagegen mit der Begründung, Zitat: »Dann fliegt die Suppe eben einigen Reisenden um die Ohren.« Lautes Murren, aber schließlich wurde die Meinung akzeptiert – und das nur, weil der Bürostuhl des Redners nicht irgendwo, sondern in der Hauptverwaltung der BAHN stand.

Zur Sicherheit stieg ein zweiter Lokführer zu. Die starke psychische Belastung wollte man einem einzigen Mann nicht zumuten. Immerhin waren ca. 450 Reisende an Bord des IC 2307. 450 Menschen, keine Massengüter!

Den Lokführern zeigten die Instrumente an, dass sie z.Zt. etwas mehr als 13 000 Volt am Draht hatten, d.h., dass jetzt etwas mehr als 13 000 Volt von der Oberleitung über den Stromabnehmer in die Fahrmotoren ihrer Lok flossen. Über Funk wurde ihnen mitgeteilt, dass sie ab Essen Hbf starker Regen erwartete.

Von Kopf bis Fuß hatte Hansen sich regendicht verpackt und machte sich nun auf den Weg Richtung Duisburger Hauptbahnhof. Die Mercator-Halle oder das große Amts- und Landgericht am König Heinrich-Platz sah Hansen bei diesem Regen nur noch schemenhaft. Die Königstraße war menschenleer und die Personen, die bei diesem Sauwetter tatsächlich noch unterwegs waren, huschten von einer Unterstellmöglichkeit zur nächsten. Lediglich die Feuerwehr war in ihrem Element und pumpte Wasser aus Kellern und Hauseingängen.

Der Bahnhof schien von der Polizei okkupiert worden zu sein, denn ‚normale‘ Reisende waren bei dieser Präsenz kaum noch auszumachen. Auch außerhalb des Gebäudes standen sie, immer zu zweit und wenn nicht unter einem schützenden Dach, dann im strömenden Regen. Hansen konnte sich vorstellen, dass es nicht nur auf den Bahnsteigen, sondern auf dem gesamten Bahnhofsgelände ähnlich aussah. Das wird eng, dachte er und dankte seinem Verbündeten, dem immer stärker werdenden Regen für die unbezahlbare Hilfe.

Er machte sich auf den Weg zu dem Ort, den er für sein Vorhaben auserkoren hatte: Eine große, leerstehende und abbruchreife Halle hinter der Koloniestraße. In aller Ruhe, jeden Schritt überlegt gehend, lief er an Polizeifahrzeugen vorbei, an bewaffneten Polizisten, immer damit rechnend, dass ihn Beamte anhalten würden. Aber nichts geschah! Er erreichte die Halle, ohne angehalten worden zu sein.

Er kannte ‚seine‘ Halle. Vor drei Tagen hatte er sie genauestens inspiziert und vorgestern Nacht hinter einem Stahlträger einen Kasten von der Größe eines Schuhkartons deponiert. Gestern Morgen suchte er das Versteck bei Tageslicht noch einmal auf, um sich die Stelle anzusehen und besonders gut einzuprägen. Aber jetzt, jetzt war es dunkel, dunkler als vorgestern. Dennoch konnte er sich in Erinnerung an die Begehung hinreichend orientieren. Unterstützend halfen ein paar große Löcher in den Wänden der Halle, durch die spärliches Stadtlicht blinzelte. Und das Dach? Es war nicht besser, war löchrig wie eine Gießkanne und versorgte die in der Halle wuchernden Birken mit Unmengen frischen Regenwassers.

Er betrat die Halle fast geräuschlos, und das gelegentliche Knirschen unter seinen Stiefeln wurde vom Plätschern des Regens übertönt. Er bewegte sich sechs halbe Schritte nach links … und blieb stehen. Stimmen? Vorsichtig ging er die Schritte wieder zurück, sah um die Ecke Richtung Eisenbahn – und fluchte in sich hinein. Zwei Polizisten standen in dem ehemaligen Schalthäuschen, rauchten und quatschten. »Und die haben mich nicht gesehen?«, flüsterte Hansen und sogleich war ihm klar, dass er raus musste aus der Halle, denn in ihr war er gefangen! Er schlich bis in die Mitte der Halle, bewegte sich parallel zu den Seitenwänden geradeaus. Orientierung bot ihm eine Öffnung vor Kopf der Halle und das dreieckähnliche Loch in der rechten Seitenwand. Jetzt links! Und er erreichte eine zimmertürgroße Öffnung in der Hallenseitenwand. Hier blieb er erst mal stehen und versuchte, ruhig durchzuatmen.

Hansen kramte sein Nachtsichtgerät aus der rechten Hosentasche und schaltete das Gerät ein. Circa eine Minute musste er jetzt warten, bis es betriebsbereit war. Dann hob er das Glas vor die Augen, und was er sah, befriedigte ihn zutiefst: Die beiden Polizisten waren unterwegs Richtung Bahnhof. Vornübergebeugt gingen sie gegen den inzwischen aufgekommenen Wind und vor allem – gegen den noch stärker gewordenen Regen.

Das Versteck seines geheimnisvollen Kastens hatte Hansen sich so eingeprägt, dass er es trotz der Dunkelheit auf Anhieb fand. Mit dem Kasten unter dem Arm verließ er die Halle, ging die etwa 50 Meter bis zum Gleis Duisburg – Düsseldorf so langsam, dass seine Bewegung selbst einem aufmerksamen Beobachter kaum aufgefallen wäre. Außerdem, wer sucht schon bei Dunkelheit und dazu bei dem Unwetter mit dem Fernglas eine Gegend ab, die sogar am Tag menschenleer ist? Behutsam legte er den Kasten neben das Gleis, rollte einen 2 Meter langen Kupferdraht, der als Antenne diente, aus und schaltete den Kasten ein. Eine rot leuchtende Diode zeigte ihm die Betriebsbereitschaft an.

Jetzt schlich er die halbe Strecke zurück und kletterte in einen alten Gittermast, der auf einer dem Bahnhof zugewandten Seite bis zur Brusthöhe verkleidet war und ihm beste Rundumsicht bot. Er sah auf die Uhr, es war zwei Minuten nach 22 Uhr. Und es schüttete ununterbrochen.

Bis Dortmund, dem östlichsten großen Bahnhof des Ruhrgebietes verlief die Fahrt des IC 2307 ohne besondere Vorkommnisse. Nur einmal, als ein Hase das Gleis überquerte, zeigten die Lokführer Nerven. Nur jetzt. Auf *dieser* Fahrt. Gestern wäre er ihnen kaum aufgefallen.

Die BKA-Leute entließen über Funk ihre Streckenposten Hannover – Dortmund. Die anderen auf der vor ihnen liegenden Strecke wurden zur größten Wachsamkeit aufgerufen, denn mit jedem Kilometer wurde die Wahrscheinlichkeit größer, dass der Erpresser zuschlagen könnte.

Auf dem Streckenabschnitt Dortmund Hbf – Essen Hbf blieb es ebenfalls ruhig. Es begann zu regnen und wenige Kilometer weiter fuhr der Zug in die Starkregenzone ein. Einer der Lokführer wurde später mit dem Satz zitiert: »Es war, als würde ich plötzlich unter Wasser fahren.«

Als in dem dicken Regen die drei Stirnlampen der E-Lok verschwommen auftauchten, nahmen die Fahrgäste auf dem Bahnsteig wie auf Kommando ihr Gepäck auf. Endlich, endlich kamen sie ins Trockene! »Hier ist Duisburg Hauptbahnhof … Sie haben Anschluss nach … «, plärrte es aus den Lautsprechern. Der Minutenzeiger sprang auf 22.09 Uhr. Der IC 2307 war trotz des Unwetters pünktlich.

Wie auf allen großen Bahnhöfen herrschte auch hier sofort die übliche Hektik. Es wurde gedrängelt und geschoben, obwohl noch freie Plätze im Zug vorhanden waren. Und auch Zeit, mehr als zwei Minuten noch. Am vierten Wagen halfen Bahner einem klatschnassen Rollstuhlfahrer in den Wagen, wie schon zuvor zwei jungen Müttern mit ihren Kinderwagen in das für sie vorgesehene Abteil. Einige Spätlinge hörten unten im Zugang zu den Bahnsteigen die Durchsage und hasteten unnötig schnell die Treppe hoch. Sie stiegen mit letzter Kraft in den Zug, blieben erschöpft stehen und japsten wie ein 100-Meter-Läufer. Sie hätten sich nicht so beeilen müssen – noch eine Minute.

»Meine Damen und Herren, der IC nach Koblenz Hauptbahnhof über Köln Hauptbahnhof fährt in wenigen Augenblicken ab. Bitte Vorsicht, die Türen schließen automatisch«, quäkte wie vorhin eine Frauenstimme. Wer sie verstehen wollte, musste schon ganz genau hinhören. Der Minutenzeiger der Bahnhofsuhr sprang auf 22.13 Uhr, das Vorsignal zeigte ‚Fahrt‘ und im Steuerstand übernahm der Reservelokführer für die nächste Strecke bis Düsseldorf das Kommando.

Als der letzte Wagen des IC 2307 das Ende des Bahnsteiges 4 passierte, sahen die Kripoleute den roten Schlusslichtern nach, bis sie hinter abgestellten Zügen und Bauwerken verschwanden. Die Kripoleute vom BKA nahmen die Nachtsichtgläser wieder runter. Nichts war ihnen aufgefallen, weder am Zug noch irgendwas im ganzen Bahnhofsgebiet. »Scheiß Regen!«,

fluchte einer. »Die Nässe reflektiert jedes Licht. Man wird geblendet oder sieht alles doppelt. Zum Kotzen!«
Inzwischen wurde der Zug mit jeder Sekunde schneller.

.-.-.-.-.-.-.

Im ‚Geisterwagen‘ steigt die Spannung. Von Hamburg bis Duisburg ist nichts geschehen. »Wann will dieser verdammte Kerl die Tasche ausklinken?«
»Bahnsteigende passiert!«, ruft einer ins Bordmikrophon, und alle hören es, und alle sehen in den Monitoren die Segeltuchtasche. Zwei Streckenposten vor ihnen melden sich, bis jetzt ‚alles ruhig‘. Allen ist die Spannung anzusehen, einer schwitzt, als säße er in der Sauna. Der Chef der Truppe ist auf dieser Fahrt zum Kettenraucher geworden, seine Lungen reagieren mit heftigem Hustenreiz.

Bis jetzt ist Hansens Rechnung aufgegangen, nämlich bezgl. der Geschwindigkeit des Zuges mit seiner Ankunft in Duisburg und – bereits eine Stunde vorher die Ankunft des gewaltigen Tiefs am Niederrhein. Zu diesem von ihm voraus berechneten ‚Treffen‘ konnte er in aller Ruhe den passenden Zug auswählen. Er entschied sich für den IC 23o7 von Kiel über Hamburg, Dortmund, Duisburg, Köln nach Koblenz.

Hansen sieht ‚seinen‘ Zug kommen. Er wartet, bis der letzte Wagen an ihm vorbeigefahren ist. »Und – jetzt!« Mit dem Drücken der grünen Taste seines von John gefertigten handygroßen Gerätes öffnet er das Schloss am ‚Geisterwagen‘ und die Tasche fällt ins Gleis. Nun zählt er bis drei und gibt mit der roten Taste einen Befehl an den Kasten neben dem Gleis.

Die Tasche! Die Männer im Geisterwagen sehen in den Monitoren die Tasche nicht mehr, dafür fast im gleichen Moment nur noch Schnee. In den Funkgeräten pfeift es, dass die Ohren schmerzen. Die Elektronik! Nichts funktioniert mehr. Hoffentlich bleibt wenigstens das Deckenlicht stabil. »Notbremse!« Wertvolle Sekunden vergehen, bis endlich einer den roten Griff zieht. Und spätestens jetzt bricht über die BKA-Mannschaft das blanke Chaos herein. Einige Beamte können sich nur mit Mühe festhalten, andere stürzen zu Boden, Geräte rutschen von den Tischen. Eine Funkverbindung nach draußen gibt es nicht mehr und die privaten Handys piepsen nur noch. Das Deckenlicht ist bis jetzt o.k. und beleuchtet das totale Durcheinander.

Die Passagiere im 2307 wissen binnen Sekunden, dass der Zug auf offener Strecke steht und, viel schlimmer, die Handys nicht zu gebrauchen sind. Das Zugpersonal versucht, die Reisenden zu beruhigen, spricht von einem technischen Defekt, der bald behoben sein wird. Es gelingt ihnen mit mäßigem Erfolg, doch die Unruhe unter den Fahrgästen bleibt. Auch die Elektronik im Führerstand der Lok ist betroffen! Der Lokführer hat keine Verbindung mehr zur Zentralen Betriebsüberwachung.

Und nicht nur das! Da Hansens Gerät einen Aktionsradius von 1000 Meter hat, sind auch die Häuser in unmittelbarer Nachbarschaft des Bahnhofs betroffen. Die Bewohner nerven mit ihren Anrufen die ohnehin gestresste Duisburger Polizei, und sie beklagen nicht nur den Ausfall ihrer Handys, sondern vor allem ihrer Fernsehgeräte.

Im Nachtsichtgerät sieht Hansen auf den Bahnsteigen nicht einen Polizisten. Wie es scheint haben sie sich zurückgezogen. »Sehr gut«, brummelt er, und das entfernte Quietschen der Zugbremsen ist geradezu Musik in seinen Ohren. Hanns Hansen klettert aus dem Gittermast. Jetzt trennen ihn nur noch wenige Meter, wenige Augenblicke von ‚seinem' Vermögen.

Und tatsächlich, die Tasche hat den Sturz vom IC ins Gleis bei ca. 140 km/h unbeschadet überstanden. Und Hansen? Er geht mit unglaublicher Ruhe und 3 Millionen Euro unter dem Arm zurück zur Halle und findet trotz der Dunkelheit das von ihm ausgesuchte und vorbereitete Versteck.

Draußen schüttet es immer weiter wie aus übergroßen Eimern.

Vor zwölf Minuten hat der IC den Hauptbahnhof Duisburg verlassen. Er steht jetzt seit mehr als zehn Minuten auf offener Strecke und noch immer kämpft die BKA-Mannschaft mit den Türen. Sie lassen sich nämlich wegen der ausgefallenen Elektrik nicht öffnen. Und wo sich der Schlüssel für die manuelle Öffnung befindet, weiß keiner. Das nächste Hindernis sind die Glasscheiben dieses Wagens: Sie schlägt man nicht ohne weiteres ein.

Als es schließlich einer schafft und sich nach draußen hangelt, empfängt ihn ein Starkregen, der ihm jede Sicht nimmt. Da er sich im Bahnhofsgelände nicht auskennt, läuft er folgerichtig über das Gleis zurück Richtung Bahnhof, Richtung Bahnsteige. Er stellt sich mit dem Rücken gegen den Wind, gegen den Regen, tippt eine Nummer ins Handy. Es streikt immer noch. Er geht weiter von Schwelle zu Schwelle und entdeckt unmittelbar neben dem Gleis zufällig einen ominösen Kasten mit blinkendem roten Licht und einen langen Kupferdraht. In diesem Kasten vermutet er den Störsender, denn nach dem Betätigen eines Schalters erlischt die Diode und sein Handy funktioniert wieder. Den Kupferdraht, vermutlich die Antenne wickelt er auf, klemmt den Kasten in die Armbeuge, geht vorsichtig weiter. Was passiert, wenn der Täter auf der Suche nach dem Sender noch in der Nähe ist und plötzlich vor ihm steht? Keine Chance. Das Überraschungsmoment läge bei seinem Gegner, und er wäre sofort unterlegen. Er denkt nicht weiter darüber nach, versucht, mit einem Taschentuch die Augenpartie etwas trocken zu halten – sinnlos. Weit hinten vermutet er in dem hellen Schimmer den Bahnhof, sonst sieht er nur dichte Wasserwolken, die der starke Wind ihm entgegentreibt. Er bleibt stehen, versucht mit der freien Hand sein Handy aus der Tasche zu angeln, es gelingt, aber die Nummer seiner Dienstelle ist permanent besetzt. »Scheiße«, flucht er. Der BKA-Mann geht weiter, richtiger: hampelt über das Gleis weiter, dabei das Indiz, den Sender krampfhaft festhaltend.

Fast eine Stunde nach Abfahrt des IC 2307 betritt dieser Mann völlig durchnässt den Polizei-Befehlswagen vor dem Empfangsgebäude des Duisburger Hauptbahnhofes, in dem eine hektische und nervöse Großalarm-Stimmung herrscht. Den Kasten stellt man in einen Schrank: »Demnächst«, sagt ein Kollege und fragt noch nicht einmal nach, was es mit dem Ding auf sich hat. »Ochse!« murmelt der BKA-Mann, verlässt den Befehlswagen, steht wieder im Regen. Er spürt ihn schon gar nicht mehr.

Hansen weiß, dass die Polizei nicht reagieren kann, weil die gesamte Elektronik blockiert ist. Sein Handy ist ebenfalls gestört. Er sucht noch einmal mit seinem Nachtsichtgerät das Innere der Halle ab und aus der Halle heraus auch das Gelände Richtung Bahnhof. Nichts! Nichts, was ihn beunruhigen müsste. Vor der Halle wäscht er in einer großen Pfütze seine Stiefel, zieht die Latex Handschuhe aus – das war's!

Hansens Uhr zeigt 22:24. Ohne erkennbare Anspannung marschiert er an der den Gleisen abgewandten Seite der Halle los. Gegen den sintflutartigen Regen, gegen den Wind. Er geht an dem Parkplatz südlich der Empfangshalle vorbei, an mehreren Polizeifahrzeugen, langsam, locker, die Hände tief in den Taschen. Zwei Polizisten kommen auf ihn zu, halten ihn an. »Guten Abend, den Personalausweis bitte!« Ein Beamter steht vor ihm, der andere seitlich, die MP im Anschlag.

»Selbstverständlich, die Herren.« Ruhig, kein bisschen nervös – so schien es – entnimmt er seiner Geldbörse den Ausweis. »Bitte.« Innerlich tobt ein Orkan. ‚Wenn jetzt etwas schiefgeht‘, denkt er, ‚ist meine Identität im Eimer. Denn außer meiner Familie und den Kunden meines Maklergeschäftes kennt keiner meinen richtigen Namen. Und unter den Hamburger ‚Kollegen‘ bin ich nur als Karate Ole bekannt.‘

Die Daten des Ausweises spricht der Beamte ins Funkgerät und hört nach Sekunden das Ergebnis der Überprüfung: »Der Mann ist o.k.«.

»Entschuldigen Sie bitte, Ihr Ausweis, und einen schönen Abend noch!«

»Danke« – Hansen zwingt sich zur Ruhe. ‚Scheiße! Die Überprüfung meiner Daten hätte genau so gut in die Badehose gehen können. Denn die Hamburger Kripo ist gut, hat ihre verdammten Pfoten überall drin … Außerdem hat man meinen Kasten gefunden, denn das Funkgerät der Polizei funktionierte störungsfrei.‘ All das geht ihm durch den Kopf, als er den Ausweis wieder einsteckt. Inzwischen geht Hansen einen Schritt schneller als vorher und betritt die große Empfangshalle auf der Suche nach dem Schild ‚Toilette‘.

Hansen öffnete den Kofferraum seines PKW in der Tiefgarage seines Hotels und begann sich umzuziehen. »War das ein Tag«, sprach er mit sich selbst. »Jetzt bin ich um drei Millionen reicher – als Lohn für ein paar Stunden Aufregung. Ein verdammt satter Stundenlohn. Toll! Einfach toll!«

Ein Taxi brachte ihn nach Mülheim an der Ruhr und entgegen seiner sonstigen Gepflogenheit ließ er sich vom Fahrer eine Quittung über 24,70 Euro ausstellen. Er bezahlte mit einem Fünfziger und ließ den Rest generös dem Fahrer für schwieriges Fahren durch den Regen. Der Taxifahrer sollte sich, so sein Kalkül, bei ‚Bedarf‘ an ihn erinnern.

Ähnlich verhielt er sich in der Bar. Besondere Wünsche hatte er nicht, nein, er wollte sich nur einmal nett unterhalten. Dazu ließ er zwei dicke Pullen knallen, legte tausend Euro auf den Tresen und bat den Rest an die sündhaft reizenden Damen zu verteilen, was ihm mit großem Trara gedankt wurde.

Nummer 3 holte er sich an der Rezeption im Steigenberger ‚Duisburger Hof‘. Mit der Dame führte er ein total unverkrampftes Schwätzchen. Ja, im Kino sei er auch gewesen erzählte er u.a.. »Der Film hieß: Moment«, er zog den Flyer aus der Tasche, »Der Pate, ein Mafiafilm. Grausam, mit viel Schießerei.« Ansonsten sei der Film gut gewesen.

Auch sie würde sich an ihn erinnern, wenn es denn sein müsste.

Inzwischen hatte sich der Regen verzogen und die ersten Experten des BKA, des LKA und der BAHN waren bereits vor Ort bezw. unterwegs nach Duisburg. Transportmittel waren Hubschrauber der Polizei sowie angemietete Helikopter einer privaten Flugschule. Denn die Autobahnen rund um Duisburg waren durch eine Reihe von Unfällen infolge des Starkregens und des Aquaplanings auf Stunden unpassierbar. Ebenso war der Fahrplan der BAHN durcheinandergeraten. Nicht wegen des Unwetters, sondern wegen des IC 2307, der immer noch auf freier Strecke stand und die Verbindung Duisburg Hbf – Düsseldorf Hbf blockierte.

Eine Rangierlok brachte drei Fachleute der BAHN zum IC, die zum einen den Fahrtenschreiber an sich nahmen und zum anderen dem Lokführer den Fahrauftrag des Stellwerkes Duisburg-Süd übergaben, mit dem er seine Fahrt mit fast zweistündiger Verspätung fortsetzen konnte. Aber zunächst wurde der ‚Geisterwagen‘ vom IC 2307 abgekoppelt, von der Rangierlok zum Bahnhof gezogen und auf einem Nebengleis abgestellt.

Die Fachleute der Bahn entnahmen dem Fahrtenschreiber

Zeit und Strecke von der Abfahrt des IC vom Hbf Duisburg bis zum Ziehen der Notbremse. Dazu musste die Zeit vom Verschwinden der Tasche vom Monitor bis zur Notbremsung berücksichtigt werden. Denn in dieser Zeit fuhr der IC mit zunehmender Geschwindigkeit weiter. Schließlich ergab die Rechnerei den Punkt, an dem Hansen das Schloss per Fernauslöser geöffnet haben und die Tasche ins Gleis geflogen sein musste. Ferner floss in die Rechnung ein, dass die Tasche nach dem Auslösen nicht ins Gleis fiel und sofort liegenblieb, sondern auf Grund der kinetischen Energie erst max. zehn Meter weiter zur Ruhe kam. Dieser Punkt wurde in eine Gleislänge von 100 Meter verlegt, die nun von den Fachleuten des Bundes- und Landeskriminalamtes akribisch untersucht wurde.

Eine zweite Gruppe untersuchte das Gelände zwischen Gleis und der abbruchreifen Halle. Eine dritte untersuchte schließlich die Halle selbst.

Gleichzeitig stellte die Duisburger Polizei das Umfeld des Bahnhofs auf den Kopf. Überdies wurden ein Dutzend Polizeiteams gebildet und eingeteilt mit dem Auftrag, Einsicht in die Gästelisten der Hotels aller Kategorien zu verlangen.

Nach zwei Stunden fand die erste Besprechung statt. Das Ergebnis war mehr als ernüchternd: Fehlanzeige auf der ganzen Linie. Das Gleis wie auch das angrenzende Gelände hatte der Regen regelrecht ‚gewaschen‘. Nichts, aber auch gar nichts Verwertbares war geblieben. Und die Halle! Der Hallenboden war eine einzige Pampe. Schlimmer noch war der Schlamm, den der Regen in den Nordostteil der Halle gespült hatte. Auch hier war das Resultat der Spurensuche gleich Null.

Geblieben war den Beamten der Störsender und die Hoffnung, dass die nummerierten Geldscheine irgendwo auftauchen würden und dass der Kollege Zufall … aber auf den war kein Verlass.

Die Männer der Polizei und der Kriminalämter sind verzweifelt. Es ist, als hätten sich alle bösen Mächte gegen sie verschworen. Zu der vom Erpresser ausgewählten Nachtzeit kam der sintflutartige Regen, den dieser Kerl vermutlich über Tage in der TV-Wetterkarte verfolgt hatte und deshalb die Tat in aller Ruhe im Umkreis des Duisburger Bahnhofes planen und schließlich ausführen konnte. Dann der Absturz der gesamten Elektronik, wie die Polizei bald wusste, durch einen Störsender verursacht. Hätten die Techniker der Polizei und des BKA die Möglichkeit einer Blockade dieser Art im voraus erkennen müssen? Auch die Panne mit den Türen ist nicht zu verzeihen wie auch die Tatsache, dass kein BKA-Mann in unmittelbar Nähe der Notbremse abgestellt war. Und man wird sie in den internen Besprechungen immer und immer wieder fragen, warum sie alle, was die Überwachung betraf, den südlichen Bahnhofsabschnitt so eklatant vernachlässigt hatten.

Der NRW-Innenminister telefonierte mit dem Duisburger Polizeipräsidenten und der spricht von wenn und aber, von widrigen Umständen. Der BAHN-Chef sendet eine ,Gratulation‘, die es in sich hat.

Die Presse riecht die Sensation längst. Die örtlichen, die regionalen und schließlich die bundesweiten Reporter verschiedener Medien hören dem Pressesprecher der Polizei am folgenden Morgen um 11 Uhr im Polizeipräsidium Duisburg-Hamborn aufmerksam zu. Der könnte, streng betrachtet, seinen Vortrag auf einen Satz reduzieren: Der Erpresser ist mit 3 Millionen Euro auf und davon – Punkt. Nur mit dem einen Satz kann der Pressesprecher die Meute der Reporter nicht beruhigen. Der ,Spiegel‘ – Reporter will z.B. wissen, ob man den Geisterwagen nicht gegen den Störsender hätte schützen können. Der Pressesprecher kann nur auf das BKA-Labor verweisen, das vielleicht in einer oder zwei Wochen mehr weiß. Mehr kann oder darf er zu dieser wie auch anderen Fragen nicht sagen. Nach zehn

Minuten erklärt der Sprecher des Polizeipräsidiums Duisburg die Pressekonferenz für beendet und schaltet das Mikrofon aus.

In einem kleinen Hotel in der Altstadt wurde die Duisburger Polizei fündig und ließ an einem steckbrieflich gesuchten 36-jährigen Gewaltverbrecher die Handschellen klicken – im Bett. Er kam nicht aus dem Norddeutschen, sondern aus dem Düsseldorfer Raum. Dieser Kerl wusste nicht, dass er seine Verhaftung indirekt einem Hamburger zu verdanken hatte. Und auch die Polizei ahnte nicht im entferntesten, dass der Hamburger Hanns Hansen z.Zt. Gast im Steigenberger ‚Duisburger Hof' der gesuchte Verbrecher war. Seinen Namen fand sie im Gästebuch des Hotels, und dieser Mann wurde von der Polizei nach Rücksprache mit den Hamburger Kollegen für ‚absolut sauber' befunden.

Was blieb, waren vollgelaufene Keller, reichlich verbeultes Blech auf der A3 und schlecht gelaunte Polizeibosse.

.-.-.-.-.-.-.

Das BKA Wiesbaden hatte inzwischen in Zusammenarbeit mit den Leuten vom K7 der Polizeidirektion Koblenz den Duisburger Störsender total analysiert. Es war ein Gerät, das alle ankommenden und abgehenden Wellen in einem bestimmten Umkreis, der bei Versuchen im normalen Umfeld mit unterschiedlich starken Abschirmgegebenheiten bis max. 1000 Meter betrug, total zerhackte. Alle heißt, vom Handy über Radio, TV, Internet, bis hin zum Bahn- und Polizeifunk.

Ein hochprofessionelles Gerät, welches nur von einer entsprechenden Fachfirma oder einer entsprechend ausgebildeten Einzelperson hergestellt worden sein konnte.

In Norddeutschland kamen zunächst sechs Firmen in Frage,

die diese Technik beherrschten. Eine schied sofort aus, weil sie an einem Projekt für AIRBUS arbeitete und auch darüber hinaus die HF-Technik nicht mehr in ihrem Programm hatte. Mit evtl. Arbeiten dieser oder ähnlicher Art beauftragte sie deshalb in der Regel befreundete Firmen.

Eine davon hatte ihren Sitz im Süden Schleswig-Holsteins. Der Chef, ein promovierter Dipl.-Ingenieur, reichte die BKA- und die Koblenzer Beamte gleich weiter an seinen Vertreter, weil er an dem Morgen an der Uni Hamburg einen Vortrag halten musste. Der Vertreter, ebenfalls ein ‚Diplömer' staunte nicht schlecht, als er einen Blick ins Innere des Störsenders warf. »Mein lieber Mann!« Was wohl heißen sollte, dass das Gerät dem ersten Augenschein nach von höchster Professionalität war. Er zog zwei Kollegen hinzu, die nicht weniger sprachlos waren.

Im Labor erlebten sie die nächste Überraschung. Ein ganz bestimmtes Bauteil in dem Gerät war in ihrem Labor entwickelt worden. Wie war es nur möglich, dass dieses Bauteil mit dem Code CP 99 hier in diesem Sender … ? »Wo ist eigentlich unser Kollege Nagel?« Elsenbruch, der Cochef sah in die Runde. Über den Hausfunk fragte er bei der Personalchefin nach.

Klare Antwort: »Unseren Nagel bis jetzt weder gesehen noch gehört.«

»Danke.!

»Machen wir weiter.« Es stellte sich alsbald heraus, dass die gesamten Innereien des Gerätes aus diesem Labor stammten, aber erst das Know-how der Firma die Konstruktion dieses Gerätes möglich gemacht hatte. Elsenbruch wirkte mit einem Mal zerstreut. Man sah ihm an, dass er mit seinen Gedanken nicht im Labor war. »Sie entschuldigen mich bitte, bin gleich wieder da.«

Der teildemontierte Sender wurde nicht mehr zusammengebaut, sondern so wie er war zwischen Unmengen von kleinen

Styropor-Kugeln in einen Karton gepackt und anschließend im Kofferraum eines Polizeifahrzeugs verstaut. Sie hatten gerade im Besprechungszimmer Platz genommen, um einen Bericht über die Untersuchung des Duisburger Störsenders zu formulieren, als der Cochef Elsenbruch hinzukam und für einen Moment um Aufmerksamkeit bat: »Meine Herren der Polizei, Kollegen, ich habe die traurige Pflicht, Sie vom Ableben unseres Kollegen Nagel zu unterrichten. Nagel ist gestern Abend tödlich mit seinem Auto verunglückt, Wie und wo ist mir noch nicht bekannt.« Elsenbruch deutete eine Verbeugung an und verließ sichtlich ergriffen den Raum.

Stille. Betroffenheit. Wie war das möglich?

Mit dem Untersuchungsbericht dauerte es jetzt; zu viele Fragen zu dem Unfall, zu wenig Antworten. Nach einem Anruf bei der Ortspolizei wusste man wenigstens, wo es zu dem Unfall gekommen war. Auf einer schnurgeraden Strecke. Frontal sei der Wagen gegen einen Baum gefahren, keine Chance für den Fahrer. Uhrzeit? Etwa 22.15 Uhr.

Na ja, aber warum? Nagel rauchte nicht, trank gelegentlich ein Gläschen Wein, liebte schöne Frauen. Hat er an eine ganz bestimmte gedacht und dabei nicht auf die Straße geachtet? Für Sekunden, die aber reichten, um vom Kurs abzukommen? Möglich. Und das sagte die Polizei auch, dass ein zweites Fahrzeug in dem Unfall nicht involviert gewesen sei. Heißt, er war alleine auf dieser Straße unterwegs. Wirklich?

Nun war Hackstein ein Mensch, der den Braten roch, bevor das Fleisch in die Pfanne kam. So auch jetzt. Er nahm seinen Koblenzer Kollegen auf die Seite: »Und das glaub ich nicht. Wir werden uns den Unfallort ansehen, nachher, wenn wir wieder nach Hamburg fahren.« Und er war es jetzt auch, der die Diskussion um den Tod des Kollegen Nagel mit einem Hinweis auf den noch zu erstellenden Bericht leise aber wirksam unterbrach.

Die Straße war tatsächlich schnurgerade und der Unfallort schnell gefunden, denn die Verletzung des kräftigen Baums war nicht zu übersehen. Bremsspuren gab es nicht. Nur die rechten Räder des Unfallfahrzeugs hatten neben dem markierten Fahrbahnrand im weichen Grund Spuren hinterlassen, beginnend etwa sechs Meter vor dem Baum. »Warum«, dachte Hacksteins Kollege laut, »warum hat dieser Nagel das Steuer so abrupt verrissen, konnte er noch nicht mal mehr bremsen? Irgendwas muss doch passiert sein.«

»Die Linkskurve ist keine hundert Meter entfernt. Die gucken wir uns an.« Sie ließen den Wagen stehen und gingen zu Fuß weiter, zunächst bis Kurvenanfang. Nach wenigen Metern die erste Spur. Ein Fahrzeug hatte an dieser Stelle die Straße verlassen und nach ca. zehn Metern in einem Wiesenstück angehalten. Den Schuhabdrücken nach sind zwei Personen ausgestiegen, und beide haben sich auf der Fahrerseite neben das Fahrzeug gestellt und geraucht. Die Kippen lagen im Gras. Der Koblenzer Kollege fotografierte die ganze Szene und vor allem die Details, auch die Kippen, die er anschließend in eine Tüte steckte. Währenddessen sprach Hackstein ihre Erkenntnisse auf Band und fügte folgende Vermutungen hinzu: »Wir nehmen an, dass Nagel, von einem Scheinwerfer oder Laserstrahl getroffen und geblendet, das Steuer verrissen hat und gegen den Baum gefahren ist. Wenn dem so ist, war ein Unfall – auch ein tödlicher – *einkalkuliert*, dass es den Nagel getroffen hat, kann ein Zufall sein. – Wenn es kein Zufall war, und Nagel gezielt mit einem Laser geblendet wurde, muss ein weiteres Fahrzeug beteiligt gewesen sein. Das stand vermutlich ein ganzes Stück vor dem Unfallort und der Fahrer oder Beifahrer hat per Funk dem Laserschützen das Kommen Nagels angekündigt. Lässt sich das nachweisen, ist Nagel mit Hilfe moderner Technik *ermordet* worden.«

Hackstein sah seinen Kollegen an: »O.k. und ich sag Dir

noch was: Wenn *unser* Mann auch an diesem Fall beteiligt sein sollte, bekommen wir zusätzlich zu tun. Aber bis dahin kann das LKA die Arbeit machen. Mal sehen, was die können.« Eine halbe Stunde später hatte das zuständige LKA den kompletten Bericht der Koblenzer auf dem Tisch.

.-.-.-.-.-.-.

Ole stand auf einem Bahnsteig des Hamburger Hauptbahnhofs und wartete wie viele andere Reisende geduldig auf den ICE. Er war bereits zehn Minuten überfällig, und als der Zug schließlich einlief, stieg Ole nicht wie sonst üblich in den Wagen erster Klasse ein, sondern in einen der zweiten, Platznummer 237.

Die Fahrt war langweilig. Rechts von ihm saßen vier Passagiere, von denen zwei nur vom Fußball sprachen. Unseren Bundestrainer hätten sie kompetent vertreten können, Tatsache! Der Dritte wischte und tippte unentwegt auf seinem Smartphone rum, wogegen der vierte mit seinem Laptop beschäftigt war. Ole gegenüber saß eine Dame, etwa sechzig Jahre alt, hübsch und offensichtlich was ,Besseres'. Sie hörte über Kopfhörer mit geschlossenen Augen einem Mann zu, der ihr aus einem Hörbuch vorlas. Sie schien in einer anderen Welt zu sein.

Dieses Idyll änderte sich in Bielefeld, in der Stadt, in der die Oetkers und die Mieles ihr Brot verdienen wie die Fußballer wahrscheinlich auch, denn sie stiegen hier aus. Der Schreiber verließ ebenfalls den ICE und sein Nachbar, der Smartphonetipper konnte sich von seinem Gerät einfach nicht trennen. Wie zu sehen stand er auf dem Bahnsteig und tippte schon wieder.

In Dortmund stieg Ole um in die Regionalbahn und hatte Glück, er erwischte einen Fensterplatz. Er sah sich um. Er, der den Luxus liebte, saß in einem dieser ,billigen' Züge! Egal – er war nach Duisburg unterwegs und seine Gedanken kreisten um die Segeltuchtasche in der Halle. Das Versteck war genial, und es war anzunehmen, dass es noch nicht gefunden worden war, sonst hätte es groß in allen Zeitungen gestanden. Es sei denn, die Polizei hätte den Fund verschwiegen, um den Erpresser in die Halle zu locken, ihn doch noch samt (inzwischen von der Polizei geleerten) Tasche zu fassen.

Und wenn die Polizei die Tasche noch nicht gefunden hat und Wochen nach der Tat ihre Präsenz in der Halle reduziert oder gar – ganz eingestellt hat? Den Gedanken verwarf Ole sofort, denn eingestellt wäre ganz schön, aber bei 3 Millionen Euro war anzunehmen, dass sie in der Halle noch anwesend war.

In Duisburg Hbf hatte er es nicht eilig und ließ fast allen beim Verlassen des Zuges den Vortritt, bevor er seinen Rucksack an die Hand nahm und ebenfalls ausstieg. Den Bahnhof kannte er ja und unten, im Zugang zur Empfangshalle gönnte er sich in einer Snackbar ein belegtes Brötchen und ein Glas Fruchtsaft. Mehr nicht! Er musste beweglich bleiben.

Es war inzwischen nach zweiundzwanzig Uhr und draußen empfing ihn eine angenehme Kühle und – es regnete nicht. Beim Start dieses Unternehmens hatte der Himmel s. Zt. alle Schleusen geöffnet und ihm geholfen, ungesehen die Segeltuchtasche zu bergen und sie in der Halle zu verstecken. Heute half der Himmel nicht, und selbst der Mond war nur als schmale Sichel zu sehen. Ole ging Richtung Süden, und er hatte sich vorgenommen, nicht erst die Koloniestraße neben der Eisenbahnbrücke zu überqueren und weiter zur Halle zu gehen, sondern bereits vorher das Bahngelände zu betreten und über die Brücke die Halle zu erreichen. Nach hundert Metern bereits bedauerte er diesen beschwerlichen Weg eingeschlagen zu haben, denn die gesamte Strecke war eine einzige Baustelle, die sogar selbst zu dieser Nachtzeit noch lief. Es war mehr ein Stolpern als ein Gehen. »Die Fundamente müssen bis nächsten

Woche fertig sein und ebenso die gesamte Kanalisation«, sagte ihm ein Schachtmeister. »Und danach wird die Halle total abgerissen. Der hintere Teil ist bereits demontiert.« Oles Gehirn geriet für Sekunden ins Schwanken, denn eigentlich wollte er erst in vierzehn Tagen die Tasche … Er ging schneller, und es beruhigte ihn zu sehen, dass ‚sein‘ Teil der Halle noch stand, im hinteren Teil allerdings gearbeitet wurde, im Scheinwerferlicht gearbeitet wurde!

Er erreichte unbehelligt das Tor in der nördlichen Fassade der Halle. Jetzt hieß es ‚Ruhe bewahren‘. Er lehnte sich gegen die Wellblech-Außenhaut der Halle, beobachtete minutenlang die Umgebung und betrat schließlich die Halle. Hinter der ersten großen Stütze blieb er stehen. Drei Meter über ihm steckte die Tasche hinter einem Knotenblech. Drei Meter! Wie vor Wochen stützte er sich auch jetzt an der Außenhaut ab und kletterte über einige Winkeleisen noch oben. Als er die Tasche vor sich sah hielt er die Luft an, nicht angesichts der Tasche, sondern wegen der zwei Kerle unten.

Einer, der wohl das Sagen hatte wies einem Mann die morgige Arbeit zu. »Mit dem Brennen beginnst du ganz oben in der Dachkonstruktion, exakt im zweiten Dachbinder. Morgen kriegst du noch zwei Mann dazu und wie gesagt, im zweiten Dachbinder fangt ihr an. Ist das klar?«

»Alles klar, Chef.«

Die zwei trollten sich, verließen die Halle. Ole wartete noch Minuten und begann schließlich, das Geld von der Segeltuchtasche in den Rucksack umzupacken, in die zweite Kammer. In der ersten hatte er einige Klamotten gepackt, ein T-Shirt, ein Paar leichte Schuhe und sonstige wichtige Kleinigkeiten für eine Ein- oder Zweitagereise. Die zweite Kammer, also die, die am Rücken anliegt hatte er unterteilt, damit das gesamte Geld nicht bis auf den Boden durchrutscht und den Rucksack noch unförmiger macht als er ohnehin schon war.

Nach zwanzig Minuten war die Arbeit getan. Die Segeltuchtasche verblieb in ihrem Versteck und im Rucksack lagen nun ‚seine' drei Millionen Euro. Drei Mio … er hätte sie küssen mögen, die Millionen der BAHN. … ‚Ole, mach' voran und halte die Gedanken zusammen', sagte er sich. ‚Träumen kannst du später von den 11,5 kg.' Soviel machten die Geldnoten nämlich an Gewicht aus, und das war jetzt nicht das Problem, aber die Maße des Rucksacks, sie machten den Abstieg schwierig. Aber er schaffte es auch bei völliger Dunkelheit, denn die Baustellenbeleuchtung am Ende der Halle war ausgefallen.

In dem Rest der Halle hatte er keine Polizisten entdecken können, auch vom Versteck der Tasche aus … nichts! Dennoch schlich er jetzt vorsichtig bis zur Hallenecke, denn von hier aus konnte er das Umfeld übersehen. Aber auch hier draußen bemerkte er nichts Auffälliges, nichts, was nach Polizei aussah.

Der Rückweg über die Baustellen schied aus, ihn hatte er ja auf dem Hinweg hinreichend kennengelernt und deshalb entschloss er sich für die Abkürzung zur Koloniestraße und weiter zum Bahnhof. Eine Fehlentscheidung, wie sich gleich herausstellen sollte. Denn in Höhe der Container der Bauleitungen standen plötzlich drei Kerle vor ihm. So richtig geschockt hatten sie ihn nicht, denn er hatte die ganze Nacht bereits mit einem Überfall gerechnet, auf ihn, auf den Mann mit Rucksack! Und jetzt? Sein Karatelehrer empfahl für solche Situationen den sofortigen Angriff, denn er ist immer noch die beste Verteidigung.

»Du Geld, Handy, großes Handy und Rucktasche – schnell, schnell!« Sie, dem Aussehen nach Südosteuropäer, etwa 25, 30 Jahre alt standen unmittelbar vor ihm. Zwei fuchtelten mit Messern rum. Ole presste den Rucksack gegen eine Containerwand, als der Unbewaffnete ihn anfasste, »Du schnell, schnell.«

»O.k., sofort!« und schlug ihm gleichzeitig die Faust ins Gesicht. Drei Meter weiter fiel er auf die Knie und hielt laut jammernd sein Gesicht. Die beiden Messerhelden waren wenig beeindruckt … aber nicht schnell genug. Ole packte den Arm des einen und schleuderte ihn gegen den Container, aber sein Kollege wollte unbedingt … und zerrte weiter an Oles Rucksack. Ihn bekam Ole in einer Art Salto-Vorwärts vor die Fäuste. Der Mann konnte einem leidtun.

Ole ging innerlich aufgewühlt zum Bahnhof. Das Geschrei der Ganoven ging ihm zusätzlich auf die Nerven, weil es die Polizei auf den Plan rufen könnte. Und auf die konnte er doch nun wirklich verzichten.

Erst in einem kleinen Restaurant im Zugang zu den Bahnsteigen beruhigte er sich und stellte den Rucksack auf den Boden … und was sah Ole? Ihn sah sein Geld an! Der Dritte hatte den Rucksack auf einer Länge von 10 cm aufgeschlitzt! »Dieser verdammte Hund« brummte Ole und öffnete in aller Ruhe den Rucksack, schob sein T-Shirt und die Schuhe vor den Schlitz und band den Rucksack wieder zu. Schaden behoben. Zunächst! Vielleicht fiel ihm ja noch eine andere Lösung ein. Er stellte sich vor was passiert wäre, wenn die Polizei das Geld … An der Stelle hörte er auf darüber nachzudenken was geschehen wäre, wenn.

Es war inzwischen etwas vor acht geworden. Er hatte wunderbar gefrühstückt und dachte jetzt an die Rückreise, 10 Uhr 38 mit dem IC nach Hamburg Hbf. Also noch Zeit für einen Gang durch die Stadt. In der Empfangshalle standen Schüler und Schülerinnen einer Klasse aus Weimar. Wie er hörte, folgten die Sechzehn-, Siebzehnjährigen einer Einladung der ThyssenKrupp Steel AG zu einer Werksbesichtigung in Duisburg-Hamborn. Die meisten der jungen Leute wie auch das Lehrpersonal trugen Rucksäcke, und so fiel es gar nicht auf, dass noch einer, nämlich Ole gemeinsam mit der Klasse das Bahnhofsgebäude verließen. Draußen auf dem Bahnhofsvorplatz wartete ein Bus, die jungen Leute stiegen ein, und

Ole ging jetzt *plötzlich* etwas zügiger im Schatten des Busses zum Fußgängerübergang gegenüber der Industrie- und Handelskammer. Die Ampel zeigte ‚Rot' und Ole stand zwischen einem Dutzend anderer Fußgänger und wartete auf ‚Grün'. Er warf einen Blick zurück zum Bahnhofsvorplatz. Der Bus fuhr soeben ab und jetzt sah Ole wie vorhin bereits die drei Südosteuropäer. Einer trug einen Kopfverband, ein anderer seinen rechten Arm in einer Schlinge. Sie unterhielten sich immer noch aufgeregt mit mehreren Polizisten und einem Zivilisten. Ob der, der den Rucksack aufschlitzte das Geld gesehen hat?, fragte sich Ole. Die Ampel zeigte ‚Grün' und Ole tauchte in der Menge der zu ihrer Arbeitsstelle gehenden Leute unter. Von den leeren Kartons, die vor einer Apotheke lagen, wählte er schnell einen stabilen, passenden aus, legte den Rucksack hinein und mit diesem Karton unter dem Arm ging er zur Königstraße. In einem Kramladen kaufte er eine Rolle Klebeband und etwas weiter, in der Nähe des Land- und Amtsgerichts betrat er die Poststelle.

Erst als er die Einlieferungsquittung der Post in der Hand hielt wirkte er erleichtert und für den Moment befreit von der psychischen Last ‚seines' Geldes.

Ein Taxi brachte ihn zum Bahnhof Mülheim an der Ruhr, und die BAHN fuhr ohne es zu wissen den Mann, der sie um drei Millionen Euro erpresst hatte nach Hamburg.

.-.-.-.-.-.-.

Ole sitzt zu Hause vor dem eingeschalteten Fernseher und sieht – nichts. Ihm kommt der Gedanke, dass das Volk wie eine Kuh ist, die gemolken werden kann und gemolken werden muss. Der Melkmeister heißt ‚Staat', der Staat. Hm! Zuweilen melkt er mit, heute mit großem Erfolg. Jetzt gilt es, das Geld waschen zu lassen. Das eine hat zwar mit dem anderen nichts zu tun, aber es fällt ihm gerade so ein. Fürs Geldwaschen gibt es Spezialisten, die allerdings Geld sehen wollen, und nicht wenig. Das ist ärgerlich, aber nicht zu vermeiden. Auch ein Thema für die nächsten Tage. Sein Kopf ist voller Fragen.

Hackstein denkt über diesen Mann in eine ganz andere Richtung. Dieser Ole ist ein widerlicher Schmarotzer. Andere, z. B. die Mittelständler säen mit ihrer Arbeit den finanziellen Erfolg, und dann kommen Typen eines Ole und ernten, ohne gesät zu haben, und wenn dann noch die Gier hinzu kommt, und diese Kerle auch noch über die Qualität einer Heuschrecke verfügen, die Firmen bis zum letzten Tropfen auszusaugen, wird's gefährlich. Gefährlich für die Firmen, für die Arbeitnehmer, für die kleinen Leute.

Heute Nacht ist Hackstein wieder unterwegs. Morgen wird er mit den Autoverleihern sprechen, die an verschiedenen Tagen zwar, aber immer zu nächtlicher Stunde an ein- und denselben Mann einen Wagen verleihen. Hackstein ist überzeugt, dass es dieser verdammte Ole ist. Aber beweisen, beweisen kann er es – noch – nicht. Und wenn er die Beweise hat, muss er sie mit einigen Fakten belegen können, sonst nützt der ganze Aufwand mit nächtlicher Beobachtung, mit Ausforschung der Autoverleiher nichts.

.-.-.-.-.-.-.

Vor der Troika-Bar hält ein Taxi. Ein Mann steigt gemächlich aus, setzt einen breitrandigen schwarzen Hut auf und bindet mit einem Gürtel den Mantel zu. Das Taxi fährt ab und dieser Mann, übrigens ein sehr ansehnlicher Mann mit einer weißen Lockenpracht steht auf einem Stock gestützt da, als würden jetzt zehn oder mehr Fotografen Bilder von ihm für die Regenbogenpresse schießen. Aber nichts geschieht. Langsam dreht er sich um, geht zur Bar und schellt.

Die Bar-Chefin Elke stellt sich vor, begrüßt den Fremdling betont freundlich, heißt ihn willkommen. Sie schnippt mit den Fingern, Elfi kommt, nimmt dem Mann Mantel, Hut und Stock ab und hängt die Sachen in einen Garderobenschrank. »Darf ich Ihnen zur Begrüßung ein Glas Champagner anbieten?«

»Gerne, meine Dame.«

Der Mann wählt einen Eckplatz, setzt sich. »Ich habe mich Ihnen noch nicht vorgestellt. Ich heiße Luigi Di Brusciano, bin Schweizer aber – ein gebürtiger Italiener wie Sie sicher schon gehört und auch gesehen haben, fügt er verschmitzt hinzu. Ich habe mich hier mit einem Ole verabredet, geschäftlich. Persönlich kenne ich ihn noch nicht.«

Ole! Als sie Ole hört, schießen ihr ein paar Tränen in die Augen, was dem Schweizer nicht verborgen blieb, er reichte ihr ein Tuch. »Der Champagner, wissen Sie, ist mir in die Nase gestiegen und … Sie entschuldigen mich bitte für einen Moment.«

Draußen fährt ein Rolls-Royce vor. Der Fahrer steigt aus, öffnet die Tür zum Fond. Ein Mann im nachtblauen Anzug steigt aus, knöpft die Jacke zu, geht zur Bar, schellt. Als Elke die Tür öffnet, sieht Ole sie kurz an, legt den Finger auf den Mund. In diesem Augenblick wäre sie ihm am liebsten mit nackten Beinen um den Hals gefallen, aber sie hielt den Mund, sagte nur »Guten Abend, der Herr, was … « »Pardon, ich bin hier mit einem Signore Di Brusciano verabredet … «

Jetzt sah er ihn, den seine Freunde ,den Milanesen' nennen. Von schweizer ,Kollegen' als einen absolut vertrauenswürdigen Mann beschrieben, der, was die Finanzen angeht, sicherer als die Tresore der Bank Credit Suisse sein soll.

»So, Du heißt also Ole«, eröffnet Di Brusciano das Gespräch und sieht ihn an. »Wer einen so vornehmen Anzug trägt, hat doch sicher auch einen Hausnamen oder?

»Habe ich. Aber zunächst muss es bei Ole bleiben. Ich muss vorsichtig sein.«

»Weißt Du, mein lieber Ole, wer mit mir Geschäfte machen will, sollte freiheraus mit mir reden, sich nicht hinter einem Pseudonym verstecken, sonst findet die Sitzung erst gar nicht statt und folglich kommt man mit mir auch nicht ins Geschäft. Mithin, klare Fragen, klare Antworten sollten die Fundation unserer Unterredung sein! So, mein Lieber, wie sieht's aus?«

Elke brachte eine Flasche Champagner, goss das perlende Getränk ein und gab Ole ein paar Sekunden, seine Gedanken zu sortieren, denn dieser Mann war ihm auf Anhieb alles andere als sympathisch. »O.k., Luigi, pardon, ich darf Sie Luigi nennen?

»Selbstverständlich.«

»Ich muss Sie bitten, Luigi, bei meinem Alibi-Namen zu bleiben. Nur unter *dem* bin ich bekannt. Ist das o.k.?«

»Ich muss Deinen Wunsch akzeptieren. Aber duzen – duzen sollten wir uns«

»O.k., prost Luigi.« – »Prost, Ole. Und jetzt erzähl mir, womit ich Dir helfen kann.«

»Die Aufgabe heißt – Geldwäsche. Ich möchte wissen, was mit meinem Geld geschieht und … «

»Was mit Deinem Geld geschieht?« Luigi sieht Ole nachdenklich an. Ole nickt. »O.k. … fangen wir an, sagte er langsam, stecken wir es in moderne Waschmaschinen, und die funktionieren alle unterschiedlich: In der Maschine 1 wird z.B. Bargeld zu Buchgeld gemacht und zwar vornehmlich in Kasinos, Wechselstuben oder Restaurants. In der Waschmaschine 2 wird das Geld in unterschiedliche Aktivitäten aufgeteilt, um es undurchsichtig zu gestalten. In der Maschine 3 wird Dein, ich vermute mal illegal oder sogar rechtswidrig erworbenes Geld in möglichst kleine Beträge aufgesplittet, und diese kleinen Beträge werden auf verschiedene Konten eingezahlt. Die Waschmaschine 4 ist … «

Ole unterbricht den Finanzjongleur:»Wie lange dauert denn so ein Waschvorgang, Luigi?«

»Mein lieber Ole … wenn es schnell geht … ein Jahr? Meistens dauert es länger und manchmal … wesentlich länger.«

»Dann vergiss Deine Maschinen.«

»Welche Zeit schwebt Dir denn vor, Ole?«

»Höchstens eine Woche, höchstens!«

»Das ich unmöglich! *Ganz* unmöglich!«

»Dann ist unsere Sitzung beendet, mein lieber Luigi. Du bekommst 5.000 Euro Reisespesen, wie ausgemacht, dazu spendiere ich Dir den Aufenthalt hier in dieser Bar. Die Suite in den ‚Vier Jahreszeiten‘ habe ich für Dich bereits für drei Tage gebucht und bezahlt. … Sonst noch Wünsche, Luigi, die ich Dir erfüllen kann?«

»Nein, nein«, stotterte Luigi Di Brusciano. »Du bist verdammt schnell … «

»Dafür bin ich bekannt, Ciao! Mach’s gut« Ole stand auf, »Arschloch! brummelte er. »Ich reiß mir die Beine aus, damit der Eisenbahn-Clou gelingt, und dieser alte Vogel geht mit meinem Geld ein Jahr lang spazieren. Und zum Schluss kriege ich vielleicht die Hälfte wieder – oder gar nichts.«

Im Vorbeigehen sagte er zur Gitti, sie oder eine ihrer Kolleginnen möge sich um den Schweizer aus Italien kümmern. »Aber zuerst sagst Du mir, wie ich zu Elkes Privaträumen komme, denn in dieser Bar kenne ich mich noch nicht aus.«

.-.-.-.-.-.-.

Ole spürte direkt, dass irgendwas in der Luft lag, was daran lag, dass er außergewöhnlich ‚wetterfühlig‘ war. *Noch* unbekannte Ereignisse meldeten sich vorher in Form von Nervosität und Magengrummeln an. Immer! Aber was? Was war unterwegs?

Das Hamburger Pflaster wird heiß, darüber war er sich im Klaren. Den Tod durch eine Polizeikugel fürchtete er nicht. Immer noch besser, als in aller Öffentlichkeit vor den Kadi gezerrt zu werden, dazu auch noch in Hamburg! In der Stadt, in der die Hansens zur Hautevolee gehörten. Er sah sie vor sich, diese feixende Familie, die immer schon alles gewusst hat. Der das Lachen noch vergehen wird, weil sie demnächst mit einem besudelten Namen leben muss. Und genau diese Schmach gönnte Hanns seiner Familie zutiefst, die nach außen die Großen, die Vornehmen waren. Aber wenn es innerhalb des Clans mal wieder – und wieder war oft – ums Geld ging, war es aus mit dem feinen Getue. Besonders seinem hochnäsigen Schwager, dem Chefarzt war Geld das Höchste. Er wird sich als erster mit Vehemenz auf sein nicht unerhebliches Kapital stürzen wollen. Und während die Familie heute die Nase rümpft und laut pfui ruft, wenn es um den Außenseiter Hanns geht, würden sie später nach der Herkunft des Geldes nicht mehr fragen, sondern fröhlich in seinem Reichtum baden.

Vor *der* Familie, besser vor ihrer Habgier, musste Hanns sein Vermögen schützen – und er wusste wie. Es war ein wunderbarer, ein aufbauender Gedanke, seine unersättliche Verwandtschaft ins Leere laufen zulassen.

Diesen Gedanken setzte er noch am gleichen Tag in die Tat um. »Wenn sie sich einen Moment gedulden möchten, Herr Doktor Sörensen ist gleich soweit.« Hanns Hansen nahm auf einem alten, knarrenden Stuhl im Vorzimmer des betagten Notars Platz. Die Sekretärin lenkte ihn etwas von seinen Problemen ab. Eine hübsche Frau – fünfzig? Vielleicht.

Mehr als zufrieden verließ Hanns Hansen zwei Stunden später die Kanzlei. Die Gelder seiner Bankkonten hatte er bereits an die Damen verschenkt, und *darüber* hatte er mit dem alten Herrn erst gar nicht gesprochen. Und über *die* Gelder, die addiert mehr als sieben Millionen ausmachten, und die er über Nacht sozusagen zugunsten der Elke, Gitti und Traudel verteilt hatte, auch nicht. Dass er aber seine Eigentumswohnung verschenken wollte, passte dem Dr. Sörensen ganz und gar nicht. Eine Barbesitzerin mit dem wenig hamburgischen Namen Sonja Polzerowa, genannt Elke, sollte demnächst im vornehmen Blankenese wohnen? Im Treppenviertel auch noch? »Sie, Herr Hanssen, *Sie* entscheiden. Ich werde die Schenkungsurkunde vorbereiten, ebenso die Änderung im Grundbuch beantragen.«

Auf dem Weg zum Taxistand war er tief in Gedanken versunken; er sah seinen gierigen Schwager toben, sah sein verzerrtes Gesicht: »Hanns, dich krieg ich noch und dein Geld auch, warte ab!«

Der Zeitungskiosk! – fast übersehen. Er ging noch einmal die paar Schritte zurück. »Zwei Morde im Gefängnis Fuhlsbüttel – Gefängnisleitung ratlos« titelte ein Boulevardblatt in übergroßen Lettern. »Endlich«, murmelte er, endlich hat man den beiden Halunken den Hals umgedreht.« Im Weitergehen sagte er laut: »Doch noch ein Feiertag heute.« Eine betagte Frau drehte sich um, sah ihm nach und schlurfte zurück zum Zeitungsstand: »Entschuldigung, ist heute ein Feiertag?«

»Heute? Nicht dass ich wüsste, meine Dame.«

»Also nicht.« Die Jugend wird immer bekloppter, dachte sie, und genau das dachte der Kioskbesitzer von der Oma.

Der Notar Dr. Sörensen sah doch noch einmal in die Akte seines Klienten Hanns Hansen, von dem er sich vor einer Viertelstunde verabschiedet hatte. Denn die Sache mit der Eigentumswohnung verstand er nicht ... »Treppenviertel« murmelte er und lehnte sich in seinem Sessel zurück. »Und auch noch an eine

Polin. Warum? Ist sie ein besonders geiles Luder? Oder steckt da etwas anderes dahinter? Irgendwelche Sauereien womöglich, von der sie Kenntnis hat?« Dr. Sörensen stand auf und sah minutenlang zum Fenster hinaus. »Ob ich der Polizei einen Wink gebe?« Er nahm das Strafgesetzbuch aus dem Bücherschrank und setzte sich wieder in den Sessel. Er wusste, dass die Verschwiegenheitspflicht eine *rechtliche* Verpflichtung ist, fremde Geheimnisse nicht unbefugt an Dritte weiterzugeben. Gemäß § 203 StGB gehörte er zum schweigepflichtigen Personenkreis. Davon abgesehen ergab sich seine Pflicht zur Verschwiegenheit bereits als Notar aus der Bundesnotarordnung. »Dennoch, wie jedermann bin auch ich nach § 138 StGB, Strafgesetzbuch anzeigepflichtig, wenn eine schwerwiegende Straftat geplant ist ... « Er lehnte sich weit in dem alten Sessel zurück und sah gegen die Decke. »Hm!, mir ist aber keine Straftat bekannt«, brummte er etwas lauter »und damit ist die Geschichte für mich erledigt. Warum soll ich mir in meinem hohen Alter noch eine Laus in den Pelz setzen? Warum?« Er klappte das Gesetzbuch zu, beugte sich vor und legte es auf seinen Schreibtisch.

.-.-.-.-.-.

Dem Kriminalhauptkommissar Hackstein waren bei seinen Nachteinsätzen drei Autoverleiher aufgefallen. Drei Fahrzeuge, die immer am Fuß des Süllbergs von ein und demselben Mann übernommen wurden. Jedes Mal stand das Fahrzeug bereit. Schlüssel und Fahrzeugpapiere lagen in einem Versteck Nähe der Bushalte. Und an gleicher Stelle wurden Stunden später die Fahrzeuge auch wieder abgestellt, die Papiere und vermutlich auch das Geld an für den Verleiher bekanntem Ort deponiert.

Zwei Autoverleiher zu überprüfen übernahmen Ostenberg und weitere Kollegen, Hackstein übernahm den Autoverleiher Hasenbrink. Dieser Mann betrieb sein Auto-Verleihgeschäft

146

im Süden Steinwerders. Für die an sich kurze Strecke benötigte Hackstein wegen des morgendlichen Straßenverkehrs fünfundvierzig lange Minuten, ehe er den Wagen auf den Hof des Autoverleihers lenken konnte.

Herbert Hasenbrink, ein kleiner, rundlicher Mann mit blankem Schädel sah den Polizisten aus Koblenz skeptisch an. »Aha!«, sagte er gedehnt. Aus Koblenz? Wie das? Sind Sie … sind Sie überhaupt ein Polizist? Margret« rief er laut und sah dabei Hackstein unverwandt an. Seine Frau erschien. »Tag! Entschuldigung«, sie zeigte auf ihre rote Nase. »Erkältung, ein lästiges Übel! Aber lassen wir das – Herbert, was hast Du denn?« Er reichte ihr Hacksteins Dienstausweis: »Rufe die Polizei an und frage, ob dieser Mann ein Polizist ist.«

Er war einer und jetzt hörte Hasenbrink, warum dieser Beamte gerade *ihn* aufgesucht hatte: Er nannte Daten, Uhrzeiten und die Zulassungsnummer. »Wer, Herr Hasenbrink, wer hat an den genannten Tagen diesen roten Wagen geliehen?«

»Ja also wissen Sie, mit dem Schreiben da hab ich es nicht so, muss ich erst mal suchen, wo … «

Dem Koblenzer Hackstein, dessen natürliche Nervosität durch seine Aufregungen in Hamburg ohnehin um einige Grade zugenommen hatte, wollte der Kragen platzen. Aber er beherrschte sich: »Herr Hasenbrink, in zehn Minuten habe ich den Namen des Mannes, oder ich lasse meine Kollegen kommen, und die nehmen Ihren Laden auseinander, glauben Sie mir.« Hasenbrink wurde nervös, kramte in einem Wust von Papieren, Zeitungen, Reklameschriften. Und Hackstein setzte noch eins drauf: »Wenn ich mir Ihren Schreibtisch anschaue, bin ich auch versucht, dem Finanzamt … « Trotz dieser Drohung kramte Hasenbrink weiter, obwohl er längst wusste, dass der von dem Polizisten aus Koblenz gesuchte Mann sein Kunde Weber ist. Dieser Weber, immer kulant und der ging ihm jetzt womöglich flöten? »Was soll ich denn nur machen« wimmerte er vor sich hin. »Verdammte Scheiße! Aber die Polizei wird ihre Gründe haben, also – Weber – das war's.«

Während der glatzköpfige Autoverleiher noch in seinem Durcheinander kramte, rief Hackstein seinen Kollegen Bernd Meier an, und der sprang seinem Freund Hackstein sofort ins Wort: »O.k., wir sind ebenfalls seit heute Morgen zu Autoverleihern unterwegs. Über die Ergebnisse sprechen wir heute Nachmittag. Übrigens, XY ungelöst und ARD – bis jetzt keine Resonanz, leider, und wir haben uns soviel davon versprochen. Wim, tschüss!

Hackstein drückte die rote Taste, ging noch einmal ins Haus zum Hasenbrink: »Sie haben doch schon zu Anfang gewusst, dass der Gesuchte Weber heißt – oder?«

»Ja, ja, sicher. Aber ich musste mich doch vergewissern … Sie wissen besser als ich, dass man schnell einen in die Pfanne gehauen hat.«

»Natürlich!« Hackstein nickte verständnisvoll, ging wieder raus auf den Hof, führte mit der Spurensicherung der Hamburger Kripo ein Gespräch, und die sagten ihr Kommen für die nächsten Stunden zu, was dem Hasenbrink überhaupt nicht gefiel: »Ich leb' doch vom Verleih«, rief er mit weinerlicher Stimme »und … «

Hackstein beruhigte ihn mit der Zusage, dass die Kollegen für ihre Arbeit bestenfalls eine Stunde benötigen, mehr nicht. Im Büro steckte er den Auftragsblock mit Webers Unterschrift und Fingerabdrücken sowie den Umschlag aus dem Versteck samt Inhalt in seine Aktentasche und quittierte auf einem Vordruck den Erhalt dieser Beweisstücke.

Und jetzt hieß es warten, warten auf die Kollegen der Spurensicherung.

.-.-.-.-.-.-.

Die Hamburger saßen am späten Nachmittag zusammen und analysierten ihre Besuche bei den Autoverleihern. Aus allen Fahrzeugen wurden Fingerabdrücke sichergestellt. Die meisten waren mehrfach vorhanden und darunter auch die, so hoffte man, die eines Hanns Hansen oder Weber oder Hanns Hansen alias Weber, oder wie sich der Knabe sonst noch nennt.

Was fehlte waren schlicht aber einfach Hansens Fingerabdrücke, nachweisbar *Hansens* Fingerabdrücke. Erst wenn man die hatte, konnten sie mit den Fingerabdrücken aus den Leihfahrzeugen verglichen und schließlich die Einsätze dieser Autos zu den Tatorten nachvollzogen werden.

Ein schwieriges Geschäft! Man nahm den Vorschlag Hacksteins an, zusammen mit den Kollegen der Spurensicherung im Treppenviertel Hansens genetische Fingerabdrücke zu finden.

Die Koblenzer waren mit ihren Ermittlungen ähnlich weit gekommen. Etwa zur Zeit des Attentats auf die BAHN in Bad Breisig wurde in der weiteren Umgebung ein Auto gemietet, und zwar auf den Namen Weber.

Jetzt rollten sie den Fall Wilhelm John noch einmal auf, klapperten alle Autoverleihfirmen in der Nachbarschaft Bad Neuenahrs und Remagens ab und fanden wiederum den Namen Weber. Bingo! Auch hier wurden die Fingerabdrücke genommen, wie schon zuvor bezgl. des Attentats auf die BAHN.

In der Telefonkonferenz zwischen Koblenz und Hamburg am späten Nachmittag kam man überein, die morgige Bemühung Hacksteins um evtl. Sicherstellung von Hansens Fingerabdrücken abzuwarten.

Endlich gab es eine Verbindung zwischen Rheinland-Pfalz, Nordrhein-Westfalen und Hamburg, und sie bestätigte die frühe Annahme Hausschilds, dass der Erpresser im norddeutschen Raum wohnen müsse. Hauschild ruft noch mal den Kollegen Kretschmer an, versucht Näheres zu erfahren. Was er hört, ist bereits bekannt, und er verflucht nach dem Gespräch zum widerholten Mal die verdammten Flickenteppiche, und er meinte damit die vielen unterschiedlichen Computersysteme in den 16 Bundesländern. »Wenn unser System mit dem Hamburger kompatibel wäre, könnten wir uns ins Hamburger System einloggen und unsere Fragen selbst eingeben und die Antworten bewerten. Aber so sind keine Schnittstellen vorhanden, und das gibt reisenden Verbrecherbanden die Möglichkeit, nach getaner Arbeit das eine Bundesland schnell zu verlassen, um im Nachbar-Bundesland ungestört weiter machen zu können. *Unser* gesuchter Verbrecher profitiert ebenfalls von diesem Chaos. – Denn die Kleinstaaterei behindert alle 18 Behörden – Bundespolizei, Bundeskriminalamt und 16 Länderpolizeien. Wäre dem nicht so, könnten alle berechtigte Beamte in Bund und Ländern ins Ermittlungssystem reinschauen, und mancher Verbrecher säße längst hinter Schloss und Riegel. Nötig ist auch ein ‚Europäisches Bundeskriminalamt‘ nach dem Vorbild des FBI in den USA, damit Nachrichtendienste und Polizei europaweit ihre Daten zusammenbringen, gemeinsam bewerten, gemeinsam fahnden können. ... Wenn sich die hohe Politik unserer Bundesländer und darüber hinaus der europäischen Staaten doch nur einigen könnten. Wenn ... das wäre herrlich!«

.–.–.–.–.–.

Sein Mitstreiter Hackstein z. Zt. Hamburg hatte es sich vor dem Fernseher bequem gemacht. Der Tag war lang und anstrengend gewesen. Vielleicht würde ihn der ‚Bergdoktor‘ ein bisschen ablenken von dem Dauerthema Ole. Denn ob zu Fuß oder im Auto, im Hotel und im Büro sowieso, überall geisterte dieser Ole durch sein Gehirn. Der ,Bergdoktor' sprach in dem TV-Film mit einer Nachbarin über das Phänomen Traum und ihm, dem Polizisten fiel mit einem Mal auf, dass ihm dieser Ole im Traum noch nicht erschienen war und hoffte inständig, dass es so bleiben möge.

Das Handy! Diese verdammte wie segensreiche Erfindung regte ihn schon nicht mehr auf. Ohne konnte er sich seinen Dienst aber auch sein Privatleben nicht mehr vorstellen. Grüne Taste, »Hallo?«

»Wim, guten Abend … stör ich?«

»Nie!« Hackstein schaltete das TV-Gerät stumm und war von der Sekunde an gespannt, was sein Freund Meier Drei zu sagen hatte.

»Ein Mann hat aus Dobin am Stettiner See angerufen«, berichtete Meier Drei. »Dieser Person ist heute Morgen erst eingefallen, ich betone: heute Morgen erst!, dass in der letzten XY-Sendung unlängst nach einem Schmied gefragt wurde, der ein bestimmtes Stück Stahl geschmiedet haben soll. Sein Nachbar sei ein Schmied, z.Zt. im Urlaub. Und der Anrufer hat gesehen, wie sein Nachbar ein Stück in ein Auto mit Hamburger Kennzeichen lud. Aus Hamburg, betonte der Mann zweimal. Deshalb habe er überhaupt angerufen.«

»Aha!« Und woher hat er Deine Telefonnummer?«

»Die örtliche Polizeistation hat ihn schlau gemacht, und sie hat auch inzwischen hier angerufen, ob der Mann uns angerufen hat. Aber nun meine Frage: Kannst Du diesen Mann aufsuchen? Du bist von Hamburg aus schneller am Stettiner See als wir vom tiefen Westen aus. Wie sieht's aus?«

»Ich kann nicht. Ich bin morgen mit der Spurensicherung unterwegs und außerdem voll in dem Fall Ole oder Weber oder Hansen oder was weiß ich, wie dieser Kerl heißt, involviert. Aber Kollegen werden sich kümmern, morgen schon.«

Hackstein notierte noch die Anschrift und Telefonnummer

des Mannes und der zuständigen Polizeistation, wünschte seinem Freund Bernd eine gute Nacht – rote Taste.

Vom Bergdoktor sah er nicht mehr viel, und was er sah, sah er – ohne Ton.

.-.-.-.-.-.

Der Schock saß tief! Ein Autoverleiher hatte ihm soeben gesagt, dass die Polizei das Auto nach Fingerabdrücken untersucht habe.

»Die Bullen haben also meine Fährte aufgenommen – so eine Scheiße!« Ole saß in seinem Auto, schob den Sitz zurück. »Dann kennen die auch schon meinen Wagen, den 7er hier. Und die wissen auch ganz bestimmt, wo ich wohne. Erste Maßnahme ist also, den Wagen irgendwo abstellen und die zweite, meine Wohnung nicht mehr betreten! Die dritte Maßnahme heißt Ausland, denn hier in Hamburg haben mich die Bullen auf dem Kieker, das ist sicher. Aber vorher, vorher habe ich noch etwas zu erledigen.« Er nahm sein Handy, tippte eine Nummer ein.

.-.-.-.-.-.

Hauschild stand mit zehn Kollegen vor der Haustür des Hanns Hansen. Man vermutete zwar in diesem Mann den gesuchten Ole, aber hundertprozentig wissen tat man es nicht. Diese Aktion sollte endlich die für weitere Maßnahmen erforderliche Gewissheit bringen. Sechs seiner Kollegen waren von der Spurensicherung, zwei von der Technik und weitere zwei für Eventualitäten.

Eigentlich wollte Hackstein, dass sich diese Truppe eine nach der anderen erst gegen zehn Uhr mit Rücksicht auf die Nachbarschaft vor dem Haus Hansen einfindet. Er entschied sich anders!

Fürs Protokoll notierte Hackstein die Uhrzeit: 8 Uhr 41. Er drückte auf den Klingelknopf ‚Hansen'. Warten. Und noch einmal klingeln. Hansen meldete sich nicht. »Kollegen, anfangen!« Die Kollegen der Spurensicherung begannen mit ihrer Arbeit unten an der Haustür und an der Klingelleiste. Um ins Haus zu kommen, mussten sie erst gar nicht eine Hausbewohnerin oder einen Hausbewohner bemühen, weil eine ältere Dame die Haustür von innen öffnete.

»Meine Herren, was soll das denn hier werden?« Ihre Stimme war befehlsgewohnt. Wie ihre ganze Erscheinung auf eine gehobene Position in einer Firma, oder auf die Stellung eines Familienoberhauptes eines großen begüterten Familienclans schließen ließ. Hackstein stellte sich vor und begründete den Polizeieinsatz mit einem gemeldeten Einbruchversuch. »Der doch sicher von dieser Hütter gemeldet worden ist. Sie hat die ganze Umgebung im Blick. Auch des Nachts!« Hackstein erfuhr noch, wo denn Frau Hütter wohnt, und welcher Keller zur Wohnung des Herrn Hansen gehört. Ein junger Mann hatte sich inzwischen eingefunden. Er stand im gehörigen Abstand seitlich auf dem breiten Weg. »Schmiedchen«, rief sie ihn, »muss ich Sie erst rufen? Begleiten Sie mich! Ach!«, wandte sie sich wieder an Hackstein, »ich habe mich Ihnen noch nicht vorgestellt: von Scherenberg – guten Morgen!«

»Aua«, brummte Hackstein und ging ins Haus.

Die Spurensicherung war mittlerweile in der ersten Etage angekommen. Links wohnte Frau Margitta von Scherenberg, rechts Herr Hansen, ohne Vornamen. Die Kollegen hatten noch eine Stunde zu tun. Vier Spurensucher konnten danach mit den ersten ‚Spuren' reisen, zwei verblieben noch, ebenso die Techniker und die ‚Eventualisten'.

Als Hackstein rüber ging zur Frau Hütter, nieselte es nicht, sondern ‚et fisselte', wie seine Mutter, eine echte Niederrheinerin gesagt hätte. Ein Wort, das Hackstein übernommen hatte. Frau Hütter hatte ihn kommen sehen, drückte sofort den Türöffner und empfing ihn wie einen alten Bekannten. »Tässchen Kaffee Herr Hackstein? Sie sind ja schon die Tage ums Haus gegenüber geschlichen, stimmt's? Sie ging in die Küche, kam mit einer Kaffeekanne zurück: »Wen oder was suchen sie denn?«

»Wir suchen einen Mann mit dem Vornamen Ole.« Von einem Hansen sprach er nicht. Wenn der es nämlich nicht sein sollte, hätte er den Ruf dieses Mannes insbesondere hier in diesem Viertel nachhaltig beschädigt. Also – Ole, mehr nicht. Einen Mann mit *dem* Vornamen kannte Frau Hütter nicht. Sie nahm einen Schluck Kaffee und kam ins Erzählen. »Eigentümlich ist in dieser Ecke schon einiges. Z.B. in dem Haus gegenüber, in der ersten Etage rechts, in dieser Wohnung wird an mehreren Tagen in der Woche das Licht exakt um 0 Uhr 4 Minuten, ich nehme an von einem Automaten gelöscht und wird gelegentlich zu unterschiedlichen Zeiten wieder eingeschaltet. Folglich ist der Mann oder die Frau oder beide mal zu Hause, mal unterwegs. Was diese Leute schaffen, weiß ich nicht. Können Sie sich einen Reim darauf machen, Herr Hackstein?«

»Vielleicht ist er im Objektschutz tätig.«

»Vielleicht, aber glauben kann ich es nicht, denn es wird erzählt, dass er einen dicken Schlitten fährt … Moment, ich hole ihnen noch etwas Gebäck. Zum Kaffee gehören nun mal ein paar Plätzchen.« Als sie aus der Küche zurückkam, servierte sie die Plätzchen mit der Bemerkung, »Eigenproduktion, Herr Hackstein, denn Backen ist meine große Leidenschaft.«

Danach siehst du auch aus, dachte Hackstein. Süß bist du ja, aber etwas zu rund. Fünfzehn Pfund müssten runter. Da kannte sich der Junggeselle Hackstein aus.

»Jetzt erzähle ich Ihnen noch eine, eine *unheimliche* Geschichte. Nachts geht nämlich einer über die Wiese und – verschwindet.

»Augenblick, Frau Hütter, Sie sprechen von der Wiese hinter *dem* Haus, in dem u.a. auch Frau von Scherenberg wohnt?«

»Richtig. Diese ‚von‘, die nur hier ist, um sich von der Familie zu erholen. Denn gnädige Frau ist eine Gutsbesitzerin, und die Familie ist hinter ihrem Besitz her. Nicht meine Sorge. Herr Hackstein … die Wiese! Ein Mann – oder Frau? Nein, so wie die Person geht, ist es ein Mann. Er geht an dieser Seite des Hauses vorbei, betritt die Wiese bis zu einem bestimmten Gebüsch und ist verschwunden. Immer nur Nachts! Tagsüber gäbe es vielleicht eine einfache Erklärung für sein Verschwinden – aber in der Dunkelheit sieht es, wie ich schon sagte, unheimlich aus.« Sie stand am Fenster und sah hinunter auf die Wiese und Hackstein hörte nur mit einem Ohr zu, betrachtete das wohlgebaute Hinterteil der Frau Hütter und kam zu …

»Was halten Sie von der Geschichte, von dem Verschwinden, Herr Hackstein« unterbrach sie seinen mental erotischen Ausflug.

»Das ist in der Tat – was soll ich sagen – ganz schön gruselig. Ich werde mir gleich das Gebüsch ansehen und hoffe eine passende Erklärung zu finden. Außerdem schaue ich mir bei Dunkelheit die Stelle an.«

»Dann können sie mir ja heute Abend noch sagen, wie … « empfahl Frau Hütter.

»Au! Da muss ich aber erst mal nachschauen.« Umständlich zog er sein Notizbuch aus der Jacke, in dem alles Mögliche stand, nur keine Termine. »Frau Hütter, heute Abend schaue ich mir, wie ich schon sagte das Gebüsch an.« Er blätterte eine Seite weiter »und habe bis zur Stunde, wie ich sehe – dienstfrei.« Das Notizbuch steckte er wieder in die Jackentasche. »Tschüs! sage ich zunächst mal. Ich hoffe, bis heute Abend zwischen sieben und acht.«

Auf dem Weg zum Hansen Haus sagte er sich, dass man zu Zeugen ein vertrauensvolles Verhältnis aufbauen soll ... ein gutes ... und wenn es der Sache dient ... sogar ein freundschaftliches ... Hm! ... und außerdem, Hackstein ... könnte es sein, dass der Abend gerettet ist.

Die zwei Spurensucher waren dabei, ihr ‚Werkzeug‘ in Aluminium-Koffer zu packen und vor allem – die gesicherten Fingerabdrücke in Spezialbehälter zu legen. Nach dem Einpacken konnten sie sich auf den Weg zu ihren Dienstfahrzeugen machen. Hackstein und seine beiden Kollegen dagegen gingen über die Wiese zu dem, laut Frau Hütter *unheimlichen* Gebüsch.

Zunächst sah man nichts. Erst bei näherem Hinsehen entdeckte Hackstein hinter dem Gebüsch Schuhabdrücke. Der Unbekannte musste also mit einem Sprung von der Wiese hinter das Gebüsch gelangt sein. Und, wie zu sehen, nicht nur einmal. Auch Hackstein sprang und entdeckte die nächste Überraschung: Ein schmaler Trampelpfad führte hinab Richtung Elbe.

Er endete, von dichtem Gebüsch verdeckt an dem Ort, an dem die Autoverleiher die Fahrzeuge abstellten, und Hackstein fand auch die Stelle, an der Geld und Papiere deponiert worden sind. Die Suche dauerte zwar, aber die Kripoleute haben sie gefunden.

.-.-.-.-.-.-.

16 Uhr: Das BKA bestätigt die Übereinstimmung der Fingerabdrücke Haus Hansen / Leihautos. Und jetzt ist in Hamburg die Hölle los und – in Koblenz! Hauschild beruft sofort den Kleinen Kreis zu einer Besprechung in den Salon. Teilnehmer die Kollegen Meier Drei, Schmidt, Nähle und Schnabel, der im Nebenzimmer noch dabei ist, die BKA-Mail Wort für Wort

durchzulesen. Frau Fischer-Höchst führt das Protokoll. »Ich komme noch einmal zurück auf die Duisburger Geschichte«, beginnt Hauschild die Diskussion. »Mit seinem 7er BMW ist dieser Hansen ja in Duisburg gesehen worden. Das ist verbrieft.« »Richtig«, meldet sich Meier Drei. »Und nach Auskunft der Hamburger Polizei s. Zt. war Hansen bis dato nicht auffällig geworden. Und deshalb … Frau Fischer-Höchst hebt die Hand: »Wer hat einen Kugelschreiber, meiner ist … « Schmidt schiebt einen rüber … »Danke!« Meier Drei fährt fort: »Und deshalb haben unsere Duisburger Kollegen auch keine weiteren Untersuchungen im ‚Duisburger Hof‘ angestellt. Wir können … « Schnabel kommt mit hochrotem Kopf in den ‚Salon‘: »Entschuldigung, aber die Wiesbadener haben auf dem Störsender einen Teilabdruck des rechten Zeigefingers dieses Hansen entdeckt, schwach, aber sie haben ihn sichtbar gemacht.« Spontanes Klatschen in der Runde und Meier Drei sieht den Hansen schon vor dem Kadi, »denn mit diesem winzigen Abdruck laden wir ihm die Duisburger Geschichte auf den Hals. Und die Ermordung des Wilhelm John weisen wir ihm über den Autoverleiher ebenfalls nach. Die Ermordung des Eisenbahners können wir bis zur Stunde leider nur über Indizien nachweisen, es sei denn, wir finden noch etwas Konkretes.«

»Ich bin die Tage auf Einladung des BKA-Präsidenten in Wiesbaden und werde mich bei der Gelegenheit dort für diese Leistung bedanken«, bemerkt Hauschild »und gleich noch werde ich mich mit dem Oberstaatsanwalt wegen der Haftbefehle unterhalten und Du Sabine, Du gehst morgen früh sofort zum Richter Lohberg. Der ist unkompliziert und schneller als die anderen und beantragst die Ausstellung eines Haftbefehls und eines internationalen Haftbefehls, denn es ist zu erwarten, dass sich dieser Kerl ins Ausland absetzt. Wo hat er eigentlich studiert?«

»In Hamburg und zwei Semester in Paris« weiss Schmidt.

»Dann werde ich mich morgen schon mit meinem Freund Maurice Palud unterhalten. Er ist Chef der Pariser Kriminalpolizei, und ich werde ihn auf die Ankunft dieses Herrn einstimmen.« Hauschild sieht in die Runde: »Das war's für heute, danke und einen schönen Feierabend.«

Meier Drei rief noch über Handy seinen Freund Hackstein an, und er sagte ihm, dass die ‚Koblenzer' bereits die Haftbefehle ausstellen lassen. »Und, was gibt es in Hamburg neben Bekanntem Neues?« Es muss sehr viel gewesen sein, denn erst eine halbe Stunde später drückte Hackstein die rote Taste.

.-.-.-.-.-.-.

An diesem, für die Hamburger wie auch für die Koblenzer Kriminalpolizei denkwürdigen Tag radelt Ole auf seinem Klappfahrrad durchs regnerische Hamburg. Von seinem 7er hat er sich auf dem Parkplatz der Hamburger Senatsverwaltung verabschiedet. Schlüssel steckt. Jetzt heißt es radeln. Oder Taxi. An ‚zu Fuß' will er nicht denken. Sein Gesicht ist leicht gerötet, vom Wetter und … von unbändiger Wut. Jeder Pedaltritt bezieht die Energie aus seinem Zorn auf jeden, auf alles.

Ziel ist die Speicherstadt. Dieser heute noch lebendige Handelsplatz interessiert ihn nicht. Auch nicht, dass das ‚Tor zur Welt' in der Speicherstadt, im einstigen Herzen des Freihafens liegt. Und schon gar nicht, dass sich hier ein roter Backsteinbau an den anderen reiht. Das alles weiß er als Hamburger sowieso.

Vor dem fünften Speicher steigt er vom Rad, klappt es zusammen und trägt es auf den dritten Lagerboden (Stockwerk). Unten stehenlassen geht nicht, weil ganz bestimmt auch hier seine ‚Kollegen' von der Zunft der Fahrraddiebe unterwegs sind. In diesem Speicher trifft Ole sich mit Bomber Rudi. Warum hier? Es war Rudis Idee. Diesen Boden hat sein Onkel angemietet. Was aber Ole mit Rudis Onkel zu tun hat, leuchtet ihm nicht so ganz ein und – es ist ihm auch wurscht.

Und Rudi staunt, als Ole mit einem Rad daherkommt. »Bist Du pleite, und musstest Du deswegen schon Dein Auto verscherbeln? Ja, ja, Ole, das ist schon scheiße, wenn man auf den Hund gekommen ist, ich kenne das.«

»Halte gefälligst Dein verkommenes Maul, gib mir meine 20000 Euro und ich bin wieder weg.«

»Habe ich nicht hier – werden gleich gebracht.« In diesem Moment erscheint Karl. Karl, der auf Grund seines verkommenen Elternhauses die Grundschule nur vier Jahre besucht hat, jetzt mit Rauschgift handelt und mit diesen Geschäften mehr verdient, als jeder ehrenwerte Handwerker mit seiner Arbeit. Dieser Karl, der Sechs- bis Achtjährige einspannt für den Transport kleiner Mengen Marihuana zu den Dealern und als Lohn den Kindern Zigaretten oder Alkohol gibt. ‚Macht sie zu Männern‘, ist seine Meinung.

Dieser Karl fragt, so wie er den Boden betritt, was er denn dem Ole sagen soll, warum er das Geld *nicht* hat. »Rudi, Du hast es mir gesagt, aber ich habe es … « Er stockt, sieht Ole und er ist der letzte, den er wahrnimmt … Ein 9 mm Geschoß aus Bomber Rudis Kanone reißt ihm das Gehirn aus dem Schädel und klatscht die graue Masse gegen die Wand hinter ihm. Grausam! Ole geht langsam links rüber und bringt so den schweren Tisch mit einer geschätzt 4 cm starken massiven Eichenholzplatte zwischen sich und diesem Rudi. Und als Rudi hastig beginnt, den Schalldämpfer auf seine Kanone zu schrauben, steht für Ole fest: Besser er als ich und noch besser sofort als zu spät!

Blitzschnell hebt er den zentnerschweren Tisch und drückt mit der Tischplatte diesen Kerl gegen die besudelte Wand. Und weil Rudi die Arme nicht mehr nach vorne bewegen kann, gehen seine Schüsse ausschließlich in *eine* Richtung, nämlich seitlich in den Boden, der Rest gegenüber in die Decke. Ole zählt mit. Als das Magazin leer ist, lässt er den Tisch fallen. Wie dieser Kerl jetzt aussieht interessiert nicht, nur die Antwort auf seine Frage, wo das Geld verblieben ist.

»Was willst Du denn! Du hast doch genug von diesem verfluchten Zeugs.« Er versucht, sich das Blut aus dem Gesicht zu wischen was ihm nicht gelingt. Die Verletzung ist zu stark. »Aber damit es Dich beruhigt: Ich habe das Geld verzockt und den Rest mit Weibern durchgebracht, verstanden? Und *das* sage ich Dir, Dich, Dich werde ich noch umbringen, Du verkommener Hund.«

»So eine widerliche Arbeit werde ich Dir mit Freude abnehmen, mein lieber Rudi … und zwar auf der Stelle. Ole schleppt den laut schreienden und um sich schlagenden Rudi bis in die Mitte des Raumes und schleudert ihn mit einem gekonnten Karate-Griff durchs offene Lagerboden-Tor ins Fleet. Das graue Wasser nimmt ihn auf wie viele andere vor ihm schon und gibt auch ihn lebend nicht mehr her.

Jetzt heißt es verschwinden. Er wirft noch mal einen Blick durch den Raum, zum so gut wie kopflosen Karl, zu der furchtbar aussehenden Wand, zum blutverschmierten Tisch und zu Rudis 9mm-Pistole. »Hier haben die Bullen zu tun. Zu dieser ganzen Scheiße finden die auch noch meine Fingerabdrücke. Besser, die finden die Abdrücke als meine Leiche, denn das wollte dieser Neffe eines Lagerbodenmieters: Er wollte mich wegen der lächerlichen 20000 Euro erschießen. Jetzt kann er sein verkommenes Gehirn in dem Fleetwasser baden.«

Aber jetzt! Er hastete rauf auf den vierten Boden und betrat das Lager eines Teppichhändlers. Zur Rechten reichte ein Teppichstapel drei oder fast vier Meter hoch. Das Klapprad erwies sich als hinderlich. Dennoch gelang es ihm, das Rad auf den Stapel zu hieven und bis in die hinterste Ecke zu ziehen. Ole legte sich daneben und wagt kaum noch zu atmen. Stimmen!

Auf dem dritten Boden ist die Polizei im Großeinsatz. Drei oder vier kommen die Treppe hoch, betreten das Teppichlager. Stellen dem Teppichhändler die üblichen Fragen und hören, dass er mit Kunden im Gespräch war und vom Geschehen hier im Speicher weder was gesehen noch gehört hat. Unten ist es laut und Ole vernimmt, dass die Wasserpolizei den Toten aus dem Fleet bergen soll. Den Karl hat man wohl schon runtergetragen. Den Stimmen nach kommen die Reporter vom ,Abendblatt' die Treppe hoch, werden von der Polizei aufgehalten. In einer Stunde erst. Also gehen sie wieder die Treppe hinunter und warten draußen vermutlich.

Das alles bekommt Ole mit. Erst gegen 22 Uhr kehrt Ruhe ein und Ole überlegt, ob er nach einem Kühlschrank … nein, die Alarmanlage könnte … also mit Magenknurren einschlafen.

Halb neun am nächsten Morgen. Ole muss noch auf seinem Nachtlager ausharren, denn die Polizei ist wieder im Speicher. Davon abgesehen kann er diesen Speicherboden ohnehin nicht verlassen, weil der Teppichhändler noch nicht in seinem Laden ist, die Tür also verriegelt, die vermutete Alarmanlage eingeschaltet ist. Der Magen knurrt lauter und zur Toilette muss er auch. Er überdenkt den weiteren Verlauf des Tages und beschließt, das Klapprad auf dem Teppichstapel zu belassen und zu Fuß das Weite zu suchen. Wobei ,das Weite' in der Enge der Speicherstadt reichlich übertrieben ist, und er nur hoffen kann, in Richtung Chile-Haus zu entkommen, um in der Stadt untertauchen zu können. Aber soweit ist es noch nicht. Im Treppenhaus ist immer noch reichlich Betrieb und der Teppichhändler noch nicht anwesend.

Halb zwölf. Der Teppichhändler telefoniert und im Treppenhaus ist Ruhe eingekehrt. Ole robbt sich vor bis zum Rand des Teppichstapels, hangelt sich runter auf den Boden. Vorsichtig schleicht er bis zur Tür, horcht ins Treppenhaus. Nichts! Also runter. Unten angekommen verschwindet er zunächst hinter der Tür zur Toilette. Hier sitzt er nun, hört sich die Gesprächsfetzen der Leute an. Schlimmer: Seine Klamotten stinken widerlich nach Teppich. Was soll's, als er ‚abzieht' steht sein Entschluss fest: Nie mehr die Speicherstadt betreten. Nie mehr!

Vor dem Rathaus erst schaltet er sein Handy ein und ruft Folke Feddersen, den Taxifahrer. Der fährt ihn zu seinem Refugium in der Thadenstraße. Hier beeilt er sich, zieht sich um, packt das Nötigste in einen Koffer, das er hier für den Fall der Fälle deponiert hat. Er schließt die Tür, lässt den Schlüssel jedoch stecken. Auf Socken schleicht er nun die Treppe runter. Auf einer der letzten Stufen setzt er sich, zieht die Schuhe an und verlässt jetzt endgültig das Haus. Folke Feddersen wartet bereits, legt den Koffer in den Kofferraum und fährt Ole zur Traudel. Auch hier wartet Folke. Er sieht auf die Uhr – die Zeit drängt.

Als Traudel die Haustür öffnet, erkennt sie ihren Hasi kaum wieder und … ihr schwant nichts Gutes. Denn er sieht zwar aus wie ein Banker der Wall-Street oder wie einer – der auf der Flucht ist und nicht erkannt werden will? Und genau so ist es! »Traudel, ich muss mich für eine Weile ins Ausland absetzen. Die Polizei ist hinter mir her. Frag nicht warum, ich habe keine Zeit, Dir die Gründe darzulegen. Folgendes ist jetzt wichtig: Die Post DHL hat Dir die Tage das besagte Paket gebracht. In ihm ist, ich sage es Dir *jetzt,* reichlich Bares. Den Inhalt teilst du dir mit Elke und Lissi. Sie sind unterrichtet. Und lasst das Geld waschen! So ist es wertlos und bringt Euch nur in größte Schwierigkeiten. Wie und wo gewaschen wird, wisst Ihr drei besser als ich. Jetzt gebe ich Dir noch ein Notizbuch, Inhalt Zahlen und Worte und Buchstaben. Wie es funktioniert, kann Dir Elke erklären. Gib ihr bitte auch meine Wohnungsschlüssel. Zu ihr kann ich übrigens nicht. Sie, ihre Wohnung, und ihre Bar werden Tag und Nacht observiert. Leider!« Er legt die Schlüssel auf den Tisch. »Das Taxi wartet schon. Traudel, ich mache es kurz, damit Du meine Tränen nicht siehst.« Er schluckt, nimmt sie ganz kurz in den Arm, »tschüs und … und bleib‘ süß!«

Abrupt dreht er sich um, geht zur Haustür. Im Taxi zieht er schnell die Tür zu, sieht sich noch nicht einmal mehr um, als Folke Feddersen den Fuß von der Bremse nimmt und sein Taxi anfährt.

.-.-.-.-.-.-.

Etwa um diese Zeit erfährt Meier Drei Näheres über die Reise seiner Hamburger Kollegen in den Osten. Die Erkenntnisse sind überschaubar: Der Schmied ist noch im Urlaub, der Anrufer weiß nur von einem Hamburger Auto, das unlängst vor der Schmiede stand, mehr nicht. Das einzig Neue ist, dass ein Hamburger mit Namen Sven Christiansen für eine Nacht im Hotel ‚Seewisch‘ abgestiegen ist. Das es Hansen war, darf vermutet werden. Mehr ist nicht bekannt. Meier Drei macht sich einige Notizen und legt das Blatt zur Seite für die Besprechung morgen früh im ‚Salon‘.

.-.-.-.-.-.-.

»Köln Hauptbahnhof, sie haben Anschluss nach … «. Wie auf allen Bahnsteigen, auch hier muss man schon genau hinhören um zu verstehen, was die Dame sagt. Die Akustik ist nun mal nicht besser. Hansen verlässt den ICE aus Hamburg, geht rüber zu den Abfahrplänen. Er sieht auf die Uhr … in zehn Minuten. Er geht mit vielen anderen die breite Treppe hinunter und fährt mit der Rolltreppe zu einem der nächsten Bahnsteige hoch. Der ‚Thalys‘, ein Schnellzug der Französischen Eisenbahn, der SNCF steht bereit. Hansen hat einen Fensterplatz in der ersten Klasse gebucht. Er nimmt ein Informationsblatt der SNCF zur Hand. Paris, so liest er, das bedeutet Eiffelturm, Louvre, Notre-Dame – aber auch 173 Museen, 200 Kirchen und 465 Parkanlagen. Er legt das Blatt auf den Nachbarsitz, sieht nach draußen. Die abfahrenden wie die einlaufenden Züge versperren ihm den Blick auf die Bahnsteige, auf die Masse Menschen, die mit oder ohne Gepäck, alleine oder in Begleitung auf ihren Zug warten. Der Thalys nach Paris ist gut besetzt. Einige Reisende verlassen vielleicht schon wegen der vielen europäischen Institutionen in Brüssel diesen Schnellzug? Man wird sehen. Sie alle aber hören die Ansage, dass der Thalys in einer Minute … und als er anfährt, sanft anfährt, haben einige Passagiere für Sekunden den Eindruck, als würde der Bahnsteig abfahren, nicht dieser Zug. Die Illusion schwindet aber schnell, so wie der Zug die Geschwindigkeit erhöht, den Bahnsteig verlässt.

Nach vier Stunden und ein paar Minuten erreichte dieser Schnellzug Paris, Gare du Nord. Hansen verlässt den Thalys und geht mit oder gegen den Strom unzähliger Reisender, denn dieser Bahnhof ist der am meisten frequentierte der französischen Hauptstadt. Es dauert, bis er die Sperre erreicht, geht hindurch, vorbei an sechs oder sieben Flics. Sie schauen jeden an, den Hansen auch und – sie schauen ihm nach. Er sieht es nicht, er spürt es. Draußen, vor der gewaltigen Fassade des Bahnhofsgebäudes bleibt er stehen, sieht sich um, als suche er etwas. Wie viele Fremde, die den Riesenbahnhof verlassen und nicht so recht wissen, wie es weitergeht. Hansen aber kennt sich aus. Zunächst betritt er ein Restaurant, um für das leibliche Wohl zu sorgen, danach wird ihn ein Taxi zu einem kleinen Hotel im 6. Arrondissement fahren.

Der Thalys wird für die Rückfahrt nach Köln wieder reisefertig gemacht. Zwei Putzkolonnen kümmern sich um das

Innenleben des Zuges, reinigen und putzen jeden Waggon. Die Zugbegleiter überprüfen noch einmal alles, legen auf jedem Sitz den Fahrplan im Flyerformat aus.

Während Zugführer und Lokführer mit ihrem Team den Zug besteigen und sich auf die Abfahrt in fünfzehn Minuten vorbereiten, wird auf jedem zweiten Sitz ein Fahndungsplakat der Polizei in französischer und deutscher Sprache ausgelegt:

ACHTUNG!
Ein Mann namens Hanns Hansen wird wegen mehrfachen Mordes gesucht. Nationalität: Deutsch. Alter: 33 Jahre. Größe: 182 cm. Unter dem Pseudonym Weber oder Christiansen ist Hanns Hansen in Zentraleuropa, vermutlich aber in Frankreich unterwegs …

.-.-.-.-.-.-.

»Ach wie schön war mein Dorf, mein Paris, mein schönes Paris!« sang Edith Piaf als kesse Göre für ein paar Geldstücke , die ihr aus den düsteren Hinterhoffenstern von Belleville zugeworfen worden sind, wo sie auf den Treppenstufen des dürftigen Wohnblocks Nummer 72 zur Welt gekommen war.

Es mag in ihrem Geburtsjahr 1915 und davor noch so gewesen sein. Heute aber ist Paris alles andere als ein Dorf, sogar mehr als eine Stadt. Paris, das ist eine Lebensauffassung. Entweder man mag diese Metropole, oder man hasst sie. Dazwischen gibt es nichts. Paris ist hässlich, abscheulich, dreckig, verrottet, ,pourri', wie die Franzosen sagen würden. Und – ganz nebenbei – dass Paris ein Zentrum kulinarischer Schlemmerei sei, wird niemand mehr behaupten wollen: weil, ja weil statt dessen das Angebot an amerikanischen Schnellgaststätten erstaunlich gestiegen ist. Was noch? Da ist z.B. das ewige Thema

Preise. Die fürs Essen, fürs Wohnen, überhaupt für alles (außer der Metro) sind schlechterdings schamlos. Aber – da ist noch mehr. Denn an der Seine haben auch Kunst und Kultur ihr Zuhause gefunden, und mit ihnen alle Schönheiten, die sich die menschliche Vorstellungskraft ausmalen kann. Und darum liebt man dieses Paris.

Die Seine, die Paris von Osten nach Westen in einer großen, majestätischen Schleife durchfließt, bildet mit ihren Ufern eine der schönsten Promenaden der Welt. Hier haben seit mehr als hundert Jahren die wackeligen Stände der ‚bouquinistes‘, der Antiquare und Büchertrödler ihren Platz. Eine Attraktion für Touristen, Spaziergänger und für Literaturliebhaber, die stets auf der Suche nach Erstausgaben sind. Andere sehen sich nach seltenen Kupferstichen um, und manchmal findet einer sogar uralte Manuskripte oder handgeschriebene Noten auf dickem, vergilbtem Pergament mit lateinischem Text, der mit kunstvollen bunten Initialen beginnt. An einer Boutique am Quai de Montebello kaufte Hansen den ‚Le Figaro‘ und eine Boutique weiter ein gebrauchtes Handy, von dem der Boutiquier behauptete, es sei ‚total super in Ordnung‘. »Das werde ich gleich sehen«, sagte Hansen und ging zwanzig Meter weiter eine Treppe hinunter zur Seine. Er setzte sich auf eine Bank und hoffte – mit Blick auf Notre Dame – die erforderliche Ruhe für ein paar klare Gedanken zu finden.

Notre Dame de Paris! Dieses gewaltige Bauwerk aus Stein und Glas. Hinter seinem Chor knutschte er einst mit seiner Kommilitonin Madeleine und hielt ihr einen aufregenden Vortrag über die Liebe, der in einem lauten, berauschenden Finale endete. Heute saß er alleine auf einer Bank, und er entsann sich, wie er damals die Kathedrale bewunderte, die in den Abendstunden außergewöhnlich plastisch wirkte, wenn sie von innen nach außen illuminiert wurde und die Fenster in einem scheinbar überirdischen Licht erstrahlten. Jetzt sah er versonnen einer Entenmutter nach, die ihre sechs Küken ausführte und mit ihnen das Tauchen übte.

Er gab sich einen Ruck! Nicht träumen. Er sah noch einmal auf den Zettel mit der Adresse des Passfälschers hier in Paris. Er hatte sie von einem Kumpel in Hamburg bekommen, von einem Mann mit dem seltenen Namen Pille. Wovon ‚die Pille‘ eigentlich lebte, wusste keiner. Nur, dass er nicht schlecht lebte, stets große Autos fuhr und immer mit tollen Frauen unterwegs war. Die Passfälscher-Adresse! André Maçon hieß der Franzose. Er wohnte in der Rue du Dragon, wie er, nur ein paar Häuser weiter. Zufall nennt man das. Hansen sah auf die Uhr, in einer halben Stunde anrufen, früh genug. Er blätterte in der Zeitung, warf einen Blick in ihren lokalen Teil, alles uninteressant. Reklame, nur Reklame. Marché U belegte mit seinen Sonderangeboten alleine eine ganze Seite. Er brauchte diesen Kram nicht, er benötigte einen neuen Pass, einen französischen Pass. Dans le Midi wollte er sich niederlassen. Oder in Algerien oder Marokko. Mal sehen. Er nahm den Zettel wieder zur Hand und tippte die Nummer ins Handy, und? … Dieu merci! Es funktionierte tatsächlich.

»Maçon?«

»Weber, bonjour, monsieur.«

»Monsieur, Weber, guten Tag, was kann ich für Sie tun?«

»Ich möchte frisches Gemüse kaufen.«

»Verstehe. Habe soeben verschiedene Sorten reinbekommen. Wann möchten Sie sich die Ware ansehen?«

»Puis-je venir demain à 8 heures du matin?«

»D'accord, bis morgen früh um acht, au revoir, monsieur.«

Stille. Die Entenfamilie sah er nicht mehr. Notre Dame! Hätte er damals auf Madeleine gehört, säße er heute nicht hier. Sie wollte ihn in der Firma ihres Vaters unterbringen, Beratungsgesellschaft für die Industrie. Scheiße! Heute war er auf der Flucht, auf der Flucht vor der Polizei, vor der Gesellschaft und – vor sich selbst. Wenn er das Rad zurückdrehen könnte, würde er das auf der Stelle machen, alleine schon, um sich wieder frei bewegen zu können, um sein Gesicht zeigen zu dürfen. Denn das war es, groß in der Öffentlichkeit sehenlassen ging nicht mehr. Die Hamburger hatten ihn identifiziert und suchten ihn mit Sicherheit per internationalem Haftbefehl. Nochmal Scheiße! Die Koblenzer als fast-Nachbarn Frankreichs waren vielleicht schon hier, hier in Paris. Hansen stand auf, ging hinauf zu den 'bouquinistes'. In der Menge der Touristen, der Spaziergänger konnte er am besten untertauchen, nachdenken. Denn irgendwas geisterte durch seinen Kopf. Dieser Passfälscher Maçon! Morgen früh um acht schon? Unmöglich! Als er zum ersten Mal Traudel wegen eines Pass-Falsifikats kontaktierte vergingen bis zur Lieferung geschlagene zwei Wochen und dieser Maçon will morgen früh …? Ihm befiel ein ungutes Gefühl. Hat dieser Kerl vielleicht einen guten Draht zu einem 'hilfsbereiten' Polizisten, der ihm wegen einer Sauerei den Rücken freihält und Maçon ihm als Gegenleistung einen gesuchten Verbrecher auf silbernem Tablet serviert? Einen, der bei ihm einen falschen Pass bestellt oder von ihm schon erhalten hat? Und dem Flic wird wegen dieser verdammten Kungelei auch noch ein Orden aufgrund guter polizeilicher Arbeit verliehen? Alles möglich. In welche Richtung Hansen auch dachte: Er bekam die Geschichte nicht fertig gestrickt.

Der 6. Arrondissement liegt im Stadtteil St-Germain-des-Prés. Hier und im benachbarten Quartier Latin kannte Hansen fast jedes Café und so manche Kneipe. Damals, als er als Austauschstudent an der 'Mutter aller Universitäten' der Sorbonne studierte, hatte es ihm der legendäre Boulevard Saint Michel besonders angetan.

In einem der unzähligen Cafés auf dem 'Boul Mich' kam er mit einem Studenten ins Gespräch. Er kam aus Quimper in der Bretagne und studierte Medizin. Er war 28 Jahre alt und je länger Hansen ihn ansah, je mehr verdichtete sich ein Gedanke, wie er diesen Maçon, diesen Passfälscher vor die Wand laufen lassen konnte. Denn das war klar, Maçon war für ihn jetzt schon erledigt und für einen Französischen Pass musste er *sofort* eine andere Quelle anzapfen. Aber jetzt, jetzt unterhielt er sich zunächst mit dem Studenten Bouleau, den die Geschichte, diesen ‚Kick' reizte und der bereit war, für 750 Euro Hansens Idee in die Tat umzusetzen.

Am folgenden Morgen stand Hansen um vier Uhr auf. Und da er schon mal auf den Beinen war, absolvierte er sozusagen mitten in der Nacht seine Karate-Übung. Er hatte bewusst dieses kleine Hotel gewählt, weil er in Hamburg als einer galt, dem das Beste gerade gut genug war und folglich, so sein Kalkül, würde die Polizei ihn überall, nur nicht in diesem kleinen Hotel suchen.

Um kurz vor fünf verließ er sein Refugium, ging hinunter bis zur Ecke Rue du Dragon / Rue de Grenelle. Hier hatte er gestern Mittag bereits ein Haus entdeckt, dass total saniert werden sollte. Von ihm aus konnte er die Rue du Dragon in seiner ganzen Länge übersehen. Nur war das Betreten des Hauses etwas schwierig, weil der Eingang mit Brettern zugestellt war. Als es auf der Straße ausnahmsweise mal still war, heißt, nur weit hinten ein paar Menschen und für einen Augenblick kein Auto zu sehen war, wuchtete er sich durch eine der nicht mit Holzbohlen verbarrikadierten Fensteröffnungen. Jetzt hinauf, denn von der ersten Etage aus hatte er den besten Überblick.

Warum eigentlich war ihm dieser Maçon so suspekt? Nur, weil er ihm binnen weniger Stunden einen Pass, einen gefälschten Pass verkaufen wollte? Wie denn, wenn dieser Passfälscher zwei oder gar drei Tage gebraucht hätte? Wäre Hansen dann ebenso misstrauisch gewesen? Wahrscheinlich nicht und er wäre diesem Kerl ohne Bedenken auf den Leim gegangen, und die Pariser Polizei hätte ihn mit offenen Armen empfangen.

Und wenn Maçon *nicht* mit der Polizei kooperierte? Dann wäre dieser Aufwand mit dem Studenten Bouleau eine Fehlinvestition aufgrund einer falschen Denke gewesen. Aber besser falsch gedacht als falsch gehandelt.

Sechs Uhr. Ihn fror in diesem fensterlosen, zugigen Altbau. An diesem Morgen war es besonders windig in Paris. Man konnte den Wind hören, wie er durch das Haus strich, den Staub aufwirbelte. Hansen hielt sich ein Taschentuch vor den Mund. Nur keinen Staub einatmen und womöglich laut husten. Dieses ausgeräumte Haus würde jeden verräterischen Laut nach draußen transportieren. Es wurde langsam hell und er sah sich um, entdeckte links eine Nische, wahrscheinlich für den Einbau eines Kamins? Er stellte sich hinein. Mit viel, viel Glück würde man ihn bei einer eventuellen Hausdurchsuchung in diesem Winkel nicht finden. Aus ihm heraus konnte er allerdings die Beobachtung der Rue du Dragon nicht fortsetzen, also wieder zurück und – Taschentuch vor den Mund!

Sechs Uhr dreißig. Zu dieser Zeit findet in der Rue du Dragon der Fahrer eines Peugeot sofort einen Parkplatz, weil einige Wagen um diese Uhrzeit ihren Stellplatz bereits verlassen haben. Ein halbe Stunde später schon ist alles wieder dicht, weil dann die ‚Auswärtigen‘ ihre Fahrzeuge in dieser Straße parken und zu Fuß weiter zur Metro oder zu ihrer Arbeitsstelle gehen. Aber warum verlassen Fahrer und Beifahrer des Peugeot nicht wie alle anderen ihren Wagen? Vielleicht, weil sie sich einen Parkplatz sichern wollen? Denn Parkplätze sind in Paris absolute Mangelware.

Sieben Uhr. In der Rue du Dragon ist kein einziger Parkplatz mehr zu haben, und die Straße wird wach. Einige Geschäfte ziehen bereits die Rollläden hoch, stellen einen Teil ihrer Ware auf das Trottoir. Fußgänger kommen und gehen, und in dem

Peugeot sitzen immer noch die beiden Männer. Zwei Monteure machen sich an einem Schaltkasten der Post oder der Stadtwerke zu schaffen. So früh schon und kaum dass es hell ist? »Meine Gegenspieler beziehen ihre Positionen«, sagt Hansen mit gedämpfter Stimme ins Taschentuch.

Sieben Uhr fünfzig. Die Monteure werkeln immer noch in dem Schaltkasten. Ein Clochard kommt zügig um die Ecke, hockt sich zünftig in einen Hauseingang, hält die Hand auf und imitiert jetzt den Bedürftigen. Der Fahrer des Peugeot, der ständig in ein Mikrophon spricht, startet plötzlich den Motor. Zu sehen an der Abgaswolke und – der Wagen wird bewegt. Er kurvt sich aus der parkenden Autoschlange raus und verlässt die Straße. In die Parklücke parkt jetzt ein Renault ein – der Student Bouleau ist angekommen! Man hat auf dem Boulevard Saint Germain sicher auf einen Wagen gewartet. Und als einer pünktlich, wie vermutlich von Maçon angegeben, nämlich gegen acht Uhr in die Rue du Dragon einbog, ist dieses Fahrzeug den Kollegen im Peugeot avisiert worden. Nur so kann es gewesen sein. Oder? – Hat die Polizei das Telefon dieses Passfälschers überwacht und ist auf diesem Wege zur Ankunftszeit des international gesuchten Weber gekommen? Das wäre jedoch ein Zufall gewesen, dass man ausgerechnet diesen ausgeschriebenen Weber ‚erwischt‘ hätte. Hansen jedenfalls sieht, wie Bouleau jetzt aussteigt und sofort von drei Personen in Zivil angesprochen wird. Aber allem Anschein nach läuft die ‚Begrüßung‘ nicht wie erhofft, denn nach dem ersten Wortwechsel scheint eine gewisse Ratlosigkeit zu herrschen. Während die Polizisten in ihre Funkgeräte sprechen, fährt ein Mannschaftswagen der Polizei in die Rue ein. Sieben, ähnlich unseres Sondereinsatzkommandos – SEK – gekleidete Polizisten springen heraus und stürmen in Maçons Haus.

Bouleau sitzt nicht alleine in seinem Wagen, als er abfährt und die Szene verlässt. Drei Polizisten begleiten ihn. Wohin?

Wahrscheinlich zur Préfecture de Police auf der Ile de la Cité. Ähnlich wie in einem Fernseher läuft vor Hansens Augen ein spannender ,Krimi' ab. Ihm fehlt nur der Sessel, ein Gläschen Rotwein und – der Ton! Augenblicklich beobachtet er, wie das französische ,SEK' wenigstens ein Dutzend Kartons aus Maçons Haus rausträgt und in dem Mannschaftswagen stapelt. Und eine weitere halbe Stunde später stehen alle Polizisten zusammen, rauchen, besprechen sich. Sie scheinen guter Laune, steigen schließlich in ihre Fahrzeuge und verlassen die Rue du Dragon.

Hansen ist zufrieden, denn die Investition namens Bouleau hat sich bezahlt gemacht. Wäre er dem Vorschlag Maçons gefolgt, säße er jetzt im Polizeiknast! Und dieser Maçon selbst wäre ein freier Mann, wie Hansen vermutet.

Er sieht auf die Uhr, es geht auf halb elf an. Eine ganze Stunde wartet Hansen noch, ehe er seinen Beobachtungsplatz verlässt. Aber zuvor schlägt er noch seinen Anorak aus. Der Staub hat ihn leicht grau eingefärbt. Und zwanzig Kniebeugen macht er. Die Knochen sind in dem kühlen Bau verdammt steif geworden. Es ist fast zwölf, als er durch eine Hintertür im Erdgeschoss den Hof des Hauses betritt. Drei Frauen sehen ihn erstaunt an und fragen sofort, wann es denn endlich mit den Bauarbeiten losgeht. »Nächste Woche Dienstag« weiß Hansen, wünscht einen schönen Tag und betritt das Nachbarhaus. »Dass die auch noch mein Gesicht sehen mussten, Scheiße« sagt er laut und erreicht durch einen langen Flur des Nachbarhauses die Straße, die Rue de Grenelle.

»Dieser elende Maçon!« Hansen spricht, nein, er flüstert mit sich selbst. »Die Polizei hat ihn offensichtlich nicht verhaften können. Jedenfalls habe ich keinen gesehen, den man abgeführt hat. Vielleicht ist er rechtzeitig ausgeflogen. Was soll's, irgendwann wird man diesen Mann einsammeln. Seine Buchführung und einiges mehr haben die französischen Bullen ja bereits mitgenommen. Um diesen Schreibkram muss er sich schon nicht mehr kümmern. Dieser Blödhammel! Er wollte mir, einem alten Bär das Brummen beibringen. Ich fasse es nicht!« Hansen sieht bereits von weitem die langsam gehende Polizeistreife auf der anderen Straßenseite. »*Den* Kameraden sollte ich aus dem Weg gehen«, sagt er leise, betritt ein Restaurant, sieht sich um als suche er jemand, entschuldigt sich für die Störung und verlässt es wieder. Die Streife ist weitergegangen, steht jetzt vor dem Schaufenster einer boucherie.

»In einer Stunde muss ich den Kowalski anrufen. Dieses Kerlchen ist nur zwischen eins und zwei zu erreichen. Aus Sicherheitsgründen, wie er sagt. Bis dahin kann ich mir noch das Grabmal Napoleons im Dôme des Invalides ansehen. Kowalski! Er hat hoffentlich immer noch diesen Passfälscher an der Hand. Wenn nicht? Dann sehe ich blass aus und stehe zunächst mal auf dem Schlauch – so eine Scheiße!«

Unter der gewaltigen Kuppel der ‚Église du Dome' betrachtete er von der Marmorbalustrade aus den Sarkophag aus rotem Porphyr, der auf einem grünen Granit-Sockel steht. Aus dem Michelin-Reiseführer wusste er, dass der Leichnam des großen Kaisers in sechs ineinandergestellten Särgen ruht; der erste ist aus Weißblech, der zweite aus Mahagoni, der dritte und vierte aus Blei, der fünfte aus Ebenholz und der sechste, der letzte aus Eiche. »Ich bin mit einem zufrieden«, sagte jemand. Er hörte ihn nicht und die zwölf riesigen ernst dreinblickenden Siegesgöttinnen, die die erfolgreichen Feldzüge Napoleons symbolisieren sah Hansen auch nicht, denn eins ging ihm nicht aus dem Kopf: Woher wusste die Polizei, dass er um acht in der Frühe bei Maçon anklingeln würde? Woher?

»Ich werde es noch erfahren!« Er sah auf die Uhr: »In einer halben Stunde rufe ich den Kowalski an.«

.-.-.-.-.-.

Er hatte ihn als ein unbedeutendes Licht in der Hamburger Unterwelt kennengelernt. Verschiedene, sich nicht immer grüne Gangs heuerten dieses Kerlchen als Boten an und wenn er Pech hatte, zwischen die Fronten dieser Banden geriet, lief er wochenlang mit ‚blauen Augen‘ durch die Gegend. Und nicht nur das. Einmal lauerten ihm vier bezahlte Schläger der Hafen-Gang auf. Die ersten Schläge rissen den Kowalski bereits um, und sie traten weiter. Und sie hätten ihn wahrscheinlich zu Tode getrampelt, wäre nicht Karate Ole zufällig vorbei gekommen und hätte zwei dieser Brutalos krankenhausreif geschlagen. Der dritte hatte Glück, riss sich los und konnte abhauen. Den vierten sah er erst gar nicht, er war sofort auf und davon. Die paar Schläge, die Ole abbekommen hatte spürte er beim Anblick des schwerverletzten Kowalski schon gar nicht mehr. Er rief unverzüglich die ‚112‘ an und wartete, bis der Rettungswagen in Sicht war, sagte zum Kowalski noch »tschüs!« und ging.

Nach knapp einem halben Jahr wurde Kowalski aus dem Krankenhaus entlassen, und er war ein anderer als der, den man schwerverletzt eingeliefert hatte. Die ewige Duckmäuserei war passé! Jetzt packte er, neuerdings von sich überzeugt seine ‚Siebensachen‘ und setzte sich nach Frankreich ab. Manche meinten, er wäre auf der Flucht vor den von ihm verschaukelten Ganoven gewesen oder aus Angst, die Schläger könnten ihm nochmal auflauern. Dem war nicht so. In Frankreich ging er selbstbewusst eigenen Geschäften nach und kassierte dafür Provisionen. Wenn jemand z.B. mal mit 'ner Molligen ein ‚Auswärtsspiel‘ wagen wollte, oder einer Hasch für eine Party brauchte, oder ein von der Polizei Gehetzter für eine Zeit von der Bildfläche verschwinden musste – auf dieser Ebene basierte sein Geschäft, arbeitete Fritz Kowalski jetzt per französischem Pass als Jean Levier.

Hansen hatte sich mit ihm in Sens verabredet. In Höhe der Kathedrale Saint Etienne überquerte er die Straße und setzte sich unter den Sonnenschirm eines gemütlichen Cafés am Place de la République. Er wartete auf Fritz ehemals, auf Jean Levier. Seit dem Überfall hatte er ihn nicht mehr gesehen und war neugierig, ob die Blessuren sein Gesicht … er kam … und sah besser aus als früher.«

»Bonjour, Fritz! Gut siehst Du aus.

»Tag Ole! Danke, mir geht's ja auch gut, und bevor wir übers Wetter und sonstige Übel sprechen, Ole, tausend Dank. Wärst Du damals nicht dazwischengesprungen, hättest Du nicht die Bande verprügelt, würde ich heute nicht hier sitzen. Ich läge auf dem Friedhof! Was immer ich für Dich tun kann – ich mache es ohne Provision. Mehr – außer einem Dankeschön – mehr geht im Moment nicht.«

»Fritz, ist schon in Ordnung. Und um es gleich zu sagen: Was Du für mich erledigst, die Provision zahle ich Dir! Die paar Euro machen mich nicht reicher und nicht ärmer. Und deshalb komme ich gleich zur Sache: Ich brauche einen Pass und einen Führerschein, den kompletten Ausweiskram, und ich sage es noch einmal, mit Provision.«

»Danke, Ole! Und für wann benötigst Du den … «

»Für Vorgestern.«

»Vorgestern? Geht nicht. Gestern – gestern das ist möglich.«

»O.k.. Hier sind die Lichtbilder von mir.« Hansen schob ihm die Bilder rüber. Name, Geburtsdatum und Adresse besorgt Dein Fachmann.«

»Richtig.« Fritz ehemals besah sich das Bild. »Donnerwetter, Ole, da siehst Du verdammt schneidig aus. Aber – zum Geschäft: Wie willst Du bezahlen? Zwei Drittel im voraus? Das wird teurer, als wenn Du die volle Summe auf einmal … «

»Fritz, bleib geschlossen. Sag an, was kosten die Falsifikate und schon sind wir uns einig.« Für Fritz ehemals war es das Geschäft des Jahres. Einmal würde er von Ole die im Preis inbegriffene Provision kassieren und dann auch noch die vom Passfälscher.

Addiert echt mal Bares. Er konnte das Geld auch gut gebrauchen, denn im Moment gab es reichlich Leerlauf in seinem Laden.

»Liefert Dein Mann auch eine ordentliche Arbeit, eine Fälschung, die fast hundertprozentig gut ist?«

»Absolut! Ich hatte ja bis vor Tagen noch einen guten Passfälscher, und zwar einen in Paris«, Jean Levier zündete sich eine Zigarette an – »ihn gibt's nicht mehr.«

»Wieso?«

»Ist nicht mehr im Geschäft, mein' ich.«

»Hat man ihn … ?« Ole hielt gespreizte Finger vors Gesicht.

»Nein, nein! Seine Mannschaft. Seine renitente Mannschaft wollte mehr Geld und außerdem eine Beteiligung am Falschgeldgeschäft. Der ganze Streit eskalierte bis hin zum Streik. O.k., muss er wohl gesagt haben, morgen früh neun Uhr Treffen in der Druckerei. Von einer großzügigen Einigung hat er gesprochen. Und was hat dieser Sauhund gemacht? Ruft die Polizei an und lässt die ganz Bande auffliegen – und nebenbei auch noch einen potenziellen Kunden, den er in seiner Pariser Wohnung empfangen wollte. Was sagst Du jetzt?«

»Nicht gerade vornehm. Aber warum hat er denn den möglichen Kunden ebenfalls geopfert?« *Die* Frage brannte seit dem ersten Wort darüber auf Hansens Zunge.

»Ganz einfach. Denk doch mal nach! Wenn der Pariser Passfälscher geschnappt wird, kann er sagen, dass er freiwillig die Druckerei aufgegeben und der Polizei 'ne ganze Druckerbande vor die Füße geworfen hat. Und was den neuen Kunden angeht, – hm? – hat er mit ihm der Polizei geholfen, einen der ganz schweren Jungs zu verhaften? Und all diese Punkte wird man ihm ganz hoch anrechnen bis hin zu einer Strafe, die wegen ihrer Höhe schon fast 'ne Lappalie ist. Siehste, so einfach ist das.«

»Hm. Und wer hat Dir die Geschichte erzählt?«

»*Ein* Drucker läuft noch rum. *Einer* aus seiner Mannschaft.«

»Aha. Und wo ist der jetzt?«

»Untergetaucht.« Fritz ehemals grinst vielsagend und Ole denkt an seine, an Jean Leviers ‚Geschäfte' hier in Frankreich.

»Bist Du finanziell stabil?«, fragt Ole und rutscht etwas weiter unter den Sonnenschirm.

»In meiner Kasse ist noch Luft … «

»Und … was hast Du für die Zukunft vor?

»Ole«, wie soll ich es sagen. Die Geschäfte laufen immer mal so, mal so. Du kennst das ja. Aber eigentlich komme ich z. Zt. ganz gut über die Runden. Vorige Woche noch habe ich einen Direktor beim Fremdgehen erwischt. Morgen zahlt er mir 5000 Euro, damit ich die Schnauze halte. 'Ne Menge Holz, stimmt's?«

»Ja. Aber sei vorsichtig! Diese Leute beschäftigen die besten Anwälte, und *die* Jungs kennen sich aus, kennen die letzten Tricks, glaube mir! Na gut, … Du wirst das Ding schon drehen.« Ole sah sich um. »Hier kann ich Dir das Geld nicht geben, zu gefährlich. Haben wir in der Nähe einen ordentlichen Laden mit besonders süßen Weibern?«

»Haben wir, draußen auf dem Land.«

Hansen winkte nach dem Ober, bezahlte die beiden café au lait und stand auf. »Fritz, komm, lass uns reisen.«

.-.-.-.-.-.-.-.

Gegen viertel nach elf klingelte Hauschilds Telefon. »Bonjour«, hörte man ihn laut rufen, »mon ami Maurice, bonjour!«

Maurice Palud ist der Chef de Police von Paris. Sie lernten sich vor Jahren bei einem koordinierten Einsatz der französischen und deutschen Polizei im Grenzgebiet Saarbrücken kennen, und seitdem war der Kontakt nie abgerissen. Palud sprach leidlich deutsch und Hauschild ebenso schwach französisch, aber trotz dieser Defizite klappte die Verständigung wunderbar.

»Hallo, Maurice, was gibt's Neues?«

»Alexander, Moment Zeit?«

»Für Dich immer. Was ist los?«

»Ich muss Dir von einem außergewöhnlichen Anruf gestern Abend berichten. Ein Anrufer namens Maçon hat uns doch tatsächlich seine Falschgelddruckerei samt Drucker angeboten und dazu noch einen Deutschen mit dem Namen Weber! Die Druckerei haben wir ausgenommen und dieser Weber? Er ist erst gar nicht zu dem mit Maçon vereinbarten Termin erschienen. Und Maçon? ... ist über alle Berge. Er ist spurlos verschwunden.

»Alexander, Ihr werdet ihn finden, diesen Maçon. Aber, um noch einmal auf den Weber zu kommen. Was hältst Du denn davon, wenn ich Dir drei meiner besten Leute rüberschicke, die Dich bei der Suche nach diesem Weber unterstützen?«

»D'accord! Ich lasse sofort Zimmer reservieren.«

»Prima! Der Sprecher der Truppe heißt Meier. Die drei, darunter eine Frau. Melden sich bei Dir und bringen entsprechende Unterlagen mit – sonst geht's dir gut?«

»Ich bin Opa ... «

»Herzlichen Glückwunsch, Maurice, das freut mich für Dich. Und ... alles glatt gegangen?«

»Oui, pas de problèm! Ein Mädchen. Annmarie.«

»Mann, da kannst du ja richtig stolz sein.

»Ich bin ...« und nun hatte es Maurice Palud plötzlich eilig, »Alexander, Moustique hat eine wichtige Nachricht – Alexander, a bientôt!«

Wenn Moustique, Palud's Sekretärin ihn während eines Telefongesprächs unterbricht, dann muss schon irgendwo in Paris Feuer unterm Dach sein. Nachdenklich legte Hauschild den Hörer auf.

.-.-.-.-.-.

Die ‚kleine Runde' hatte sich im Salon eingefunden: Hauschild, Sabine Fischer-Höchst, Meier Drei und der aus Hamburg zurückberufene Hackstein. Schmidt war im Außeneinsatz. Man hätte ihn gerne dabei gehabt. Kommt vielleicht noch. Und außerdem die Kriminalkommissarin Eva Waldmann.

Hauschild sah in die Runde. »Kolleginnen, Kollegen … ich habe für Euch ein Sonderangebot unseres Hauses: Paris, kostenlose Unterkunft, dazu Spesen, unbefristeter Aufenthalt. Einzige Aufgabe ist, zusammen mit französischen Kollegen diesen Hansen aufspüren, von dem wir sicher wissen, dass er sich in Paris aufhält und um einen französischen Pass bemüht ist. Wer nimmt das Angebot an? … Wer? … Meier und Sabine? Wie sieht's aus? … Ihr sprecht französisch. Und unser Hackstein, frisch aus Hamburg zurück? … Ihr Drei! … Hat einer von Euch persönliche Gründe, die Euch hindern … ? Nicht? … Schön! … Heute könnt ihr Eure Arbeit an Nähle und Schnabel übergeben, Frau Waldmann sitzt auf Sabines Stuhl. Und … wie geht's weiter … ? Morgen und übermorgen habt Ihr frei und Donnerstag fährt Euch unsere Fahrbereitschaft nach Köln, und von dort geht's mit dem Thalys nach Paris. Commissaire Renard ist euer Kontaktmann in Paris, einer aus der engeren Runde um meinen Freund Palud, dem Chef der Pariser Kripo. Renard empfängt Euch bereits am Gare du Nord. Was noch … ?«

»Was ist mit unseren Waffen«, möchte Sabine wissen.

»Richtig, Eure Waffen. Sie bleiben hier! Vor Ort bekommt Ihr Pistolen aus der Waffenkammer der Pariser Polizei einschließlich einer kurzen Einweisung. Noch Fragen? O.k., dann bis nachher, wir sehen uns ja noch.«

.-.-.-.-.-.-.

Paris erstickt fast in Autos. Alle Stadtteile, alle Straßen – selbst die kleinsten – sind von dieser motorisierten Plage befallen. Zwei Millionen Autos wälzen sich jeden Morgen in die Innenstadt, und wollen abends wieder heraus. Einhunderttausend Autos werden täglich verbotswidrig abgestellt. Und noch eine Zahl: ca. eintausend Autos werden täglich abgeschleppt, weil sie auf Bürgersteigen oder in der zweiten Reihe parken. Und die Autos, die in dieser 2,2 Millionen Einwohner zählenden Stadt unterwegs sind, stinken mit ihren Abgasen die Stadt zu. Wenn man als Fremder nach Paris kommt, riecht man diesen Dreck nicht nur, man schmeckt ihn sofort auf der Zunge.

Wie sagte doch der französische Schriftsteller Henri Bonaventure Monnier (1799 – 1877): »Man sollte die Städte auf dem Lande bauen, da ist die Luft besser.« Man hat Paris auf dem Lande gebaut, und als es bereits von stattlicher Größe war, Gustave Eiffel mit dem Bau des stählernen Turmes begann, der nach seiner Fertigstellung ‚Eiffel-Turm‘ heißen sollte, konstruierte der Deutsche Carl Benz bereits zwei Jahre früher, nämlich im Jahre 1885 seinen dreirädrigen Motorwagen. Und die Luftqualität? An die dachte zu *der* Zeit noch keiner.

Die drei ‚Franzosen‘ saßen im renommierten Café Flor an der Ecke Boulevard Saint Germain / Rue Saint Benoît. Sabine aß ein Stück Schokoladentorte, Hackstein mochte das Marzipan und Meier drei genoss einen Obstkuchen. »Er schmeckt deshalb so gut«, nuschelte Hackstein, »weil ihn der Staat bezahlt, deshalb!«

»Ganz bekannten Leuten, wie z. B. Sartre oder Picasso hat der Flor-Kuchen auch ohne Spesen bestens geschmeckt« meinten Bernd Meier Drei und auch Sabine und, dass der Laden einfach zu teuer ist und das Les Deux Magots in der Nähe auch deutlich mehr Charme haben soll. »Kuchen hin oder her – was haltet Ihr von einem Gang durchs Quartier Latin? Hansen hat dort eine Zeit verbracht, studiert. Vielleicht zieht es ihn immer noch in diesen Stadtteil. Was meint Ihr?« Meier Drei: »Wenn wir wenigstens wüssten, wie dieser Kerl aussieht. Es ist bis jetzt nicht gelungen, ein Bild von diesem Mann aufzutreiben.«

Heute stellen die Kollegen Hansens Wohnung und Elkes Bar auf den Kopf, – vielleicht ist da ein Foto … ? Ihn ohne Bild aufzuspüren ist fast unmöglich. Paris hat über zwei Millionen Einwohner! Das Verhältnis, ihn mit oder ohne Bild zu finden beträgt also rd. 1 : 2 Millionen! Es wäre ein Zufall, wenn wir den Hansen finden. Dennoch, Leute, lasst den Kopf nicht hängen – machen wir uns also auf ins Quartier Latin.«

Parallel zu dem Bemühen der drei Koblenzer suchten ihre Pariser Kollegen u. a. mit Hilfe der Kameraüberwachung Plätze und Straßen nach etlichen, z.T. steckbrieflich Gesuchten, darunter auch nach dem – noch – unbekannten Weber aus Deutschland. Allgemeiner Tenor: Irgendwann läuft uns dieser Deutsche in den Fokus einer Kamera – oder einer Streife in die Arme. Uns! Der französischen Polizei! Denn wir haben die größere Mannschaft, die schließlich in Paris zu Hause ist, sich in jedem Winkel auskennt – dazu die technischen Möglichkeiten, die den drei Deutschen fehlen.

Etwas ‚Technik‘ hatten die Deutschen aber dabei: Ein abhörsicheres Funkgerät mit dem sie untereinander kommunizieren konnten, mit dem sie aber auch mit der französischen Polizei-Zentrale direkt verbunden waren. Und über eine Sonder-App ihrer Smartphons konnten sie unmittelbar mit ihrer Dienststelle in Koblenz sprechen. So ganz ‚ohne‘ waren sie also nicht. Und bewaffnet hatte man sie auch: mit Pistolen der französischen Polizei, Kaliber 9 mm.

Die Drei überquerten den Boulevard Saint Michel, machten einen Schwenk in die Rue des Ecoles hinein. Sabine ging auf der linken, Meier Drei auf der rechten Straßenseite der Rue. Hackstein ging fünfzig Meter hinter ihnen auf der rechten

Seite. Sie bewegten sich jetzt im Zentrum des Quartier Latin und steuerten gleich ein Café an, weil Sabine dringend ein ‚magisches Örtchen‘ aufsuchen musste.

Ihre Kollegen nahmen indessen an verschieden Tischen Platz. Mit Meier Drei saß noch ein Paar an dem Tisch, eine bildhübsche Nordafrikanerin und ihr … ihr Bekannter? Dieser Kerl war einfach widerlich, befand Meier Drei sofort. Denn einen Teil seiner langen, ungepflegten Haare versteckte dieser Knabe unter einer klebrigen Strickmütze, und von seinem schlanken Gesicht sah Meier Drei nur den wild wuchernden Anarchistenbart, sonst nichts. Die Arme tätowiert. Ist ja modern, musste Meier Drei zugeben. Er mochte die Tattoos trotzdem nicht und die auf den Armen dieses Mackers schon gar nicht, weil bleistiftdicke Adern sie total verunstalteten und … »Scheiße«, brummte Meier Drei und sah zu seinem Kollegen Hackstein rüber. »Hansen … und nicht dieser Arsch hier.«

Sabine kam vom ‚magischen Örtchen‘ zurück und setzte sich zwei Tische weiter zu einigen Studenten. Sie beobachtete wie auch ihre Kollegen die Cafégäste. Aber sie waren zu jung oder zu alt und passten nicht in das Suchraster der Koblenzer. Denn gesucht wurde Hansen, und der war etwa fünfunddreißig und einsachtzig groß. Einmal meinte sie … hörte einem Mann zu. Aber dieser Mann sprach mit dem unverwechselbaren Pariser Slang. War also auch nichts wie schon hunderte Male an diesem Tag und Hackstein befürchtete, schon bald Plattfüße zu haben vom Laufen, wovon sonst, und er wünschte sich in diesem Moment nichts sehnlicher, als eine Rast im Jardin du Luxembourg, den sie gerade einmal längs und einmal quer durchschritten und auch hier – wieder erfolglos. Schön waren eigentlich nur die Abende. Dann saßen die Drei in einem Lokal beim Abendessen und dem dazugehörigen Rotwein zusammen, quatschten über dies und das, sprachen über die Ereignisse des Tages. Nach 'ner Stunde oder zwei setzte sich Hackstein ab,

wünschte augenzwinkernd den beiden eine schöne Nacht und
machte sich auf den Weg zum Hotel und hoffte dort im Foyer
oder in der Bar einer Molligen à la Frau Hütter zu begegnen.
Apropos Frau Hütter – er nannte sie Mausi, und Mausi rief er
jeden Abend an.

.-.-.-.-.-.-.-.

Hauschild nahm sich ein paar Stunden Zeit zum Besuch des
Bundeskriminalamtes in Wiesbaden. Dr. Hirschmann hatte
ihn und einige seiner Kollegen aus Kripo-Abteilungen anderer
Polizeipräsidien eingeladen, sich über den neuesten Stand der
kriminalistischen Techniken zu informieren.

In einem beigefügten Flyer erfuhr man in Kürze: Das BKA
mit Hauptsitz in Wiesbaden sowie weiteren Standorten in
Berlin und Meckenheim bei Bonn beschäftigt rund 5500
Mitarbeiter. Das BKA ist eine Art Zentralstelle der Polizei in
Deutschland. Zu den Aufgaben gehört vor allem die Koordi-
nation der Verbrechensbekämpfung auf nationaler und inter-
nationaler Ebene.

Dank des GPS-gesteuerten Navigationssystems war der ge-
streckte Bau in der Äppelallee schnell gefunden. Obwohl er
sich selbstverständlich als Erster Kriminalhauptkommissar
ausweisen konnte, wurde er ,geröntgt‘ (Hauschilds Ausdruck)
und bekam einen Sicherheitsmann als Begleiter, bevor er die
durch Stahlschranken gesicherte Festung BKA betreten durfte.
Ein Fremder – alleine in der Festung unterwegs? Gänzlich unmöglich! Hier ist das Kriminaltechnische Institut des Bundeskriminalamtes. Hinter seinen Mauern lagern 9000 Schusswaf-
fen aller Kaliber, u.a. die meistgebaute Schusswaffe der Welt,
die AK-47, besser bekannt als Kalaschnikow, eine abgesägte
Pumpgun, Import aus Amerika oder auch das Gewehr aus
den ,Rambo‘-Filmen als Luftdruckvariante – um nur einige zu

nennen. Es gibt die größte Sammlung gängiger europäischer Autolacke. Im Zentrallabor kann man ein 800000 Euro teures Gerät bewundern, dass kleinste Moleküle untersuchen kann. Dieser ‚Magnetische Resonanzspektrometer‘ arbeitet rund um die Uhr und gibt die Ergebnisse sofort an die entsprechende Datenbank weiter. Und das ist mit großem Abstand nicht alles. 300 Experten arbeiten in der ‚Hexenküche‘ der Fahnder, in der, daran erinnert man sich gerne, auch Kujaus Hitler-Tagebücher als Fälschung des Jahrhunderts entlarvt wurden.

Mit Sherlock Holmes hat die Arbeit an der Äppelallee nicht mehr viel zu tun. Hier beherrschen die verschiedensten Mitarbeiter eine ganze Bandbreite von Technologien – von Physik über Linguistik bis Chemie. Dr. Hirschmann z.B. ist kein Polizist, er ist Biologe.

Manchmal jedoch können sie nur noch ‚gegenhalten‘: Als das erste Thermopapier in den Kassen der Verbrauchermärkte auftauchte, war kein Bon mehr kriminalistisch nutzbar. Unter der üblichen chemischen Mixtur, mit der die Polizei die Fingerabdrücke sichtbar machte, wurde es schwarz. Die Wiesbadener Chemiker fanden eine neue, bei Thermo wirksame Substanz: Inon. Jetzt sind Abdrücke wieder brauchbar.

DNA steht für das englische ‚desoxyribonucleic acid‘, und ihre Analyse bleibt die Königsdisziplin des Instituts. Ingeburg Habelang, Sachverständige für Humanspuren, führt ein paar erfolgreiche ‚Barcode‘- Anwendungen auf:

1982 wurde in Mainz zum ersten Mal mit Hilfe eines Bluttropfens in einem Handtuch ein Mörder identifiziert.

1987 gab es in Großbritannien die ersten Massen-Gentests an 5000 Männern.

1990 ließ der Bundesgerichtshof den Abgleich der DNA eines Menschen als Beweismittel im Strafverfahren zu.

Später klärte ein Hundehaar, das eines Rottweilers, eine Gewalttat auf. Was an Hunden geht, referiert Frau Habelang weiter, geht vermutlich auch an Katzen. Sie lässt gerade ihre Eignung zur Tatklärung untersuchen. Gehört das an den Tatort verschleppte Katzenhaar dem Tier des Verdächtigen? »Wir haben acht Millionen Katzen in Deutschland«, sagt sie. »Welche Perspektive! Holmes wäre begeistert.«

Man lässt Hauschild und Kollegen auch einen Blick in die Zukunft werfen. Kapitalverbrechen, sagt man ihnen, können in den nächsten Jahren weit schneller aufgeklärt werden als heute. Auch können völlig unbekannte Täter auf Grund anonymer Spuren eher überführt werden. Davon gehen BKA-Experten aus. Zur Hilfe kommen ihnen neue naturwissenschaftliche Methoden. Die Polizei will nicht nur den genetischen Fingerabdruck des Menschen intensiver als heute nutzen, sondern zunehmend auch den von Tieren und Pflanzen. Außerdem werde die Forschung in etwa fünf Jahren ein ‚genetisches Phantombild‘ von Tätern ermöglichen. Die Trefferquote wird dann gewaltig sein. Mit einer einzigen am Tatort gefundenen Substanz, etwa einem Bluttropfen, wird man den Täter ‚sichtbar‘ machen können. Die Fahndung wird also nicht nur vereinfacht, sondern auch beschleunigt. Schlechte Aussichten für Verbrecher gleich welchen Kalibers.

Eigentlich bot das BKA dem Kriminalisten Hauschild nichts Neues. Vor über einem Jahr war er schon einmal hier in Wiesbaden gewesen. Außerdem las er regelmäßig Veröffentlichungen in der Fachliteratur. Neu für ihn war die Geschichte um das genetische Phantombild. »Da brauchen wir noch etwas Zeit«, enttäuschte ihn Dr. Hirschmann. »Ist noch nicht alltagstauglich.«

»Schade, könnten wir heute schon gebrauchen.«

»Glaube ich Ihnen.«

Hauschild sah auf die Uhr. »Dr. Hirschmann, ich muss fahren … «

»Noch nicht einmal Zeit für ein Süppchen?«

»Leider muss ich zurück. Danke für die Einladung, danke für die Zeit, die Sie sich genommen haben!«

»Nichts zu danken, war schön, einen Mann der Praxis hier zu haben. Bis zum nächsten Mal -und viel Glück!«

»Danke, kann ich gebrauchen.«

.-.-.-.-.-.-.

Heute war *der* Tag. Heute würde Hansen wieder Mensch werden. Denn heute bekam er seinen neuen Pass, seinen *französischen* Pass. Und deshalb war er in Sens, saß er wie vor kurzem unter einem Sonnenschirm des ihm inzwischen bekannten Cafés am Place de la République.

Es war an diesem frühen Nachmittag gut besucht, und einige Frauen warfen hin und wieder einen Blick rüber zu diesem Schwarzhaarigen mit dem Dreitagebart. Er sah verdammt gut aus und eine schlug die Beine übereinander, gönnte ihm für Sekunden einen Blick bis zur reich bewaldeten … . Er sah auf die Uhr. »Wo bleibt denn mein lieber Kowalski?« Schon fünf Minuten über die Zeit. Er nahm eine Zeitung, die ‚Le Monde‘, und – sperrte die Ohren auf. Weit auf! Am Nebentisch unterhielten sich nämlich zwei Männer ganz normal, und jetzt? – Fast flüsternd! Wie Ole aus ihrem Getuschel heraushören konnte, waren es wohl zwei Bauleute. Alles bekam er nicht mit, leider, aber doch so viel: Sie besprachen ganz konkret die Manipulation eines Aufmaßes, und für jeden wären nach Abrechnung der Baustelle 10000 Euro drin. Zehntausend! Für jeden!

Hansen legte die Zeitung zusammen, sah wieder auf die Uhr. »Dieser Kowalski! Er hat bereits eine Art südländische Pünktlichkeit angenommen« und als er kam, stand Hansen sofort auf, legte einen fünf Euro Schein unter die Kaffeetasse: »Komm!«

Sie überquerten den Platz, betraten ein Restaurant und setzten sich so, dass sie das soeben verlassene Café beobachten konnten. »Siehst Du die beiden, die mir gegenüber am Nebentisch saßen?«

»Ja, was ist mit ihnen? Ich kenne beide, der in der hellen Jacke ist ein Bauunternehmer, der andere ein Amtsmensch.«

»Erzähl ich Dir gleich. Aber vorher zeigst Du mir die Ausweise. Du verstehtst, ich kann vor lauter Neugierde kaum sprechen, also … «

»Entschuldige, hätte ich gleich … hier, bitte.

Der Pass und auch der Personalausweis waren von bester Qualität, wie der Führerschein auch. Ole hieß ab sofort Gerard Cordonnier, wohnhaft in Beaune.

»Und?«

»Ich bin sehr zufrieden, mein lieber Fritz. Und jetzt zu den beiden da drüben. Sie haben …« und Ole erzählte seinem Freund Fritz ehemals von dem korrupten Plan der ihm unbekannten Leute.

»Ole, danke! Ich kümmere mich um die beiden. Die Gesellen werden mich an dem Aufmaß beteiligen, beteiligen *müssen*, verlass Dich drauf! … Verlangst Du eine Provision?«

»Fritz! Für Dich ist der Tipp selbstverständlich provisionsfrei!«

»Grand merci, mon ami!«

»De rien! Fritz … was meinst Du? Ob wir noch einmal … aufs Land fahren zu diesen losen Weibern?«

»Ole, das ist *der* Gedanke!«

»Schön, dann frage ich mich in diesem Moment, warum wir hier noch rumsitzen!

.-.-.-.-.-.-.

Am Abend stieg er in Sens in einen Zug der SNCF mit dem Fahrtziel Gare d'Austerlitz. An jeder Zwischenstation stieg er zusammen mit anderen Reisenden aus und hielt Ausschau nach einer Polizeistreife. Und wenn die ‚Luft rein‘ war, stieg er wieder ein, immer in einen der ersten Wagen. So konnte er bereits beim Einfahren in den nächsten Bahnhof den Bahnsteig beobachten, nach Polizisten Ausschau halten. Und er stieg möglichst immer als letzter wieder ein um sicher zu sein, dass kein Bulle zustieg. Und – sollte er in Austerlitz aussteigen? Und wenn die Sperren ähnlich wie im Gare du Nord neben dem Bahnpersonal mit Polizisten besetzt sein würden? Also raus aus diesem Zug – eine Station *vor* dem Zielbahnhof.

Als Gerard Cordonnier fühlte er sich selbst mit französischem Pass in der Tasche nicht sicherer als zuvor ohne Legitimation. Er ging allem, was nach Polizei aussah aus dem Weg. Nur den Polizisten in Zivil konnte er nicht ausweichen, sie waren als solche nicht zu erkennen und in Ganovenkreisen deshalb besonders gefürchtet. Der Neu-Franzose Gerard Cordonnier zählte sich zwar nicht zu dieser Clique, aber seine Furcht vor den ‚staatlichen Gangs‘ war deshalb nicht geringer.

Zu Fuß erreichte er den Boulevard Saint Michel. In einem ihm aus alten Zeiten bekannten Restaurant aß er noch eine Kleinigkeit. Es war schon spät, und er ordnete während des Essens seine Gedanken für den nächsten Tag, denn das war ihm in Sens klar geworden: raus aus diesem Paris! ‚Die ewige Angst, geschnappt zu werden, wühlt in meinem Magen. Aber morgen, morgen gehe ich noch einmal über den Boulevard Haussmann bis zum Arc de Triomphe und zurück über die Champs Élysées bis zum Louvre. Noch einmal möchte ich mir die Geschäfte ansehen, den wunderbaren Frauen nachschauen, das savoir-vivre dieser Stadt spüren und übermorgen werde ich mit all den Eindrücken im Gepäck dieses herrliche, dieses grandiose, dieses aufregende Paris verlassen.‘

In Gedanken bereits im tiefen Süden schloss Gerard Cordonnier die Tür zum Hotel auf, schlich hinauf zu seinem Zimmer

in der ersten Etage und fiel nach einer ‚Katzenwäsche‘ sofort
ins Bett.

.-.-.-.-.-.-.

Er frühstückte nicht in seinem Hotel, sondern im ‚Les Deux
Magots‘, einem legendären Intellektuellencafé unweit des Cafés
De Flor, in dem die Koblenzer vor Tagen den ihrer Meinung
nach zu teuren Kuchen aßen. Monsieur Cordonnnier saß in
einem bequemen Sessel und ließ sich zum heißen Kaffee ein
noch warmes Croissant de Beurre mit Honig schmecken. Und
weil es so gut war, noch ein zweites ohne Honig, nur mit Butter. Ein Tisch weiter saß eine ganz Süße, und er vergaß fast,
doch morgen reisen zu wollen. In den Süden. Nach Montpellier. »Scheiße«, brummelte er, »immer diese verdammten
Zwänge«. Er nahm eine Zeitung, schlug sie so auf, dass er die
Dame nicht mehr … und als er an dem Zeitungsrand vorbei
sah, drehte sie an ihrem Ehering und zuckte mit den Schultern. Resignation? Gab es bei Cordonnier nie! Er zahlte und
mit einer leichten Verbeugung zur unbekannten Schönheit hin
verließ er das ‚Les Deux Magots‘.

Über die Pont Royal erreichte er das Rive Droite der Seine
und die Tuilerien und stand eine halbe Stunde später auf dem
Boulevard Haussmann mit seinen unzähligen Geschäften.
Hier war – fast – alles zu haben, Speisen, Obst und Gemüse,
in- und ausländische Weine, Garderoben für die Damen und
einige auch für die Herren, Juweliere, herrliche Wohnungsde-
korationen, Galerien moderner Kunst, Antiquitäten bis hin zu
schönem, aber letztlich doch entbehrlichem Zeugs.

Es war jetzt fast zwölf, und zu dieser Zeit waren überwiegend
die Damen auf dem Boulevard des Luxus, des schönen Über-
flusses unterwegs. Und unter ihnen Monsieur Gerard Cordonnier. Er stand vor einem Juweliergeschäft, das neben erlesenem

Schmuck ebenso wertvolle Uhren anbot, z.B. der Marke Patek Philippe oder Jaeger-LeCoultre, um nur zwei der sündhaft teuren Edelmarken zu nennen. Zwei Damen schwärmten, und eine dachte an eine Uhr als Geburtstagsgeschenk für ihren Mann, z.B. an eine Luminor. »Was meinst Du, Louise?« Ihre Freundin nickte zustimmend. Codonnier stand neben ihnen, sah sie kurz an und …

… wandte sich doch zum Gehen und in dieser Sekunde verließ ein Mann mit hochrotem Kopf hastig den Juwelierladen und stand Cordonnier direkt gegenüber. Wie das so ist, und mancher schon erlebt hat, wenn beide gehen wollen und sich im Wege sind. Der eine geht nach links, der andere nach rechts, und so hampeln beide hin und her bis einer einen Schritt mehr zu einer Seite hin macht, den Weg frei gibt, und beide nun weitergehen können. Und hier? Nach kurzem Hampeln stieß er Cordonnier zur Seite, der sofort die Straßenseite wechselte und dem Unbekannten nachsah, der es verdammt eilig hatte, in die nächste Seitenstraße einbog, in die Rue de Téhéran und plötzlich – verschwunden war! War er in ein Haus gestürmt, oder hatte er sich in oder unter einen Wagen geworfen? Egal. Cordonnier merkte sich die Örtlichkeit, besah Häuser und Autos, notierte Hausnummern und Autokennzeichen und fluchte, weil er, ausgerechnet *er* kein Smartphone besaß, er hätte alles genauer fotografieren, festhalten können. Aber er hatte keines und für das Warum gab es gleich mehrere Gründe. Er ging die Straße noch hundert Meter weiter durch und lief schließlich wieder zurück zum Boulevard. Und … was war denn hier mit einem Mal los? Vorhin hatte er zwar die Sirenen verschiedener Einsatzwagen gehört und gerätselt, wohin die wohl fahren, aber jetzt, jetzt sah er sie – vor dem Juwelierladen! Dort standen mehrere Polizeifahrzeuge und zwei Krankenwagen vom Croix-Rouge. Und Menschen! Von einem Älteren erfuhr Cordonnier, dass der Juwelier und seine beiden Angestellte Opfer eines Verbrechens geworden seien. »Alle drei – ermordet! *Und das am hellllichten Tag*«, entrüstete sich der Alte.

‚Von dem, der vorhin das Lokal Hals über Kopf verlassen hat?‘, sinnierte Cordonnier. ‚Wenn ja, werde ich mich kümmern müssen.‘

Die Gaffer wurden immer mehr und seltsamerweise waren auch gleich die Taschendiebe zur Stelle. Sie sind wie die Schmeißfliegen, die ihre ‚Beute‘ ebenfalls aus weiter Ferne riechen. Cordonnier hatte mit dieser Zunft und auch mit den Gaffern nichts zu tun und machte sich langsam auf den Weg zum Arc de Triomphe, und während des Gehens strich er bereits seine Reise in den sonnigen Süden. »Kann ich vergessen«, brummte er, »aber ich muss mich zurückhalten und die Sache meinem Freund Fritz, dem Gelsenkirchener aus Sens überlassen. Denn sein Metier ist die Erpressung und diesen Juweliermörder, wenn der es denn ist, dieser Kerl von vorhin, den muss man erpressen, ja, auswringen bis zum letzten Tropfen. Wie man das macht, weiß Fritz besser als ich, also muss er her, und zwar sofort!‘

Er erreichte seinen Freund Fritz von einer Öffentlichen aus und vereinbarte mit ihm einen Termin für denselben Tag, 16 Uhr 30, Pont Neuf, Rive Gauche.

.-.-.-.-.-.-.

Es war inzwischen zwei Uhr, und Cordonnier ging langsam die Champs Élysées hinunter Richtung Place de la Concorde. Diese weltweit bekannte Prachtstraße ist mittlerweile fast eine ‚Via triumphalis‘ Frankreichs, die Straße der Feierlichkeiten und Paraden. Die Tour de France endet hier alljährlich und ganz zu schweigen von den jährlichen Feiern zum Bastilletag am 14. Juli und zu einigen anderen Feiertagen.

Auf dem Trottoir vor dem schicken Café Le Fouquet's hielt

soeben ein PKW mit der 75er, der Pariser Nummer. Vier Herren stiegen aus, einer wurde mit Monsieur Palud angesprochen. Cordonnier wusste, wer dieser Mann war, zwang sich locker zu bleiben, auf diesem herrlichen Boulevard weiter zu *bummeln*, denn – plötzliche Eile macht verdächtig. Alte Weisheit! Die Herren neben diesem Kriminalchef Palud gehörten ganz sicher zu seiner Truppe, waren also auch Kripo-Leute. Cordonnier ging weiter, blieb aber doch vor einem Geschäft stehen, betrachtete nicht die schicken Auslagen, sondern … diesen Palud, denn die Szene bot sich Cordonnier als Spiegelbild in einer der großen Schaufensterscheiben. Die Vier standen immer noch vor dem Lokal und … plötzlich! wechselten Palud und zwei seiner Leute im Slalomlauf, zwischen den fahrenden Autos hindurch die Boulevardseite, zwangen drüben einen jungen Mann auf den Boden und legten ihm nach heftigem Ringen die Handschellen an. Der Polizeiwagen vor Le Fouquet's fuhr sofort los, querte auf einem Zebrastreifen die Boulevardseite, hielt vor dem Menschenauflauf, denn bestimmt zwei Dutzend Leute sahen sich das plötzlich gebotene ‚Schauspiel' an. Der Verhaftete wurde in den Wagen geschoben, und das war's – für den Mann sowieso, für die Zuschauer auch und für Cordonnier. Die Polizei hatte ihm anschaulich vorgeführt, wie schnell es geht – ruck, zuck! und schon ist man unterwegs in den Knast.

.ˉ.ˉ.ˉ.ˉ.ˉ.ˉ.

Bei einem Abendessen besprachen Ole und Fritz ihre Aufgaben für den nächsten Tag. Danach würde Ole einen Rechtsanwalt, einen avocat aufsuchen und Fritz sich aufmachen zum Montmartre, zum Place du Tertre.

Fritz machte sich nach dem Frühstück, wie gestern besprochen, auf den Weg zum Montmartre, zum Place du Tertre.

Als er nach dem Fußmarsch auf dem kleinen Hügel (das bedeutet tertre) ankam, empfingen ihn Scharen von Touristen und das Aroma frisch zubereiteten Kaffees. Denn Cafés gibt's hier oben eins neben dem anderen, und alle sind teuer und mittelmäßig. Dazu die Malerinnen und Maler, jeweils zwei auf einem Quadratmeter, so lautet die Vorschrift. Nicht gerade viel für große Kunst. Und so ist sie auf Kleinformatiges festgelegt: Blumensträuße und rehäugige Mädchen z.b.. Fritz schlängelte sich durch die Massen der Touristen, schaute den Künstlern und insbesondere den Porträtmalern über die Schulter. Die Arbeit eines Weißhaarigen fiel ihm auf, sie wirkte echt, nicht künstlich, fast wie ein Foto. Von ihm wollte er wissen, ob er auch Porträts nach Beschreibung eines Gesichtes malen könne.

»Kann ich«, war die Antwort, »meine Spezialität.«

»Sind Sie heute Nachmittag hier und vielleicht auch noch morgen?

»Heute und morgen auch noch. Aber dann muss ich mich erst eine Woche erholen, denn das Sitzen hier macht steif und träge, Sie verstehen.«

Mit *der* Auskunft machte sich Fritz wieder auf den Weg zurück zum Hotel. Sein Freund Ole saß derweil im Frühstücksraum und unterhielt sich angeregt mit der Hotelchefin.

.-.-.-.-.-.-.-.

Ole suchte den Anwalt auf, und der war rund wie ein Holzfass, seiner geröteten Nase nach zu urteilen dem Wein in reichem Maße zugetan, und seine Stimme hatte was Militärisches. Auf Cordonniers Frage, auf wen die fünf Fahrzeugnummern zugelassen sind, die er sich in der Rue du Téhéran notiert hatte, sah er ihn an. »Wofür brauchen Sie denn die Namen der Halter?«, schnarrte er.

»Ich suche meine Freundin!«

193

»Freundin? Suchen? Suchen Sie sich 'ne Neue, ist einfacher und mit ihren Auto-Dingsbums habe ich nichts zu tun! Ich betreibe nämlich kein Auskunftsbüro müssen Sie wissen – noch was?«

Nach dem Grundsatz, dass Geld Wunder bewirken kann und meistens ja auch bewirkt, versuchte es Cordonnier doch noch mal. »Was kostet es denn, Exzellenz, wenn Sie ihr Telefon … Sie verstehen.«

Er lehnte sich in seinem breiten Sessel zurück, sah ihn an. »Für Sie mache ich eine Ausnahme. … Ich sage mal … dreißig Euro pro Wagen!«

»Aha! Ich gebe … «

»Was heißt hier aha! Ist Ihnen das etwa zu teuer? Für das Suchen Ihrer Freundin kann doch wohl nichts zu teuer sein – oder?«

»Richtig, Herr Kammerpräsident, deshalb gebe ich Ihnen auch vierzig Euro, wenn ich die Anschriften in einer halben Stunde bereits abholen kann, was meinen Sie?«

»Sie scheinen wohl Österreicher zu sein, was? Sie hauen nämlich mit den Titeln nur so um sich. Für Sie bin ich schlicht der Herr Anwalt, verstanden? … Sie zahlen sofort und die Anschriften können Sie sich in einer Stunde abholen – klar?«

Cordonnier legte 200 Euro auf den Tisch, die der Dicke sofort in einer Schublade verschwinden ließ: »Merci, monsieur!«

»*Ich* muss mich bedanken, Herr Anwalt – bis in einer Stunde«. Cordonnier verließ zufrieden das düstere, leicht muffig riechende Büro.

In einem Tabakladen gleich nebenan kaufte er zwei Boulevard-Zeitungen: Paris Match und France-Soir. Er steckte sie ein und ging rüber zum nahen Hotel. Im Frühstücksraum las er nun das Neueste von der Ermordung des Juweliers auf dem Boulevard Haussmann. Danach wurden der Juwelier und seine beiden Mitarbeiterinnen ermordet. Ja, das wusste Cordonnier bereits und war also nichts Neues für ihn, und dass der Mörder noch nicht identifiziert ist, auch. Aber ... neu war, dass die Kameras in dem Geschäft von *einem* Kabel versorgt wurden, und der Mörder dieses *eine* Kabel sofort zerstört haben muss, und somit gibt es keine Aufnahmen von dem Überfall. Auch sei nicht sicher, ob das Kabel sofort oder bereits vorher zerstört worden ist. Es gibt keine Zeugen, las er, und dass sich die Pariser Juweliere zusammengetan und 50000 Euro für die Ergreifung des Täters ausgelobt haben.

Aber was die Hotelchefin vorhin im Radio gehört haben will und ihm im Vorbeigehen erzählte, elektrisierte ihn bis in die Haarspitzen: Gesucht wird ein Zeuge, der dem mutmaßlichen Mörder für Sekunden direkt gegenübergestanden haben soll, er also den Mörder exakt werde beschreiben können. Dieser Mann möge sich sofort mit der Polizei in Verbindung setzen. »Scheiße!« sagte er und legte die Zeitungen zusammen.

Er ließ sie liegen und ging noch einmal rüber zu diesem rotnasigen Anwalt, der ihm sofort die Daten präsentierte. »Hier habe ich die fünf Vor- und Zunamen der Autofritzen. Das Geburtsdatum dieser Leute habe ich Ihnen auch ausgedruckt, wo sie im Stall stehen ebenfalls und noch einiges mehr. Eigentlich ist dieser ganze Kram mehr wert als diese lächerlichen zweihundert Euro, das müssen Sie doch zugeben mein Herr. Wie heißen Sie überhaupt?«

»Cordonnier, Herr Anwalt.«

»Also, ich will mal nicht so sein, Cordonnier, suchen Sie ihre Freundin, das kostet auch.«

»Danke für Ihre Großzügigkeit ... aber für Ihre außerordentliche Mühe, Herr Anwalt darf ich mich erkenntlich zeigen und lege einen Schein obendrauf«. Er tat es mit dem Hintergedanken, dass er bei diesem Rotweintrinker doch noch einmal anklopfen muss.

Noch im Treppenhaus entnahm Cordonnier einem Brillenetui einen Schnauzbart, den er sich sofort anlegte. Das hätte er auch bei Nacht und betrunken gekonnt, so oft hatte er es geübt. Derart verändert ging er nun rüber zum Hotel. Fritz wartete bereits und ging nun mit seinem neuerdings schnauzbärtigen Freund zum Taxistand.

Dieser quadratische Dorfplatz aus dem 18. Jahrhundert quoll über von Touristenmassen. Hier schlägt das Herz des Montmartre am lautesten, waren die Caféterrassen proppenvoll. Hier sitzen die Künstler auf ihren kleinen Stühlen vor der Staffelei und malen trotz der Massen, die sich an ihnen vorbeischieben. Fritz fand den weißhaarigen Portraitmaler nach einigem Suchen wieder, der, wie er sagte, die nächste halbe Stunde noch zu tun habe. »O.k., fangen Sie bitte keine neue Arbeit an, wir kommen.«

Als sie zurückkamen war der Maler frei, und Fritz bat sofort, die Staffelei so zu stellen, dass nicht jeder das werdende Bild sehen kann. »Meine Arbeit ist aber auch zugleich Werbung für mich« protestierte der Maler, und als Fritz von einem zusätzlichen Geld sprach, wurden sofort Staffelei und Stuhl umgestellt und Ole begann nun, seinen Mann zu beschreiben.

»Ein Foto könnte nicht besser sein«, sagte Ole, als sie wieder in einer Taxe saßen. »Du hast den richtigen Porträtisten ausgesucht, Fritz.«

Sie ließen sich von einem Taxi zum Palais du Luxembourg fahren, um während eines Spazierganges durch den weitläufigen Park mit seinen verschlungenen Wegen ungestört über die nächsten Aktivitäten sprechen zu können. »Du hast die Zulassungsnummern von fünf Fahrzeugen aufgeschrieben«, begann Fritz. Und Du hast Dir die Häuser angesehen, auch die Haustüren – waren sie verschlossen?«

»Nicht eine ließ sich öffnen.«

»O.k.. Hast Du Dir die Fahrzeuge genau angesehen? Auch die Innenräume? – und Du hast den Mann nicht gesehen?«

»Nein.«

»Lag er vielleicht hinter den Vordersitzen auf dem Boden eines Fahrzeugs? Hast Du … «

»Frage nicht weiter, ich habe nicht in die Wagen *hineingesehen*. Hätte ich machen müssen, habe ich aber nicht.«

»O.k.. Von den fünf Fahrzeugen war der 500er Fiat der kleinste, den können wir sofort abhaken. Aber die anderen. Und die schauen wir uns morgen an, das heißt, wir schauen uns die Wohnsitze ihrer Halter an. Drei Fahrzeuge stehen also morgen auf dem Programm. Mit dem 200er Mercedes beginnen wir. Den vierten besuchen wir in Rouen.

Die Reihenfolge hatten sie sich so ausgesucht, dass die angegebenen Adressen der drei im Großraum Paris zugelassenen Fahrzeuge auf einer Tour angefahren werden konnten. Die Adressen stimmten, aber die Besitzer waren mit ihren Fahrzeugen sicher zu ihren Arbeitsstellen unterwegs, denn nicht ein Auto stand vor oder in der Nähe der Wohnungsangabe. »Und sie scheiden zunächst einmal für unsere weiteren Recherchen aus«. Fritz hatte die Regie übernommen. »Heute noch fahren wir nach Rouen – was meinst Du?«

»Mein lieber Fritz, wir können uns die Mühe sparen. Du nimmst das Porträt unter den Arm, meldest Dich beim Palud an und kassierst anschließend 50000 Euro, die die Pariser Juweliere ausgelobt haben. Und vielleicht hat bis dahin sogar die Polizei eine Summe … «

»Ole,« fiel er ihm ins Wort, »wie sagst Du immer so schön: Bleib geschlossen! Die Polizei wird mich so lange unter die Lupe nehmen, bis sie endlich einen Fleck auf meiner Weste entdeckt hat – und schon sehe ich den Knast von innen. Der Mörder wird gefasst, die Juweliere behalten ihr Geld und die Polizei wird mal wieder in höchsten Tönen gelobt. Und ich? Ich bin der Doofe!«

»Fritz – o.k. – wir fahren nach Rouen!«

Fritz ‚blätterte‘ in seinem Smartphone und las während der Fahrt vor, dass Rouen eine wohlhabende Universitätsstadt und dazu die Kapitale der Normandie ist. Mit Paris gemeinsam hat sie die Seine. Ferner sind die Kreidefelsen des Pas de Calais schon in greifbarer Nähe. Etwas Geschichte bitte? Z.B. die der Johanna von Orléans? Die Engländer haben sie auf ihrem Rückzug erwischt, und die Inquisition verbrannte Jeanne d‘ Arc am 30. Mai 1431 auf dem heutigen Place du Vieux in Orleans. Nach einer anderen Version … «

»Noch 19 Kilometer«, meldete sich Ole. »In einer Viertelstunde erreichen wir Rouen.«

»Also höre ich mit dem Vorlesen auf und sehe noch mal nach … jawohl, die Adresse liegt an der Ausfallstraße nach Deauville.«

Sie wurde sofort gefunden. Ein schneeweißer Bungalow in einer kleinen Siedlung, der man ‚das Geld ansah‘. Hier hatten sich einige Architekten mit der Einmaligkeit ihrer Bauwerke ein Denkmal gesetzt, denn jedes Haus war eine Schönheit von Licht und Luft, von passenden Proportionen, von erhabener Eleganz.

Sie fuhren an dem Haus vorbei, wendeten und blieben etwa 60, 70 Meter von dem Bungalow entfernt stehen. Ole zog den Zündschlüssel und nahm sein Fernglas. »Möchte wissen, was der Bau gekostet hat – nicht unter einer Million vermute ich. Die Garage befindet sich neben dem Bau unter dem Gelände. Ein ebenerdiger, schmuckloser Kasten gleich nebenan, dazu mit einem Wellblechtor, hätte auch nicht zu diesem herrlichen Bau gepasst.«

»Vor dem Haus steht ein Fahrrad« bemerkt Fritz, der ebenfalls das Haus durch ein Fernglas beobachtet. »Wir sollten jetzt die Gläser beiseitelegen, Ole, sieht uns einer, ist schon die Polizei hier und – wie gehen wir jetzt vor, was meinst Du?«

»Erst müssen wir feststellen, ob der Bewohner *unser* Mann ist. Wenn ja, müssen wir unser Vorgehen der jeweiligen Situation anpassen. Wenn er z.b. mit dem Auto … « Beide griffen zu den Ferngläsern, denn eine Frau verließ offensichtlich weinend das Haus, nahm das Fahrrad und … jetzt kam ein Mann hinter ihr hergelaufen, nahm ihr das Rad ab und schleuderte es aufs Trottoir. Dieser jähzornige Wüstling war zweifellos der Gesuchte, der Mann, dem Ole vor dem Juweliergeschäft plötzlich gegenüberstand.

Die Frau führte ihr Rad an der Hand und ging Richtung Stadt. Offensichtlich war es so beschädigt, dass sie mit ihm nicht mehr fahren konnte. Ole wartete Minuten und fuhr der Frau nach. Jetzt stieg Fritz aus, wechselte die Straßenseite und sprach sie an.

Ole saß hinter dem Steuer und sah den beiden zu. Er hatte das Seitenfenster geöffnet, versuchte von dem Gespräch etwas mitzubekommen als ein Cabrio, ein Maserati an ihm vorbeiraste. Er sah noch einmal in die Liste, die ihm der Anwalt ausgedruckt hatte. Der Maserati-Raser hieß Breteuil, Marc Breteuil, war 42 Jahre alt und von Beruf Manager. Was er managte war nicht angegeben. Fritz sah dem Wagen nach und hatte es jetzt eilig. Er drückte der Frau einen Schein als Beitrag für die Reparatur des Fahrrades in die Hand, kam rüber, stieg hastig ein. »Ole, fahr los, in diesem vornehmen Stadtteil bekommt uns die Luft nicht.«

Sie fuhren zurück in die Stadt, und Ole wollte wissen, warum dieser Kerl der Frau … »Er wollte was von ihr, aber sie nicht von ihm. Und da ist dieser Mann total ausgeflippt. Ganz einfach.«

»Der Mann ist jähzornig, Fritz. Der Juwelier hat sich ihm vermutlich entgegengestellt, nicht einsehend, dass … und wurde kurzerhand von diesem Typ erschossen. Am besten, man geht diesem Choleriker aus dem Weg. Wir fahren jetzt zum Hotel.«

Dem Fritz war's zufrieden – nur weg von dieser Straße.

‚Hotel i b i s Rouen Centre‘ am rechten Seine-Ufer. An der Rezeption herrschte Betrieb, und es dauerte, bis Ole den Schlüssel für ein Einzelzimmer in der ersten Etage erhielt.

Fritz folgte zehn Minuten später. Sein Zimmer lag in der dritten Etage. Aber – wie verständigt man sich? Oles Handy und sein Smartphone schieden aus. Sie konnten abgehört werden und vor allem, sie markierten die Standorte. Und die Haustelefone waren auch nicht sicher. Polizei oder Geheimdienste konnten sich einloggen, mithören. Und es wäre auch nützlich, wenn eine Verständigung draußen möglich wäre, wenn sie einzeln unterwegs waren.

Ole hatte das Defizit auch erkannt und bereits einen Elektronikladen im Gewerbegebiet ausfindig gemacht. Als sie auf den Kunden-Parkplatz fuhren, war es 16 Uhr 35. Getrennt betraten sie den Laden, und sie trafen sich wieder bei einem Fachmann für Funkgeräte und der bedauerte, keine abhörsicheren Funkgeräte mehr am Lager zu haben. »Die Dinger sollen nämlich verboten werden, müssen Sie wissen und deshalb kaufen wir z.Zt. keine mehr ein. Aber – besorgen kann ich zwei, z.B. von Toshiba. Die Firma baut die besten, sie sind klein, so gut wie unsichtbar mitzunehmen und absolut abhörsicher. Sie haben eine Reichweite im Gelände von zwanzig Kilometern, im bebauten Raum fünfzehn. Dieser Spaß ist natürlich nicht billig meine Herren, rund achthundert für beide, zahlbar sofort. Wie sieht's aus?«

»O.k.. Wir zahlen in bar.«

»Gut, dann mache ich jetzt die Bestellung fertig. Sie heißen?«

»Wir haben keine Namen, arbeiten anonym für eine südamerikanische Botschaft und müssen, was den Kauf der Geräte, aber auch was uns persönlich angeht, auf eine absolute Diskretion bestehen.«

»Pas de problème. Ich habe Sie noch nicht einmal gesehen, geschweige denn gesprochen. Das Geld nehme *ich* entgegen, nicht die Kollegin vorne an der Kasse.« Er blätterte in einer Preisliste, zeigte auf eine Summe: »Sehen sie selbst, 802,50 Euro, meine Herren.«

»O.k..« Ole legte zwei Fünfhunderter auf den Tisch. »Der Rest ist für Sie.«

»Grand merci, Monsieur. Die Bestellung geht sofort raus.« Er tippte eine Zahlenreihe mit dem Zusatz ‚Bezahlt‘ in den Rechner, drückte auf Enter – fertig.

»Und wie kommen wir möglichst ungesehen an die Geräte, Monsieur?«

Der Mann überlegte, nickte, »so machen wir das. Morgen, zwischen zwölf und viertel nach zwölf betreten Sie durch den Lieferanteneingang hinter dem Haus unser Geschäft. Hier übergebe ich Ihnen die Geräte, und Sie verlassen unser Haus durch den Haupteingang. Den erforderlichen Passierschein gebe ich Ihnen morgen ebenfalls mit.« Er sah die beiden an: »Kann ich sonst noch etwas für Sie tun, messieurs?«

»Danke! Sie waren außergewöhnlich entgegenkommend. Nochmals tausend Dank und au revoir!

Sie hatten den Eingang noch nicht ganz erreicht, als der Fachmann sein Smartphone nahm und telefonierte.

17 Uhr 20. Wieder auf dem Kunden-Parkplatz, Ole schloss den Wagen auf, startete und sah dabei seinen Freund an: »Weißt du was? Dieser zuvorkommende Verkäufer ist nicht echt.«

»Und … wie kommst Du darauf?«

»Er war zu hilfsbereit. Und ich sage Dir noch was. Die Geräte hat dieser Mann am Lager. Er manipuliert sie heute noch, und morgen hören die Bullen oder der Geheimdienst oder wer sonst noch unsere Gespräche mit. Wenn wir also die Dinger benutzen wollen, müssen wir vorher unsere Gesprächskultur überdenken, mein lieber Fritz.«

»Wir werden sie nur im Notfall benutzen.«

»So sehe ich das auch.«

Als Nächstes telefonierten sie mit dem Autoverleiher in Paris und stellten den geliehenen Wagen wieder zur Disposition. Die Pariser Zulassungsnummer war zu auffällig. Und die Farbe auch. Ein hiesiger Verleiher sprang ein, brachte den Wagen, einen Ford zum Parkplatz, und nach Erledigung der Modalitäten fuhren Ole und Fritz zunächst an dem Bungalow vorbei. Aber da rührte sich nichts und trotz der fortgeschrittenen Dämmerung brannte dort nicht ein Licht. Sie fuhren zurück, parkten den Wagen und machten – getrennt – einen Bummel durch die Stadt, stellten sich in Geschäftseingänge, beobachteten die vorbeigehenden Passanten, schauten in die Cafés. Als sie sich an der Ecke eines Fernsehladens wieder trafen, war es fast zwanzig Uhr – Zeit für die neuesten Nachrichten. Sie sahen zu und waren kurz vor den Wetternachrichten bereits im Begriff zu gehen, als ein Sprecher der Polizei von Paris die Bürger um Mithilfe bat: »Wegen mehrfachen Mordes wird ein Deutscher namens Weber gesucht ... « Ole stieß seinen Freund an: »Komm, wir gehen, die Geschichte kenn ich.«

.-.-.-.-.-.-.

In dem großen Besprechungszimmer der Prefecture de Police standen drei Themen auf dem Programm: Weber, der Juwelier und die Vorträge der Profiler.

Von Weber gab es nichts Neues zu berichten. Die Gästelisten der Hotels gaben auch nichts her. Auch die nicht des kleinen aber schmucken Hotels in der Rue du Dragon, das am selben Morgen Paluds Leute aufsuchten und Einsicht in die Gästeliste nahmen. Auch hier: Fehlanzeige. In der Sache Juwelier wartete man sehnlichst auf die Aussage des Zeugen, der den Mörder von Angesicht zu Angesicht gesehen haben soll. Er hat sich bis zur Stunde nicht gemeldet, wofür die Polizei zwei Gründe nannte. Der eine ist, dass der vermeintliche Zeuge unseren Aufruf nicht gelesen resp. gehört hat, oder … dieser Mann hat selbst Dreck am Stecken und fürchtet erkannt und verhaftet zu werden. Wenn dem so ist, und wie wir ihn dennoch zu einer Aussage bewegen können, darüber wird z. Zt. unter Einbindung der Staatsanwaltschaft beraten.

Der Vortragende sah Palud an: »Monsieur, das war's.«

»Das heißt, meine Damen und Herren, dass sich diese zwei Schwerverbrecher immer noch in unserer Stadt aufhalten. Wie ist ihnen beizukommen?« Palud sah die Fachleute, die Profiler an: »Sie wollen uns beraten, wie wir an die Täter rankommen. Wir hören interessiert Ihren Vortrag. Bitteschön.«

Ein Herr in Zivil ging ans Pult, nahm das Mikrophon und sah noch einmal aufs Manuskript, bevor er sich vorstellte: »Chéroy, meine Dienststelle ist ihnen bekannt, meine Damen und Herren. Mit meinem Vortrag möchte ich mit der Aufklärung ihres speziellen Falles, nämlich der Ermordung des Juweliers und seiner Mitarbeiterinnen beitragen. Das Profiling, meine Damen und Herren, also das Erstellen eines Täterbilds, macht nur einen Teil unserer Arbeit aus und steht auch nicht am Anfang. Fallanalyse bedeutet zunächst: Wir rekonstruieren den Tathergang, wir schauen uns die Motivlage an, das Täterverhalten. Und diese Analyse erfolgt hochgradig systematisch. Ich kann nicht denken wie der Täter und auch nicht in seine Seele blicken. Ich kann nur sein Verhalten, seine Kompetenzen analysieren, interpretieren, bewerten. Worin besteht nun der Nutzen für Sie, für die Ermittler vor Ort?

Wir übernehmen den Teil, für den Sie in dem aktuellen Fall keine Zeit haben: den Analyseprozess. Die Sequenzanalyse, die wir aus der Sozialwissenschaft adaptiert haben, hilft uns, den Tathergang zu verstehen. Einfach gesagt: Wir zerlegen etwas Großes in viele kleine Sequenzen und schauen uns das Kleine genauestens an. Losgelöst von Ihrem hektischen Alltag … «

Meier Drei flüsterte der Sabine ins Ohr: »Ein langweiliger Fachvortrag.« Und was sagte sie? »Berni, sei ruhig – und hör zu!«

.-.-.-.-.-.-.

Punkt 12 Uhr betrat Fritz den Lieferanteneingang des Elektrogeschäftes, fünf Minuten später folgte Ole. Die beiden wurden unruhig, als der Zeiger der großen Uhr im Geschäft bereits auf 12 Minuten nach sprang, und dieser Verkäufer immer noch nicht zu sehen war. Er erschien – etwas aus der Puste. »Entschuldigung, ein Kunde … aber hier ist das Paket mit den Geräten. Sie können sie sofort benutzen, denn die Batterien sind aufgeladen, meine Herren.

,Wieso ist dieser Mann so hinter Atem, nachdem er mit einem Kunden gesprochen hat, und wieso sind die Geräte aufgeladen? Meistens ist das Sache des Kunden, die Batterien zum ersten Aufladen ans Netz zu hängen.‘ Und Ole dachte weiter: ,Ich werde mir die Geräte im Auto genauestens ansehen, sehr genau sogar.‘

»Hier habe ich noch den Passierschein meine Herren. Ihn geben Sie an der Kasse ab, sonst lässt man Sie nicht durch. »Wenn Sie keine weiteren Fragen haben, entschuldigen Sie mich bitte, ein Kunde wartet bereits. Merci beaucoup messieurs, au revoir!«

Er hatte es eilig, verschwand zwischen den Regalen mit den verschiedensten Artikeln und als Ole ihn entdeckte, schien er sich mit einem Mann zu streiten. Worüber konnte man nicht verstehen, dafür waren die eingeschalteten Fernsehgeräte zu laut – leider.

Im Auto packten sie die Funkgeräte aus. Ole hatte an seinem Victorinox-Taschenmesser eine kleine Lupe. Durch sie betrachtete er jede Schraube, jedes Siegel. Aber seine Untersuchung ergab keinen Hinweis auf eine mögliche Manipulation. Und wenn? Dann wurde sie von absoluten Fachleuten ausgeführt. Sie studierten noch die Gebrauchsanleitung, ehe sie die Geräte eingeschaltet in Betrieb nahmen und zwar so, dass man sprechen konnte, der eine den anderen verstand, aber seine jeweilige Antwort stummgeschaltet war. Und das vor dem Hintergrund einer möglichen Kollision mit einem Unbekannten. Es war jetzt 13 Uhr und 20 Minuten. Sie verabredeten sich für 18 Uhr vor dem Eingang zum Hotel. »Tschüs!« Fritz steigt aus und macht sich auf den Weg in die Stadt. Bis zum Place du Vieux Marché sind es 15 Minuten, eher weniger als mehr. Er amüsiert sich noch über einen Radfahrer (oder Radfahrerin) mit feuerroten Haaren, als neben ihm ein Renault Master hält, die Seitentür in einem Rutsch aufgeschoben wird, zwei Männer rausspringen, ihn niederringen und in den Sprinter werfen. Einer der beiden steigt nach vorne ins Führerhaus, gibt Gas.

Einige Passanten haben das Kidnapping beobachtet, mit ihrem Handy fotografiert. Mit ihrer Hilfe wusste die Polizei schon bald, dass die Nummernschilder gestohlen worden waren, und zwar in der vergangenen Nacht in einem benachbarten Dorf. Dennoch, die Bilder zeigten ein Fahrzeug mit einer stark beschädigten Stoßstange hinten rechts. Gesichter sind schlecht oder kaum zu erkennen.

Ole war noch dabei, Betriebsanleitung, Verpackung, sprich, den ganzen Kram in eine Tüte zu packen, als er im Funkgerät typische Straßengeräusche hört, Fritz ist unterwegs. Zuerst will Ole das Gerät ausschalten, aber dann lässt er es doch eingeschaltet und hört plötzlich seinen Freund schreien: »Nein, nein, lasst mich, lasst mich hier raus, was wollt ihr?« Eine Tür wird wohl zugeschoben, ein Motor brummt lauter, ein Wagen fährt. »Wenn er nochmal schreit, hau ihm was auf die Fresse«, sagt ein Mann mit tiefer Stimme. Ein Mann antwortet mit einer ungewöhnlich weichen, samtweichen Stimme. Er spricht langsam: »Lass nur, ich mache das schon.«

Ole ist Zeuge, wie sein Freund entführt worden ist. *Und er kann ihm nicht helfen.* Er hört den Samtweichen: »Wir wollen nur wissen, wie Dein Freund heißt, wo er wohnt, mehr nicht. Also, wie heißt er?«

Fritz mit klarer Stimme: »Ich weiß nur, dass er Ole heißt, Karate Ole aus Hamburg. Mehr ist mir nicht bekannt.«

»Das werden wir gleich überprüfen und damit Du weißt, wie das vor sich geht, sage ich Dir, dass ich Offizier in den Folter-kellern der Staatssicherheit eines Ostblocklandes war und das Foltern bis zur Stunde nicht verlernt habe, glaube mir, und deshalb frage ich Dich noch einmal, wie dieser verdammte Hund heißt.«

»Wie ich schon sagte, Ole, mehr ist mir doch nicht bekannt, wirklich nicht.«

Der Wagen schien inzwischen irgendwo zu parken, denn es war kein Motorgeräusch mehr zu hören. Dafür die jetzt vollkommen anders klingende Samtstimme: »Bolli, starte den Yamaha-Generator, schließe die Kabel an und ziehe diesem Idioten die Hose aus – ich will seinen blanken Arsch sehen. Seine Stimme war jetzt schneidend wie eine Rasierklinge ... was haben wir denn da? Ein Funkgerät?« Knacken – Stille.

»Diese Schweine!« Ole schlug ein paarmal aufs Lenkrad. »Ich werde jedem den Hals umdrehen, jedem, diesem Folter-offizier, dem Bolli oder wie dieser Hundesohn heißt und vor allem – diesem vornehmen Maseratifahrer. Allen! Wo mag dieser verdammte Wagen stehen? Weit sind sie nicht gefahren. Bestenfalls bis zum Stadtrand. Aber, wo fängt der Stadtrand an, wo hört er auf?« Ole stieg aus, ballte die Fäuste: »Fritz, was immer diese Hunde mit Dir machen – ich stehe zu meinem Wort und bringe diesen Verein um!«

Was stellt man sich im Allgemeinen unter Hölle vor? Fritz erlebte sie! Er war leibhaftigen Teufeln begegnet. Der Foltermeister traktierte ihn immer wieder mit dem 220 Volt führenden Kabel. Und als Fritz immer noch nicht sagte, wer dieser Ole ist – weil er es tatsächlich nicht wusste, es also auch nicht sagen konnte – zertrümmerte der ‚Offizier‘ mit einer kurzen Brechstange sein linkes Schienbein. »Ich weiß es doch nicht«, stöhnte Fritz. Und wieder das Kabel, mit dem er nun widerlich grinsend seine Genitalien berührte. Er weidete sich an Fritzens schmerzverzerrtem Gesicht, an seinem Stöhnen und letztlich … an seinem, so schien es langsamen Kaputtgehen.

Fritz fiel ins Koma und spürte nicht mehr, dass man ihn in einen Teppich packte und den mit reichlich Klebeband umwickelte.

Bolli startete den Wagen. Nach etwa 20 Minuten erreichten sie eine Straße, die hauptsächlich von schweren vierachsigen Silofahrzeugen befahren wurde. Sie kamen vom nahen Zementwerk und fuhren ihre Ladung zur Autobahnbaustelle 20 km weiter nördlich von Rouen. Bolli steuerte den Wagen, und kurz hinter einer rechtwinkligen Kurve befahl der Folterer anzuhalten. Sie stiegen aus, zogen die Teppichrolle aus dem Wagen und legten sie auf die Straße. Ihr, oder richtiger *sein* Kalkül: Die LKW-Fahrer sehen die Rolle hinter der Kurve erst in letzter Sekunde, können nicht mehr ausweichen, überfahren den Toten und zerquetschen ihn bis zur Unkenntlichkeit.

Die beiden stiegen ein, knallten die Tür zu und fuhren weiter. Nach wenigen Kilometern meinte der Folterer hinten ein Klappern zu hören. »Halte an, wir sehen nach.« Sie stiegen aus, sahen nach, fanden nichts und als sie sich auf der Beifahrerseite trafen, zog der Folterer seelenruhig eine Pistole und ehe Bolli begriff, was das geben soll, drückte der Folterer ebenso ruhig ab. Mit erstauntem Gesicht rutschte Bolli die Böschung hinunter, wo man ihn erst Wochen später finden sollte.

Ein LKW-Fahrer sah die Teppichrolle tatsächlich, wie von dem Folter-Offizier erhofft, erst in allerletzter Sekunde. Aber –

er schaffte es, im Gegensatz zum Wunschdenken des ‚Offiziers‘ wenige Zentimeter an der Rolle vorbeizufahren. Harte Bremsung – aussteigen! Als sie sich der Rolle näherten, glaubten sie – etwas zu hören? Der Beifahrer kniete auf der Straße direkt an der Rolle, sah seinen Kollegen an – zuckte fragend mit den Schultern.

Der Fahrer stellte hinter der Kurve das Warndreieck auf, zündete zusätzlich eine Fackel an und telefonierte jetzt sofort mit der Polizei und beschrieb den mysteriösen Fund. Der Beifahrer kniete immer noch neben der Rolle, sah den Kollegen an … »und, was meinst Du? Mal nachsehen?«

Er nahm sein Taschenmesser und durchschnitt zögernd wenige Klebestreifen, schlug behutsam einen Teil des Teppichs auf und … beide wichen entsetzt zurück!

Im Gefolge der Polizei kamen Rettungswagen, Notärzte, Sanitäter. Die Polizei organisierte sofort vor und hinter der Kurve einen flüssigen Durchgangsverkehr. Inzwischen hatten die Ärzte den Teppich ganz geöffnet. Eine Ärztin schlug entsetzt die Hände vors Gesicht. »Pour l'amour de Dieu!« Um Gottes Willen! Und selbst die Ärzte, Sanitäter, Polizisten, alles gestandene Kerle standen fassungslos, standen erschüttert vor einem blutbesudelten Bündel Mensch. Aber – er atmete noch. Was sagte ein Arzt: »Den Mann müssen wir wieder auf die Beine stellen, alleine schon um herauszufinden, welcher Sadist ihn so zugerichtet hat.«

Das wusste Ole bereits. Es war der mit der samtweichen Stimme. Gehört im Funkgerät. Aber wo diese Bestie finden?

Man spricht gelegentlich von einem Zufall. Aber gibt es ihn? Gibt es ein gleichzeitiges Zusammentreffen von Umständen, die den Begriff ‚Zufall‘ begründen? Es gibt ihn tatsächlich, und ein Zufall wollte es, dass Ole diesen Mann mit der markanten Stimme zu Gesicht bekam.

Am nächsten Morgen, also am Tag nach Fritzens Entführung, verordnete sich Ole eine Fahrt an den Pas de Calais, nach Deauville, ein Städtchen mit bekannt breitem Sandstrand und einem herrlich gelegenen Yachthafen. Er setzte sich auf eine Bank und dachte nach, genoss nebenbei den Blick auf die Segelboote, auf die großen und kleinen Yachten. Sie erinnerten ihn an seinen Freund aus Hamburger Zeiten, der jetzt seine Yacht im Hafen von la Grande-Motte Nähe Montpellier liegen hatte. Er stand auf, schlenderte zu einer kleinen Snackbude, aß eine Kleinigkeit und ging zurück an den Strand, setzte sich in einen Strandkorb und – schlief ein.

Es war nach siebzehn Uhr als er aufwachte. Der Schlaf hatte ihm gutgetan, ihm Kraft gegeben, und nach einigen Kniebeugen und Reckübungen lief er zu seinem Wagen.

Die Parkplatzsuche in Rouen ist nicht besser als in jeder anderen Stadt: sie erfordert Zeit und Geduld. Ole hatte beides und fand tatsächlich im Zentrum einen freien Platz ohne Parkuhr oder sonstiger zeitlicher Einschränkung. Außerdem war es nicht allzu weit zu seinem Hotel. Er ging hinüber zum ‚Chinesen‘. Den ganzen Tag schon träumte er von einer Peking Ente mit einem Glas trockenem Rotwein, vorzugsweise aus der Gegend um Bordeaux. Er durchschritt das Lokal und nahm an einem freien Tisch Platz. Der Ober, ein kleines, schmales Kerlchen, brachte die Speisekarte und fragte nach einem Getränk. Ole bestellte den erträumten Rotwein und schlug die Speisekarte auf.

Er schloss für mehrere Sekunden die Augen. Zwischen dem Gemurmel der Gäste hatte er *eine* Stimme herausgehört, eine angenehme, samtweiche Stimme, eine, die sich in seinem Ohr festgesetzt hatte. Am Nebentisch – nein, an einem Tisch weiter saß ein Mann, der sich angeregt mit einer bildschönen Französin unterhielt. *Seine* Stimme war es, die ihn, den Ole schlagartig aufwühlte. Es war die Stimme des Folter-‚Offiziers‘, gehört im Funkgerät. Ole stand auf, und auf dem Weg zur Tür kam ihm der Ober mit dem ersehnten Rotwein entgegen. Er legte ihm einen Zehner aufs Tablett, entschuldigte sich und verließ das Lokal des Chinesen. Auf dem gegenüberliegenden Trottoir blieb er stehen. Das Gesicht des ‚Offiziers‘ hatte er in seinem Gehirn deponiert, für alle Ewigkeiten gespeichert. Jetzt hieß es warten. Irgendwann wird er das Lokal verlassen.

Ole nahm sich vor, Name und Adresse des Offiziers und dieser hübschen Frau in Erfahrung zu bringen. Der Anwalt aus Paris oder einer vor Ort wird ihm dabei helfen. Und noch etwas fiel ihm ein: Woher wusste dieser Mann, dass Fritz und er ein Team waren? Die Frage brachte ihn zu diesem Fachverkäufer, der ihm beim Kauf des Funkgerätes schon nicht ganz koscher vorkam. Und noch etwas. Den Fritz wollte man ausschalten und ihn, den Ole mit seiner Ermordung treffen. (Dass Fritz noch lebte, im tiefen Koma in einem Krankenhaus lag, wusste Ole zu diesem Zeitpunkt noch nicht.) »Mich wollten sie mit dieser brutalen Tat aus der Reserve locken, und Auftraggeber dieser perversen Sauerei war oder ist mit hoher Wahrscheinlichkeit dieser Maseratifahrer. Mit ihm werde ich mich persönlich unterhalten!«, raunte Ole.

Er sah auf die Uhr: »Eine komplette Stunde ist jetzt vergangen. Ich warte – und wenn es morgen früh wird!« Er sprach laut mit sich selbst, ging auf und ab, bis zur nächsten Straßenecke und wieder zurück und dabei die Tür zum ‚Chinesen‘ nicht eine Sekunde aus den Augen lassend.

Als sie kamen, war es kurz vor Mitternacht. Er legte seinen Arm um ihre Taille und langsam gingen sie, sich immer wieder küssend zu einem Parkplatz und stiegen in einen Citroen. Ole wartete 10 Minuten und ging dicht an dem Wagen vorbei, sah den ‚Offizier‘ mit geschlossenen Augen auf dem Beifahrersitz und ihren auf und ab wippenden Kopf. »Du Hund landest im

Knast, versprochen! Und da blasen sie Dir einen ganz anderen Marsch, nämlich den von Jericho, und die Mithäftlinge werden Dich auseinandernehmen!«, zischte Ole, notierte sich die Zulassungsnummer des Citroen mit der Typenbezeichnung DS 5 und ging ohne Hast zurück zu seinem Wagen.

Es war der zweite Tag nach Fritzens Entführung, und Ole nahm sich während des Frühstücks vor, ein Handy zu kaufen, mit dem man auch fotografieren kann. Mit seinem war das nämlich nicht möglich. Und er brauchte neueste Informationen, sprich Boulevardblätter von heute. Ferner vom Anwalt in Paris den Namen und die Adresse des Halters oder der Halterin des Citroen. Also ein volles Programm. Und wenn sich aus alledem etwas Neues ergeben sollte … vielleicht sogar eine Aufgabe für den ganzen Tag.

Die Boulevardblätter lagen neben anderen Tageszeitungen unten im Foyer aus. Er las jeden Artikel, der die ‚Geschichte eines Unbekannten‘ zum Inhalt hatte und wusste schon bald, dass Fritz noch lebt! Im Koma zwar, aber lebt. Und, dass man das Koma künstlich aufrecht erhalten will sagten – in übereinstimmenden Berichten der Presse – die Ärzte des Hopitel Center University De Rouen.

Ole legte die Zeitungen wieder auf den Tisch zu den Illustrierten. Fritz lebt! Das war *die* Nachricht, eine, die ihn jetzt noch mehr anstachelte, den Täter und seinen Auftraggeber genauer zu identifizieren. »Dieser ‚Offizier‘ ist der erste«, murmelte er.

Er suchte ein Anwaltsbüro auf – und verließ es sofort wieder. Er wollte diesen Anwalt bitten, den Halter oder die Halterin des Citroen … und wenn der Anwalt einen der beiden kennt? Hier in Rouen? Dann ist der oder die schon gewarnt, ehe Ole auf der Matte steht. Nein, der Anwalt in Paris musste sich kümmern. Und er tat es für 200 Euro. »Rufen Sie mich in einer Stunde an.«

Jetzt machte Ole sich auf den Weg zu einem Handyladen in der Stadt. Der Verkäufer, ein junger Mann, zeigte ihm mehrere Modelle, mit denen er nicht nur telefonieren, sondern auch fotografieren konnte. Das war ja der Sinn dieser Übung. Zum Telefonieren hatte er eins, nur zum Fotografieren nicht. Der Verkäufer zeigte ihm einige Modelle, Ole entschied sich für ein schwarzes mit einer Klappe. Der Verkäufer wechselte die SIM-Karte von dem alten in das neue Handy und das alles für 82,50 Euro. Ole legte 85 Euro auf den Tisch und ließ den Rest für die Kaffeekasse.

Zurück zur öffentlichen Telefonzelle. Als er die Telefonnummer eintippte sah er im Geiste den rotnasigen Anwalt in Paris. Und der hatte die Halterin ausfindig machen können: Frau Doktor der Medizin Camille Beauvais wohnhaft in Rouen. Die Anschrift der Praxis gab er auch durch und der hochlöbliche Herr Anwalt erinnerte an die 200 Euro, die er bald sehen will.

»Wenn ich Ihre Kontonummer hätte, Herr Anwalt … «

»Ne, ne, lassen Sie das mal sein. Sie wissen doch, das Finanzamt, kommen Sie besser hier vorbei und legen mir das Geld auf den Tisch – à bientôt, monsieur Cordonnier!«

Und jetzt? Observieren der Frau Doktor. Über sie erfährt Ole, wer dieser Kerl mit der Samtstimme ist. Ole marschierte zu seinem Leihwagen, einem dunkelgrünen Ford, ein Wagen, der im Straßenverkehr nicht weiter auffiel, und die erste Adresse, die er ansteuerte war die ihrer Praxis an der Peripherie der Stadt. Auf dem kleinen, zur Praxis gehörenden Parkplatz stand der Citroen DS 5 mit der ihm bekannten Nummer. Jetzt hieß es warten. »Wie übe ich mich in Geduld?«, fragte er sich laut. »In dem ich warte, warte auf die gnädige Frau.« Sein Fernglas lag auf dem Beifahrersitz. Er hätte sich eine Zeitung mitnehmen müssen oder ein Buch. Aber die Lektüre hätte ihn womöglich abgelenkt, und Frau Doktor wäre ihm durch die Lappen gegangen. Eine CD mit gesprochenem Text wäre da besser. Er beschloss, eine zu kaufen … Endlich, Frau Doktor! Sie ging mit ihrem Köfferchen an der Hand zu ihrem Wagen.

Zunächst fuhr sie, wie es aussah, zu einem Patienten oder Patientin. Nachbarn des oder der Erkrankten lagen sofort in den Fenstern: »Schon wieder bei der Ollen da unten« – so oder so ähnlich kommentierten sie sicher die Ankunft der Ärztin. Das ist überall so. In jeder Stadt, in jedem Dorf. Ihre nächste Station war ein kleines, schmuckes Haus unweit ihrer Praxis, ihr Zuhause. Und wieder hieß es warten. Manche nennen das Warten auch ‚Zeit totschlagen‘ oder ‚Zeitverschwendung‘. Aber manchmal muss man eben Zeit opfern, und heute war so ein Tag.

Erst am dritten Tag änderte sich der Tagesablauf der gnädigen Frau. Gegen 17 Uhr 30 hielt ein Wagen vor ihrer Praxis, ein Peugeot, ein 508 SW wie Ole später am Heck des Fahrzeugs ablesen konnte. Eine knappe Viertelstunde später erschien Frau Doktor, und der Fahrer des Peugeot stieg jetzt aus – Herr Fol-ter-‚Offizier‘ öffnete galant die Beifahrertür, Kuss, Madame stieg ein, und ab ging die Fahrt Richtung Stadtmitte.

Ole fuhr ‚mal wieder‘ hinterher zu dem bereits bekannten Parkplatz. Er sah das Paar gemächlich in die Stadt gehen, und Ole hatte jetzt Zeit, noch einmal seine Notiz mit dem Nummernschild des Peugeot zu vergleichen. Nach dem o.k. ging er in aller Ruhe zum ‚Chinesen‘. Heute Abend gönnte er sich nach den letzten, enthaltsamen Tagen die Pekingente und dazu einen Wein, einen Bordeaux, trocken und tiefrot.

In der Agenda standen zwei Punkte, und beide gedachte Ole am heutigen Tag zu erledigen. Einmal, um herauszufinden, wo dieser ‚Offizier‘ arbeitet, und zum Zweiten wollte Ole sich um den Maseratifahrer kümmern, den Urheber dieser verdammten Geschichte. Aber zuerst dieser ‚Offizier‘. Und wieder saß Ole in seinem Auto und wartete. Die Adresse stimmte. Davon hatte er sich überzeugt. Endlich, weit nach acht erschien der Herr geschniegelt wie frisch aus einem Salon. Er schloss die Haustür ab und begab sich zu seinem Auto. Wie schon so viele Male, zuletzt gestern noch fuhr Ole auch diesmal wieder hinterher – bis zum Hôtel de ville, bis zum Rathaus der Stadt Rouen. Hier stellte dieser vornehme Herr seinen Wagen auf dem Parkplatz ‚Nur für Bedienstete' ab, stieg aus und betrat durch den Haupteingang das große Stadthaus.

Der Punkt ‚Offizier' war zunächst einmal erledigt. Zunächst! Denn der eigentliche Schlusspunkt folgt noch. Den weitaus schwierigeren und erheblich gefährlicheren Fall hatte er sich für den nächsten Tag vorgenommen: Den Maseratifahrer.

An diesem Morgen frühstückte Ole ausgiebig, bevor er einen Blick in die Tageszeitungen warf. Vor allem interessierten die lokalen Ereignisse. Aber, so sehr er suchte: Er fand keinen Bericht über Fritzens Zustand. Etwas beruhigt legte er die Zeitungen beiseite. Denn wenn eine Verschlechterung oder auch Besserung eingetreten wäre, hätte die sensationshungrige Presse bestimmt über seinen neuerlichem Zustand berichtet. So aber konnte Ole von einem stabilen Status seines Freundes ausgehen. Erleichtert betrat er das Hotelzimmer in der ersten Etage und begann sofort mit seinem Karate-Workout – eine halbe Stunde lang. Es folgte die Warm- und Kaltdusche mit anschließender Ruhepause. Physisch und mental hatte er sich jetzt auf die Begegnung mit diesem Mann vorbereitet. Der Showdown konnte beginnen.

Er parkte seinen Wagen ca. dreißig Meter vor dem weißen Haus. Uhrzeit: 17 Uhr 40. Das Haus lag still und verwaist da. Kein Licht, keine Bewegung. Ole entschloss sich zu einem Gang durch die kleine Siedlung, beobachtete dabei das Haus von allen Seiten. Dieser Mann schien sich tatsächlich nicht in dem Haus aufzuhalten. Die Garage stand offen. Er schritt noch einmal zur Straße, beobachtete die Nachbarhäuser, und als er keine Menschenseele sah und sich auch ansonsten nichts tat, ging er entschlossen die Rampe hinunter und fand die Tür zum Haus verschlossen. Damit hatte er gerechnet. Aber die Zarge dieser Tür! Sie war etwa 60 bis 70 Zentimeter breit und dieses Maß reichte ihm. Er stellte sich in den Winkel Zarge/Tür, in den Winkel zur Straße hin. Jetzt hieß es warten.

Er kam! Rückwärts fuhr er die Rampe hinunter in die Garage, stellte den Motor ab, löschte das Licht. ‚Vorwärts hätte er mich gesehen‘, schoss es Ole siedend heiß durchs Gehirn … ‚Scheiße, daran habe ich nicht gedacht!‘ Das Garagentor schloss sich, die Lampen in der Garage schalteten sich an, der Fahrer stieg aus. Ole presste sich in den Winkel. Bloß nicht laut atmen. Jetzt war es soweit, entweder dieser Maseratifahrer oder … . Ein Schlüsselbund rasselte – und dann stand Breteuil vor ihm wie damals vor dem Juwelierladen. Dieser Mann war so perplex, dass ihm erst … aber da war es schon zu spät. Ole schleuderte ihn gegen die Wand, rammte ihm das Knie in den Unterleib und … das reichte … er ging zu Boden und versuchte trotzdem noch im Fallen die Pistole zu ziehen. Aber die Kanone mit Schalldämpfer verhakte sich in der Jacke. »So ein Pech aber auch, Breteuil und jetzt leg die Pistole ganz langsam auf den Boden, und solltest Du auf den Gedanken kommen … glaube mir, ich bin schneller und reiß Dir die Arme ab, bevor du schießt!« Er legte sie tatsächlich auf den Boden, vorsichtig, als könne er ihr wehtun. Ole war weniger feinfühlig, gab der Pistole einen Tritt, und sie flog laut scheppernd unter den Maserati.

»Und jetzt, Breteuil legst Du Dich auf den Bauch, Arme nach vorne, sofort!« Gegen diesen Mann hatte Breteuil keine Chance, absolut keine, das wusste er und deshalb rollte er sich widerstandslos auf den Bauch. Ole hob jetzt seine Beine an, schob das seitlich liegende 10er Kantholz unter die Mitte der Unterschenkel und sprang nun mit beiden Beinen blitzschnell erst auf die eine, dann sofort auf die andere Wade. Es knackte zweimal grausam – »fertig! Du Hund gehst nicht laufen!« So ein Geschrei und vor allem, soviel Flüche auf einmal hatte Ole noch nie gehört. »Deine Flüche passen nicht zu Deinem schönen Haus, Breteuil, wenn es denn überhaupt Dein Haus ist. Macht aber nichts. Die Tage ziehst Du um – in den Knast. ‚Bonne Nouvelle‘ heißt er hier in Rouen. Er ist neben Paris einer der härtesten Knäste in Frankreich. Das Orchester der Gefängnisleitung kennt nur den Grundton ‚Härte‘, sonst nichts. Was soll’s, Du gehörst in diese freiheitentziehende Einrichtung. Adresse steht im Telefonbuch. Im Internet auch. Mach’s gut!«

Ole nahm den Schlüsselbund, probierte den einen und anderen Schlüssel, fand den richtigen für die Tür ins Haus. Spätestens auf dem Weg zum Wohnzimmer müsste ihm eingefallen sein, dass er selbst in den Knast gehört, in einen französischen Knast, in dem die Wärter mit ihm so gnadenlos umgehen würden, als hätten sie einen Halbstarken aus den Banlieus de Paris vor sich. Denn vor den abgestumpften Knastwärtern sind alle gleich. *Alle!*

Es war kurz vor neunzehn Uhr, als Ole die Prefektur de police in Paris anrief. Er bediente sich Breteuils Telefon und verlangte das Gespräch sofort an Monsieur Palud weiterzuschalten. Es dauerte, weil Ole seinen Namen nicht nennen wollte und anonyme Anrufe nicht entgegengenommen und schon gar nicht an den Chef weitergeleitet werden. Aber sie machten eine Ausnahme, weil der Anrufer hartnäckig blieb und angeblich Namen und Adresse des Juwelier-Mörders … »Moment bitte.«

»Palud?«

»Bon Soir Monsieur Palud. Notieren Sie!«

»Ich darf zuvor um Ihren Namen bitten!«

»Unwichtig. Und jetzt schreiben sie bitte.« Und Palud schrieb Namen und Adresse des Juwelier-Mörders auf, dazu seine Verletzungen und wo das Beweisstück, die Pistole zu finden ist. Der Mann liegt in seiner Garage erfuhr Palud, durch die er auch die Wohnung betreten könne. Ferner erhält Palud die Tage die Adresse des Mannes, der Jean Levier fast zu Tode gefoltert hat. »Nähere Angaben zu den Fällen gehen Ihnen schriftlich zu. Guten Abend Monsieur Palud.« Ole legte den Hörer auf.

Palud befand sich jetzt in einem Dilemma. Einerseits könnte der anonyme Anrufer die Polizei zum Narren halten – andererseits könnte an der Aussage des Mannes etwas Wahres sein. Die Details waren überzeugend. Palud beriet sich mit seinem Vertreter – und rief darauf seinen Kollegen in Rouen an.

Als dieser Polizeichef mit seinen Leuten am ‚weißen Haus‘ ankam, schob man den Verletzten bereits in einen Wagen des örtlichen Roten Kreuzes. »Er hat so geschrien, das war nicht mehr zum Aushalten«, wusste eine Nachbarin. »Er sei überfallen worden«, sagte eine andere aus. Die hohe Polizei nahm die Aussagen zu Protokoll, übernahm das Kommando und eskortierte den Wagen des Roten Kreuzes zum Krankenhaus. Dort schob man die Trage gleich durch in den OP.

Und Palud? Er überlegte, wer ihn wohl angerufen hat. Ein Ausländer auf jeden Fall. Ein Schweizer? Nein, da ist mehr Gesang in der Stimme. Die Österreicher sprechen ruhiger, gelassener oder ein Deutscher? Jedenfalls einer, der kein sauberes Gewissen hat und gleich diesem Halunken in den Knast gehört. Und dieser Marc Breteuil? »Ihn werde ich nach seiner Genesung im härtesten Knast Frankreichs‚ im Pariser Gefängnis ‚La Santé‘ begrüßen und dort persönlich willkommen heißen.«

Der Folter-Offizier hieß Alex Michailowitsch. Den Namen hatte Ole zwei Tage zuvor an der Klingelleiste eines mehrstöckigen Hauses gelesen, und der wurde ihm auch inzwischen vom Pariser Anwalt bestätigt. Jetzt saß Ole in einem Café bei einer heißen Tasse Schokolade und überlegte, ob er sich mit diesem Offizier noch ‚unterhalten‘ soll und kam zu dem Ergebnis, auf ein ‚Gespräch‘ zu verzichten, sich die Hände an diesem Verbrecher nicht schmutzig zu machen. »Ich werde ihn vernichten, vernichten lassen, durch die Polizei, durch die Presse, durch den Knast. So wird‘s gemacht«, murmelte er, legte einen Zehner unter die Tasse und verließ das gemütliche Kaffeehaus mit dem schönen Namen Coleur café.

Zu gerne hätte er den Fritz im Krankenhaus noch besucht. Aber es war nicht möglich, weil das Zimmer von der Polizei bewacht wurde. Also entschloss er sich, der Stadt Rouen Adieu zu sagen und mit der SNCF, der Eisenbahn zurück nach Paris zu fahren. Vorher musste er jedoch noch einiges erledigen. Als erstes wollte er diesem undurchsichtigen Fachverkäufer gründlich den Tag vermiesen. Dieser Kerl sollte noch lange an ihn denken. Entsprechend ‚geladen‘ betrat Ole das Elektrofachgeschäft und ging gleich durch zum hinteren Teil des Geschäftes. Da sah er ihn, diesen Fachmann. Ole ging langsam auf ihn zu, fixierte ihn mit den Augen. Er näherte sich ihm Zentimeter für Zentimeter und genau so verhalten sprach er: »Mein Freund ist überfallen worden. Woher wussten diese Verbrecher, dass ich … «

Der Verkäufer wich zurück, bis ihn ein Regal mit Funkweckern aufhielt. Er sah in seinem Kunden ein Unglück auf sich zukommen, das er nicht mehr aufhalten konnte. Ole stand jetzt vor ihm, berührte ihn fast und sprach leise, drohend: »Sollte mein Freund bleibende Schäden davontragen, komme ich nach Rouen zurück und dann … richtig! Sie ahnen es bereits!« So langsam, wie Ole gekommen war, so langsam ging er wieder zurück, Zentimeter für Zentimeter, den Mann nicht aus den Augen lassend. Und dieser stand da, leichenblass, der Unterkiefer flatterte, als wolle er etwas sagen. Aber … kein Laut kam über seine Lippen. Ole sah bereits die Kasse, als ein furchterregender Schrei durchs das Geschäft hallte, und Angestellte wie Kunden stehenblieben und entsetzt zum hinteren Teil des Geschäftes sahen.

Die Dame der Rezeption tippte einige Daten in den Rechner, der druckte sofort die Rechnung für Monsieur Gerard Cordonnier aus. *So* schnell ging es mit Fritzens Hotelabrechnung nicht. »Warum, Monsieur … «

»Er liegt verletzt in der Uni-Klinik. Sie dürfen gerne anrufen.«

Das machte die Dame auch und erfuhr, dass Monsieur Jean Lafier noch Wochen in der Klinik verbleiben müsse. Mit der Auskunft war die Dame nicht zufrieden und telefonierte mit dem Herrn Direktor. Er entschied, dass Cordonnier die Rechnung bezahlen kann, das Gepäck des Erkrankten mitnehmen darf. Allerdings müsse er gemeinsam mit ihm zuvor das Reisegepäck dieses Mannes untersuchen. Was sie in dem Zimmer 312 an Fritzens ‚Habseligkeiten' für eine zwei-Tage-Reise vorfanden, war schnell aufgelistet. Herr Direktor und Cordonnier unterschrieben die Liste, Herr Direktor notierte sich noch die Ausweisnummer und Anschrift Cordonniers, und das war es denn schon, und damit war bis aufs Bezahlen die Sache um den Gast Lafier erledigt.

Im Foyer saß ein Mann hinter einer Zeitung, las nicht, sondern beobachtete die Leute, die ankommenden wie auch die abreisenden Gäste. Auch den Mann, der für einen Freund soeben die Rechnung beglich. Als der die Taschen aufnahm und sich anschickte das Hotel zu verlassen, stand der Zeitungsleser auf, ging zur Rezeption und nahm Einsicht ins Gästebuch. Er rief seine Dienststelle an, und die befand Cordonnier aus Beaune für sauber. Ole stand jetzt bereits vor dem Hotel und wartete wohl auf ein Taxi.

Auf ein Taxi wartete er nicht, sondern auf den Autoverleiher, der ihn nach dem Abrechnen zum Bahnhof fuhr.

.-.-.-.-.-.-.

Ole und Paris. Die Stadt ließ ihn nicht los. Den ganzen Morgen verbrachte er im Louvre, in der Apollo-Galerie und in der Abteilung der griechischen Antike. Um die Mittagszeit verließ er das Palais und ging hinüber zum Place de la Concorde, auf dem einst die Guillotine stand, unter der die Häupter Ludwig XVI. und seiner Gemahlin Marie-Antoinette sowie aller erreichbaren Aristokraten, schließlich auch die von vielen Revolutionären fielen. Allein auf dem jetzigen Place de la Concorde (dem ‚Platz der Eintracht' wie man ihn aber erst später nannte) rollten 1343 Köpfe.

Zwischen 1755 und 1775 baute man diesen riesigen Platz vor zwei sehr ähnlichen Gebäuden – dem heutigen Marineministerium und dem Hôtel de Crillon – und 1833 kam als Geschenk aus Ägypten, original aus dem Ramses-Tempel in Luxor! – ein vor 3700 Jahren aus rosafarbenem Granit gehauener Obelisk als zentraler Blickpunkt dazu.

Heute wollte er auch den Brief an den Oberpolizisten Palud schreiben. Zuerst dachte er an eine alte Schreibmaschine, die auf jedem Flohmarkt für ein paar Euro zu haben war. Mit einem Laptop war das Schreiben allerdings einfacher und ihn kauft man billiger im Quartier Latin, auf dem Boulevard Michel. Aber selbst hier kosteten sie noch 423 Euro und mehr. Und ein Gebrauchter? »100 Euro! Briefe schreiben kann er noch, aber mehr nicht«, versicherte ihm der Verkäufer. Mehr sollte das gute Stück auch nicht können. Also legte Ole 100 Euro auf den Tisch, packte den Wunderkasten in eine Tüte und – »Au revoir«.

Im Hotelzimmer schrieb er einen Brief an den Chef de Police

von Paris, Monsieur Palud. Ihm erzählte er die Geschichte, beginnend mit der Begegnung mit Breteuil vor dem Juweliergeschäft bis zu seiner Abreise aus Rouen.

Vom Alex Michailowitsch, seinem Dienstgrad und seiner Tätigkeit in den Folterkellern der Staatssicherheit eines ehemaligen Ostblocklandes las Palud im zweiten Teil des Briefes, dazu seine Adresse, seine Arbeitsstelle als Ressortleiter im Rathaus zu Rouen. Über den Zustand Jean Leviers bat Ole unbedingt die Polizei in Rouen zu kontaktieren. Außerdem empfahl Ole in dem Brief, den Folter-Offizier zu fotografieren, Jean Levier könne diesen Mann auf dem Bild zweifelsfrei identifizieren. Und, bitte das Krankenzimmer Leviers weiterhin bewachen zu lassen. Es gibt immer noch Leute, die Männern wie Michailowitsch hörig sind und vor Mord nicht zurückschrecken.

Das Portrait des Breteuil, gemalt von dem Künstler auf dem Place du Tertre erwähnte er nicht. Die Polizei würde den Maler finden und der würde sich erinnern, ihn, den Ole aus dem Gedächtnis porträtieren, und die Polizei hätte ein Bild von ihm, von einem – immer noch – Unbekannten.

Die Hotelchefin druckte den sechsseitigen Brief aus, gab ihrem Gast noch den passenden Briefumschlag dazu, fertig! Um Mitternacht stand Ole auf der Pont Neuf, der ältesten Brücke von Paris, die einst Maler und Dichter inspirierte und ihn jetzt ermunterte, den Laptop stückweise in die Seine zu werfen … und die Portrait-Schnipsel! Sie flatterten wie Schmetterlinge hinterher. Den Brief steckte er in den großen Briefkasten der Prefecture de police auf der Ile de la cité.

Das Abenteuer Rouen war – fast – passé. Denn in der darauffolgenden Nacht träumte Ole ein wirres Zeug, sah er immer wieder seinen Freund Fritz in einem breiten Bett liegen, dann über einen sehr schmalen Gebirgspfad radeln.

Aber ein Traum verfolgt ihn, vermutlich bis zu seinem letzten Tag: Ole stand zusammen mit dem Juwelier-Mörder vor

Gericht, und der Richter verurteilte beide wegen Mordes zu lebenslanger Haft und jetzt … jetzt warfen französische Knastwärter *diese* Mörder in *eine* Zelle! Seinen Zellenkumpel Breteuil brachte er bereits nach einer Woche um, und ihn schleppte man daraufhin zum ‚Place de la Revolution‘, legte ihn unter die Guillotine und – sein Kopf fiel in den Weidenkorb. Kopflos, wie er nun war, marschierte Ole wieder zurück ins Gefängnis, zurück in seine Zelle. Hier fiel er um – tot!

.-.-.-.-.-.-.

Es war ein Freitag, und Ole stand in Sens vor dem Haus, in dem Fritzens Freundin Pia wohnen sollte. Die Adresse hatte er in dem Portemonnaie seines Freundes gefunden. Nach dem Läuten rührte sich nichts, und Ole wollte wieder gehen als die Tür geöffnet wurde, einen Spalt weit, mehr nicht. »Ja?«

»Bonjour, Madame, ich heiße Ole und möchte Sie von ihrem Bekannten Fritz grüßen.«

»Moment – ich komme raus!«

Sie gingen zu einem Park mit alten Bäumen, mit bunten Blumenbeeten. Sie setzten sich auf eine Bank und hier hörte Ole, warum Pia ihn *hier* in diesem herrlichen Stadtpark … »Ich lasse keinen ins Haus, ich habe Angst, seit Fritz weg ist – jetzt schon seit einer Woche oder mehr habe ich ihn nicht mehr gesehen, nichts mehr von ihm gehört«, weinte sie. Ole tröstete sie mit einer Geschichte, die im Kern zwar stimmte, die aber mit der Realität wenig zu tun hatte. Eine Geschichte, in der sie beide von Schlägern überfallen worden seien, und der liebe Fritz auf Grund dessen z.Zt. im Krankenhaus liegt. »Jawohl – so war das! Und besuchen Sie ihn in Rouen, im Universitäts-Krankenhaus, in drei Wochen.« Dann steht es um den Fritz hoffentlich nicht mehr ganz so schlimm. Aber das sagte Ole nicht. »Was sagten Sie gerade, ihre Mutter … «

»Sie muss ich ja versorgen … sie hat ja nur eine winzige Rente, und ich verdiene mein Geld im Supermarkt als Aushilfsverkäuferin. Da kann ich keinen Euro abzweigen für die Fahrt nach Rouen und dann noch das Hotel … mein Fritz!« Sie heulte wieder.

»Ein bisschen viel auf einmal, ich meine, Ihre Sorgen sind ein bisschen viel auf einmal. Deshalb mache ich ihnen folgenden Vorschlag: Ich gebe Ihnen tausend Euro. Mit dem Geld können Sie die Bahnfahrt bezahlen und einen Aufenthalt im Hotel i b i s Rive Droit. Es gibt noch ein i b i s – Hotel, aber das Rive Droite ist das billigere. So, hier ist das Geld, und nun bringe ich Sie zurück zu Ihrem Haus.«

»Ich weiß nicht, ob ich das viele Geld … «

»Doch, Sie dürfen es annehmen, das ist überhaupt kein Thema.«

Unterwegs sprachen sie kaum noch ein Wort. Vor ihrem Haus verabschiedeten sie sich, Ole bestellte noch Grüße an seinen Freund Fritz – au revoir. Wie gerne hätte Ole sie begleitet und seinen Freund im Krankenhaus besucht. Aber das war gänzlich unmöglich, deshalb – »tschüs Fritz, machs gut!« sagte er laut.

.-.-.-.-.-.-.

Die Drei aus dem fernen Koblenz hatten sich eine Strategie ausgedacht, basierend auf Sabines Vorschlag: Da die französischen Kollegen – angeblich – fast alle Hotels auf der Suche nach diesem Weber abgeklappert und ihn nicht gefunden hatten, selbst stichprobenartig einige, und zwar kleine Hotels aufzusuchen.

Sabine hörte dieser Unterhaltung nicht zu. Sie stand am Fenster und schaute hinunter auf die Straße. Mit ihren Gedanken war sie in einer ganz anderen Szene unterwegs. »Kollegen, hört mal zu, folgender Überlegung sollten wir nachgehen: Wir wissen von unseren französischen Kollegen, dass ein Mann namens Weber bei einem Falschgelddrucker einen Pass in Auftrag gegeben hat. Ihn am nächsten Morgen treffen wollte. Das wissen die Kollegen aus den Verhören der verhafteten Falschgelddrucker. Der Chef der Drucker mit Namen Maçon wohnte in der Rue du Dragon, und ganz in der Nähe befindet sich das kleine, aber feine Hotel gleichen Namens. Ich gehe mal davon aus, dass unser Weber in diesem Hotel wohnte und – hoffentlich noch wohnt. Aber er hat sich nicht dort eingemietet, weil dieser Maçon gleich nebenan wohnte, sondern weil es der reine Zufall so wollte. Und wie komme ich auf das Hotel? Weil diese Straße im 6. Arrondissement liegt, also in der Nachbarschaft zum Quartier Latin – und dort hat er studiert, er kennt sich also in dieser Gegend aus. Wir sollten diesem kleinen Hotel einen Besuch abstatten. Da unser Mann ja bekannt ist für seine Extramanieren, besuchen wir heute und morgen wie besprochen die Luxus-Hotels Le Bristol, das Shangri-La Hotel, das Ritz am Place Vendôme und das Hotel De Crillon neben dem Marine-Ministerium am Place de la Concorde. Danach sehen wir weiter.

Gerard Cordonnier flanierte derweil über die Avenue des Champs-Élysées wie einer, der die Muße gepachtet hatte. Er bewunderte die riesigen Villen hinter Kunstwerken von Toren, die sich nur öffnen für die, ‚die es haben‘. Er bestaunte Auslagen bekannter Firmen, Parfümerien, Salons verschiedener Modemarken. McDonalds gab es hier auch, ebenso einige Frittenbuden, mehrere Pizzerien. Zu seiner Studentenzeit wären diese Fressbuden hier undenkbar gewesen. Für ihn als Betrachter hatte sie – die Avenue – etwas an Glanz verloren.

Er stand im Renault-Autosalon zwischen chromblitzenden bunten Karossen und sah zufällig draußen, nur wenige Meter entfernt einen Mann mit Namen Schleicher vorbeigehen. Dieser Kerl war, und ist es wahrscheinlich immer noch, einer der ekelhaftesten Auftragskiller Norddeutschlands. Wen suchte er? Wegen der architektonischen Schönheiten dieser Stadt war er bestimmt nicht hier.

Er hatte sich kaum verändert, dieser geräuschlose Mörder, dessen richtiger Name in Hamburger Fachkreisen unbekannt war, unbekannt wie seine Adresse. Wer ihn treffen wollte, um seine Dienste möglicherweise in Anspruch zu nehmen, äußerte seinen Wunsch in szenebekannten Kneipen oder Bars, und spätestens nach einer Woche meldete sich Schleicher, nicht direkt, indirekt! Er wusste, dass der Polizei diese verschlungenen Wege der Information nicht unbekannt waren, und er hatte es sich deshalb zur Gewohnheit gemacht, über *wenigstens* fünf Stationen einen möglichen Auftraggeber zu kontaktieren.

Sie waren ungefähr gleichaltrig, Schleicher und er. Vor wenigen Jahren war er ihm einmal vorgestellt worden und – er hatte sich kaum verändert, hatte immer noch dieses auffallend blasse Gesicht. Na gut, was die strikte Verschleierung der ursprünglichen Person betraf, darin glichen sie sich wie ein Ei dem anderen, musste sich Cordonnier eingestehen. Ungeachtet dieser Tatsache wollte er mit diesem Auftragskiller nicht verglichen werden. Denn im Gegensatz zu ihm handelte Schleicher im Auftrag, d.h., die Opfer waren ihm nicht bekannt. Sie standen ihm nicht im Weg bei Vorhaben, die er erreichen wollte. Für Geld erschoss oder erstach das Opfer. Das war sein ‚Beruf‘.

Dieser Mann war außergewöhnlich gefährlich, und deshalb war größte Vorsicht geboten, denn Schleicher war für seine Spontaneität bekannt. Er tötete sofort, entweder mit einem skalpellscharfen spitzen Messer oder mit einer schallgedämpften SIG Sauer P 226. Eine Präzisionspistole, mit der er sich meistens den Leuten einfach in den Weg stellte und abdrückte. Maximal aus fünf Meter Entfernung. In Hamburger ‚Fachkreisen‘ sprach man bereits von einem Dutzend Toten!

Schleicher schlenderte langsam die Avenue Richtung Arc de Triomphe hoch. Offensichtlich interessierten ihn nur die Frauen, sonst nichts. Eine ging auf ihn zu. Und er auf sie. Nun muss man wissen, dass auch auf der schönsten Flaniermeile der Welt ein paar Frauen in Sachen Liebe unterwegs sind. Die wenigen fallen nicht auf, sie sind gekleidet wie jede andere Frau auch, und – sie sprechen die Männer mit den Augen an. Die beiden waren sich wohl einig, bestiegen ein Taxi, das wegen des fließenden Verkehrs nicht sofort losfahren konnte und so Cordonnier Zeit verschaffte, ebenfalls ein Taxi zu nehmen. Im Sekundenabstand fuhren sie los.

Das vorausfahrende Taxi hielt auf der Avenue de Wagram vor einem unscheinbaren Haus. Es dauerte, bis die beiden ausstiegen und schließlich das Gebäude betraten.

»Wir warten.«

»Oui, Monsieur, wie lange?«

Cordonnier hörte ihn nicht. Er war in Gedanken in Hamburg … und beim Schleicher. ‚Was will dieser Killer hier in Paris? Irgendeiner steht doch auf seiner Abschussliste – aber wer?‘ Cordonnier nahm sein altes Handy, das er immer noch besaß und setzte eine Karte ein. ‚In einer Stunde werde ich Elke anrufen, möglich, dass sie was gehört hat.‘

»Was fragten Sie, wie lange wir hier warten?«

‚Endlich‘, dachte der Taxifahrer und sah demonstrativ auf das Taxameter. »Ja, wie lange?«

»Wenn es sein muss – bis morgen früh.«

Der Taxifahrer zog den Mund in die Breite: »Au, das kostet aber, Monsieur.«

Cordonnier zog sein Portemonnaie, legte 50 Euro auf das Armaturenbrett, »die reichen fürs erste.«

Der Taxifahrer nickte, drehte an einem Knopf – der Nachrichtensprecher verlas gerade die Wetterausichten für morgen. Sie waren gut, leicht bewölkt, trocken, Temperatur 21 Grad.

Cordonnier sah zum hundertsten Mal auf seine Uhr, verglich sie zum hundertsten Mal mit der Borduhr des Taxis. ,Zeit‘, sinnierte er, ,ist das nicht wiederholbare Nacheinander in Natur und Geschichte.‘ Auf der Penne hatte sie der ,Lufttrockene‘, ein superdünner Pauker, der eigentlich Nuß hieß, Oberstudienrat Nuß mit Kant gequält. Für Kant war ,Zeit‘ neben ,Raum‘ eine der reinen apriorischen Formen, die … die … Anschauung und Erfahrung erst … ermöglichen … ermöglichen hat der Lufttrockene gesagt.‘ Lang ist‘s her und der Lufttrockene lebt nicht mehr. So ist das. Cordonnier sah den Leuten nach, die auf dieser Avenue promenierten. ,Und ich Arsch sitze mal wieder in einem Auto und warte, vergeude die Zeit. Wie in Rouen. Wie in … ich weiß nicht mehr wo noch. Morgen reise ich. Das ist amtlich!‘

Es war inzwischen nach einundzwanzig Uhr. »Elke anrufen? Kann ich vergessen. Ihre Telefone werden abgehört«, flüsterte Cordonnier. »Aber die Gitti!« Von ihr erfuhr er, dass Elke im Krankenhaus liegt. »Schleicher war hier, hat Elke verprügelt und gedroht sie umzubringen, wenn sie nicht sage, wo sich dieser Ole aufhalte.« Er hörte Gitti noch schluchzen und dann brach das Gespräch auch ab. »Dieses verkommene Schwein!« Der Taxifahrer verstand zwar kein Wort, nickte aber verständnisvoll mit seinem Lockenkopf.

Ein Taxi hielt vor dem Haus. »Dann werden wir ihren Freund gleich sehen.«

»Freund? Ich möchte nur wissen, wer den Schleicher auf meine Spur gehetzt hat – wer? Halt! Noch nicht starten, er hört uns sonst! Wenn er eingestiegen ist, und ihr Kollege abfährt, lassen Sie den Motor an und folgen ihm.«

»D’accord. Es sind noch einige Euro übrig, Monsieur.«

»Die gehören Ihnen.«

Im Quartier von Saint-Germain-des-Prés, im Schatten der alten Abtei, trägt eine unscheinbare Straße den Namen eines alten Abtei-Kardinals, Furstemberg. Hier befanden sich damals die Pferdeställe und Wirtschaftsgebäude des äbtlichen Palastes.

Heute öffnet sich in der Mitte dieser Straße ein kleiner Platz, der hoch im Ansehen der Einheimischen wie der Touristen steht. Dabei hat er gar nichts Außergewöhnliches an sich: kleine unscheinbare Häuser ringsum, in der Mitte ein ausgedienter Kandelaber umgeben von vier Bäumen. Gleichwohl schwebt über diesem Winkel der Schatten eines großen Mannes: Hier verbrachte der alternde Maler Eugène Dellacroix seinen Lebensabend.

Jeder Ort – Salon, Bibliothek, Sterbezimmer – blieb erhalten und bewahrt, bewegende Erinnerungen an den großen Maler! Sie wurden zu einem kleinen ‚Musée Delacroix‘.

Schleicher setzte sich auf eine Bank zwischen Baum und Kandelaber und steckte sich eine Zigarette an. In der kühlen Abendluft schmeckte sie besonders gut. Er wohnte, wenn alles klappte, längstens noch eine Woche in dem kleinen Haus vorne rechts. Er blies eine Rauchwolke in die Nacht und sah ihr versonnen nach. Cäcilia nannte sie sich, die Stundenbekanntschaft. Jetzt stand sie sicher wieder auf der Champs Élisées, sah die Männer an, lockte sie mit ihren schwarzen Augen. Zweihundert Euro, – na ja, dafür war sie gut! Er war mit seinen Gedanken unterwegs, sah sie nackt, aufreizend auf dem breiten Bett liegen …

Cordonnier zieht die Schuhe aus, sie sind auf dem Trottoir zu laut. Geräuschlos wie eine Raubkatze huscht er jetzt hinter Schleichers Rücken auf die Bank zu, umklammert fest Schleichers Arm, der ausgestreckt auf der Banklehne liegt und biegt ihn langsam herunter hinter die Banklehne. Schleicher stöhnt laut auf und Cordonnier spöttelt: »Bonsoir, Schleicher, hier bin ich! Hanns Hansen alias Karate Ole. Und mach jetzt keine

Dummheiten«, droht er ihm. »In dieser Situation hilft Dir weder Kanone noch Messer.«

»Ich schrei' gleich … «

Hansen legt den linken Mittelfinger auf seinen Kehlkopf. »Nur zu!« und erhöht den Druck etwas. »Und jetzt?«

Schleicher röchelt: »Was willst Du?«

Cordonnier zieht Schleichers linken Arm ebenfalls über die Banklehne und verdreht ihn bis kurz vor dem Auskugeln. »Schleicher, Du hast sechzig Sekunden. Binnen dieser Minute erzählst Du mir, wer dein Auftraggeber ist. Also, fang an!«

»Und was ist danach?«

»Nur noch vierzig Sekunden, Schleicher, wer?

- – - »Dein vornehmer Schwager.«

»Und, wieviel bin ich ihm wert?«

- – - »Hör mal, Hansen … «

»Fündundzwanzig Sekunden … w i e v i e l ?«

Obwohl Schleicher die Geschichten um Hansens knochen-brechende Schlagkraft bekannt sind, schweigt er und spürt sofort Hansens Reaktion. Der dreht seinen linken Arm noch etwas mehr, dass Schleichers Gesicht rot anläuft.

»Zehn Sekunden noch, Schleicher!«

Schleichers Stimmer klingt heiser: Fünfundzwanzigtausend plus Spesen, mehr bist Du verkommener Hund Deiner ehren-werten Familie nicht wert.«

»Und was sollst Du für diesen miesen Lohn mit mir anstel-len? Fünf Sekunden, Schleicher, w a s ?«

»Wie alle anderen vor Dir. Dich zur Hölle schicken. Da ge-hörst Du auch hin, du verfluchter Hund«, röchelt er.

»Die Hölle wirst Du vor mir betreten, Schleicher. Gleich schon, wenn die Pariser Polizei Dich hier samt Messer und Kanone findet.«

Mit einem ruckartigen Dreh kugelt er ihm den linken Arm endgültig aus. Und während Schleicher vor Schmerzen fast wahnsinnig wird, sein qualvolles Schreien durch die Nacht schallt, zieht Cordonnier ihm den Gürtel aus der Hose und zurrt mit dem Leder seinen rechten Arm auf der Banklehne fest. »So, Schleicher, jetzt bist Du fertig zum Abholen ... in den Knast mit dir!«, zischt Cordonnier.

Cordonnier lief die Straße, aus der er gekommen war, bis zu seinen abgestellten Schuhen zurück und telefonierte jetzt erst mit der Polizei. Danach drückte er sich noch weiter in die Dunkelheit, stets in Sichtweite von Schleicher und inständig hoffend, dass kein Anwohner dessen Geschrei hört und sich anschicken würde, diesen Halunken vor der Polizei aus seiner misslichen Lage zu befreien. Dann müsste er noch einmal eingreifen und ihn laut schreiend warnen: »Attention, ce filou est armé jusqu'aux dents!« (Achtung, dieser Halunke ist bis an die Zähne bewaffnet!) Als Cordonnier die immer lauter werdende Polizeisirene ganz in der Nähe hörte, und er diesen Schleicher immer noch auf der Bank sah, nahm er seine Schuhe und verschwand in der Dunkelheit einer schwach beleuchteten Nebenstraße.

Im Hotel schrieb er einen ellenlangen Brief an seinen Anwalt in Hamburg. Die hierin aufgeführten Argumente plus die zu erwartende Aussage Schleichers müssten dem Staatsanwalt reichen, seinen geldgierigen Schwager in Untersuchungshaft zu nehmen, sagte er sich.

Danach schaltete er sein Handy ein, rief das Hamburger Polizeipräsidium an und teilte dem Diensthabenden mit, dass man in Paris den in Hamburg unter dem Namen Schleicher bekannten Mörder gefasst habe. Er sagte es nur einmal, schaltete das Handy wieder aus, vernichtete die Karte und fiel anschließend ins Bett.

.-.-.-.-.-.

Dienstag, 9 Uhr 50

Gestern und vorgestern besuchten die Koblenzer mehrere Nobelhotels – ohne Erfolg. »Das ist verdammt deprimierend«, meinte Meier Drei und der robuste Hackstein sagte es deutlicher: »Die Scheiße geht mir langsam auf den Keks!« Nur Sabines Optimismus war noch nicht ganz erloschen. »Kollegen, heute nehmen wir uns die kleinen Hotels vor, mit dem in der Rue du Dragon fangen wir an. Warum, darüber haben wir ja gesprochen.«

Meier Drei sicherte den Hoteleingang von der anderen Straßenseite aus, während Sabine Fischer-Höchst und Gerhard Hackstein das Hotel betraten. Sie wiesen sich aus und baten um Einsicht ins Gästebuch. Ihnen fiel sofort auf, dass das Zimmer Nr. Zwei über Wochen unbewohnt war. »Die anderen sind alle belegt, wie wir sehen, nur die Nummer Zwei nicht? Wie das?«

»Es war auch belegt, bis heute Morgen. Der Gast ist gegen drei in der Frühe abgereist. Bezahlt hatte er gestern Mittag bereits.«

»Und wie heißt der Mann, und warum steht sein Name nicht im Gästebuch?«

»Am Tag seiner Ankunft hat meine Mutter um die Eintragung am nächsten Tag gebeten, und dabei ist es geblieben.«

»Und warum?«

»Sie kann sehr schlecht sehen. Mir hat er sich mit Cordonnier vorgestellt.«

»Beschreiben Sie uns den Mann!«

Ihre Beschreibung passte zum Hansen oder Weber und Meier Drei, der seinen Posten inzwischen verlassen hatte fragte weiter:

»Und wohin hat sich dieser Cordonnier abgemeldet?«

»Vielleicht wollte er Paris verlassen? Ich weiß es nicht.«

»Sehen wir uns das Zimmer an. Ich hoffe, Sie haben es noch nicht hergerichtet?«

»Nein – noch nicht.«

‚Cordonnier heißt unser Weber also! Vier Stunden früher oder noch besser gestern, und wir hätten diesen Arsch gehabt. Scheiße.‘ Hackstein schüttelte den Kopf.

Zu dritt untersuchten sie nun das Zimmer. Paris verlassen – aber wohin? Das war jetzt *die* Frage. Hackstein nahm sich den Papierkorb vor, versuchte die Papierfitzelchen wieder aneinander zu bringen. Aber er fand nichts, kein Wort, kein verwertbares Gekritzel. Meier Drei inspizierte das Badezimmer und war erfolgreicher. Aber zunächst war es nur ein dickes, nasses Papierknäuel, dass er aus der Toilette zog, erst mal auf den Tisch legte und vorsichtig auseinanderpflückte. »Angenehm riecht es nicht«, meinte er und Hackstein war direkter, brummte was von stinken. Wesentlich war jetzt das Geschreibsel, das zum größten Teil vom Wasser verwischt aber doch noch lesbar war: La Grande-Motte, Paul Meisel oder so ähnlich und ebenso undeutlich Anna-Maria, dazu einige Daten und Uhrzeiten. Meier Drei packte das Zeugs einschließlich der Handschuhe in die Tageszeitung von gestern und brummelte was von Labor, das mehr herausfinden wird, die Ergebnisse jedoch für die Koblenzer zu spät kommen. Sie gingen hinunter ins Frühstückszimmer. Meier Drei als letzter zog die Tür hinter sich zu. Sie brauchten keine Zuhörer.

Sabine war sofort im Internet unterwegs. La Grande-Motte. Sie kannte die Stadt mit ihrer phantastischen Architektur zwischen Montpellier und Le Grau-du-Roi. Ihre Schwester mit Familie besaß dort eine Ferienwohnung mit tollem Blick auf den Yachthafen. Ihr eigentlicher Wohnsitz aber war eine Villa inmitten eines kleines Parks in Saint Drézéry nordöstlich von Montpellier. Im Moment alles Nebensache, nur der Yachthafen interessierte, noch mehr der Hafenmeister. Diesen capitaine de port hatte sie sofort am Telefon. Er war allerdings um diese Zeit, etwa 11 Uhr 30 bereits ganz schön schicker, sein Sprechen schlingerte – aber, er konnte seinem Hafenlogbuch entnehmen, dass die Yacht Anna-Maria um 10 Uhr 15 nach Mallorca, Yachthafen Can Portilla ausgelaufen sei.

Hackstein war der Rechner. »Das kann nicht. Wenn dieser Cordonnier, wie unser Weber sich hier nennt um drei, so die Hotelchefin, so um drei ihr Hotel in der Rue du Dragon verlassen hat, kann es auch bereits halb vier gewesen sein. Das Taxi braucht um diese Uhrzeit etwa fünfundvierzig Minuten bis zu einem der großen Airports. Dann ist es schon etwa Richtung halb fünf. Wenn er den Privatflieger nicht vorher bestellt hat, vergehen wenigstens sechzig bis achtzig Minuten, ehe er im Flieger sitzt. Ankunft Airport Montpellier also nicht vor halb neun. Jetzt fährt ihn ein Taxi nach La Grand-Motte. Ankunft am Hafen zwischen neun Uhr bis halb zehn. Vorausgesetzt, dass alles so läuft wie soeben aufgelistet. Das Taxi kann in einen Stau geraten sein. Der Privatflieger, ein Jet steht auch nicht einfach so rum und wartet auf einen Passagier, heißt addiert, dass die Yacht unmöglich um 10 Uhr 15 mit unserem Weber alias Cordonnier an Bord ausgelaufen ist, später vielleicht, aber *nicht* um viertel nach zehn.

Während Hackstein versuchte, die Reise Cordonniers nachzuvollziehen, hoffte Sabine ihre Schwester in La Grande-Motte ans Telefon zu kriegen … und hatte Glück … »Lotte, hallo, richtig, Sabine … Du … Du kannst mir einen großen Gefallen tun: Nimm Dein Fernglas und suche in dem Hafen nach einer Yacht mit dem schönen Namen Anna-Maria. Ich rufe Dich in zehn Minuten wieder an … ich weiß, aber ich habe keine Zeit … ja, ja … heute Abend … bis gleich. Man muss sie unterbrechen«, wandte sie sich an ihre Kollegen. »Denn wenn sie ins Telefonieren kommt, dauert es Stunden. Gerhard, wie weit bist Du mit deiner Rechnerei gekommen?«

»Wenn unser Mann nach La Grande-Motte gereist ist, was ja bis jetzt noch nicht bewiesen ist, also wenn, dann kann er unmöglich um 10 Uhr 15 an Bord der auslaufenden Anna-Maria gewesen sein.«

»Was sagt mein lieber Berni?«

»Ich habe sehr interessiert dem Gerd zugehört und habe mir diesen Weber vorgestellt. Da lebt dieser Verbrecher buchstäblich wie Gott in Frankreich, hat wen auch immer ums Geld gebracht, hat Leute ermordet, reist wie ein Fürst im Privat-Jet nach Montpellier, geht in La Grand-Motte an Bord einer Yacht und reist irgendwohin. Und wir reisen ihm nach, stehen am Kai und winken fröhlich hinterher.«

»Ja, das ist doch auch was, oder? Dann sind auch wir … Sabines Smartphone … Hallo, Lotte? Ja? … Du hast sie gefunden … und? …

»Auf dem Achterdeck wird gefrühstückt, oder so was … «

»Beschreibe bitte die Situation, die Leute … «

»An dem Tisch sitzen drei Personen, eine Frau, zwei Männer, mehr kann ich nicht sehen.«

»Tausend Dank – ich rufe Dich heute Abend an – tschüss Lotte! Ja, ganz bestimmt heute Abend! Tschüss!«

»Freunde, zu 90% ist der zweite Mann auf dem Achterdeck dieser Yacht *unser* Mann und er frühstückt! Was sagt Ihr jetzt! Die Yacht ist also nicht um 10 Uhr15 ausgelaufen, wie der capitaine de port uns sagte, denn jetzt ist es schon halb zwölf! Was noch? Ja, ich schlage ich vor, dass wir uns jetzt mit unserem Chef im fernen Koblenz besprechen, einverstanden?«, sie tippte schon … »Hallo, Alexander? … «

Nach Sabines Lagebericht erteilte Hauschild das Plazet für jegliche Unternehmung, Schiff-, Flugreisen und Hotelaufenthalte inbegriffen und – er organisierte von Koblenz aus die Jagd auf diesen Mann.

Die Comtoise-Uhr im Foyer des kleinen aber schmucken Hotels in der Rue du Dragon zeigte 12 Uhr und 5 Minuten, als sie das Hotel verließen.

.-.-.-.-.-.-.

Die Reise von Paris zu diesem Hafen Nähe Montpellier dauert wenigstens sechs Stunden ab jetzt, überlegte Hauschild. In dieser Zeit ist dieser Kerl über alle Berge. »Also muss es schneller gehen«, murmelte er, nahm das Telefon und rief seinen Freund Maurice Palud an.

Der wiederum gab Hauschilds Überlegung an seinen Kollegen in Montpellier weiter. Bis zu diesem Zeitpunkt waren etwa fünfzehn Minuten vergangen und ab jetzt – dauerte es!

Denn die Police nationale ist das wesentliche polizeiliche Exekutivorgan in Frankreich. Die Police nationale ist für die Städte zuständig, während die Gendamerie die polizeilichen Aufgaben im ländlichen Raum übernimmt. Der Generaldirektion der Police nationale sind fünf Zentraldirektionen, drei Direktionen, zwei Dienste sowie die Generalinspektion und die Polizeipräfektur nachgeordnet.

In diesen Zuständigkeiten musste die richtige Adresse, der ‚zuständige‘ Beamte gefunden werden, und obwohl sich der Chef de Police Montpellier, Monsieur Robert Comte auskannte wie kein Zweiter, dauerte es, bis die Erlaubnis zum Einsatz der Police nationale per Fernschreiben auf seinem Schreibtisch lag. Zeitaufwand: Eine Stunde!

Es war jetzt dreizehn Uhr und 26 Minuten, als eine sechs Mann starke Spezialtruppe der Police nationale ihren Stammsitz in Montpellier verließ und fünfundzwanzig Minuten später auf den Hafenkai des Yachthafens von La Grande-Motte fuhr.

.-.-.-.-.-.-.

Wesentlich früher, nämlich als die Sonne gerade mal über den Horizont lugte saß der Eigner der Yacht Anna-Maria bereits auf dem Achterdeck in einem Liegestuhl und las in der ‚BILD‘ das Neueste aus Deutschland z.B. in einem Mehrzeiler, dass sich die bekannte Frau P. hat liften lassen. Bitte, was soll’s, schließlich muss man ja wissen, was in der fernen Heimat so los ist.

Seine Frau, die Illa war zu dieser Zeit mit der Morgentoilette beschäftigt, die grundsätzlich zwei Stunden dauerte, während die Putze schon den Frühstückstisch deckte und ihr Mann, beide Naturbraune aus Algerien, sich um die Reinlichkeit an Deck kümmerte.

In diese Idylle platzte der liebe Ole. Er kannte den Eigner und seine Frau aus Hamburger Zeiten und insbesondere die süße Illa, die er vor zwei Jahren ... ja, wie soll man es sagen, jedenfalls errötete die Süße, als sie den Ole sah, er sie in die Arme nahm und auf die Wangen küsste. Und der Eigner mit dem schönen Namen Paul, von seiner Frau Paulchen gerufen, wusste von dem damaligen ‚Ausflug‘ seiner Frau nichts. Die Geschichte hätte auch Unmengen Staub aufgewirbelt!

Frühstück auf dem Achterdeck! Tja!, *das* muss man mal erlebt haben. Sonne, der frische Seewind, kaum spürbares Dümpeln, bei den Seglern schlagen die Seile gegen die Maste, der Verklicker auf dem Großtopp des Seglers nebenan pendelt leicht hin und her, ein frisches Baguette, Butter, Honig, heißer Tee!

Und Illa? Sie saß an dem Tisch dem lieben Ole gegenüber, blinzelte ihn an und fummelte zwischendurch unter dem Tisch mit einem nackten Fuß an Oles Hosenschlitz rum. Bis Ole den Platz wechselte mit der Ausrede, die Sonne würde ihn stören. Das war zwar dummes Zeug, fiel dem Paul nicht auf, und Illa wusste jetzt, dass da nichts mehr läuft.

Während in Paris die Koblenzer einem kleinen Hotel in der Rue du Dragon einen Besuch abstatteten und dem Ole auf die Spur kamen, legte Paul die Seekarte auf den Kartentisch. Illa schöpfte wieder Hoffnung, dass der liebe Ole auf der Fahrt oder spätestens auf Mallorca doch noch mal mit ihr ... Paul schob Zirkel und Kursdreiecke beiseite und erklärte der Landratte Ole die Fahrt. »Wir könnten unter Land fahren, sicher, aber ich meine, dass eine Fahrt übers offene Meer auch seine Reize hat. »Oder? Was meinst Du?«

»Gerne!« Und Ole dachte an seine Seereise von Cuxhaven nach Helgoland. Kotzübel war ihm damals. Nicht ganz seekrank, aber hart dran. Als er aber auf der Rückfahrt eine Reihe von Passagieren sah, die bei rauer See über der Reeling hängend die Fische fütterten, kam auch ihm das gute Essen hoch. So war das, damals, zehn Jahre ist das jetzt schon her. Heute hörte er seinem Freund Paul zu, der …

Der capitaine de port kam angeradelt: »Bonjour! Warum ruft mich denn die Polizei an und fragt, wann Du ausgelaufen bist … «

»Wann hat sie denn angerufen«, wollte Ole wissen.

»Jetzt, vor einer halben Stunde.«

»Aha!«

»Ich wollte es nur gesagt haben«. Der capitaine tippte mit zwei Fingern an den Mützenrand, schwang sich aufs Rad und hatte große Mühe mit der Geradeausfahrt.

»Paul, sorry!, aber ich muss reisen … und zwar sofort.«

»Was hast Du denn ausgefressen?«

»Ich habe einem Überreichen ein paar Euro abgenommen, mehr nicht.«

»Ja, dann sieh man zu, dass Du Land unter die Füße kriegst, sonst hat man Dich schon bald am Arsch. Wo willst Du denn hin?«

»Agadir und von da weiter an die cote d' ivoire.«

»Tja!, dann sieh man zu, mein lieber Ole!«

.-.-.-.-.-.

Kurz nach vierzehn Uhr sprangen die Polizisten aus ihrem Wagen und betraten über die Gangway die Anna-Maria. Der Eigner war wenig erfreut, denn die Kerle latschten mit ihren schweren Stiefeln über das Deck, das normalerweise nur in Bootsschuhen betreten wird. Das weiß jeder Bootsfreund. Das wussten diese Polizisten auch, aber Bootsschuhe hin oder her, sie fahndeten nach einem Mann namens Cordonnier. Der Eigner, ein Deutscher wusste von einem Mann mit diesem französischen klingenden Namen nichts, (was sogar stimmte) seine Frau auch nicht, und die Algerier sprachen mit einem Mal weder Französisch noch Englisch, sie zuckten nur mit den Schultern. Und die Polizisten durchsuchten die Yacht nach diesen Mann, u.a. im Maschinenraum, sogar in der Bilge sahen sie nach, und im Beiboot suchten sie ihn auch, das außenbords im Davit hing. Vergebens! Der Gesuchte war nicht an Bord dieser Yacht. Sie nahmen noch die Personalien des Eigners auf, dazu den Namen der Yacht und die Nummer des Liegeplatzes im Hafen von La Grande-Motte, und damit war die Suchaktion der französischen Polizei beendet.

Der Algerier sah ihnen nach, »tout merde« sagte er laut er und schrubbte jetzt zum dritten Mal an diesem Tag das Deck.

Und Paul? Er putzte mit dem Taschentuch die Brille, setzte sie wieder auf und sah seine Illa nachdenklich an: »Ob die den Ole meinten?«

Sie sagte nichts. Für sie war der liebe Ole gestorben.

.-.-.-.-.-.-.-.

Es war Mitternacht, als die Koblenzer in La Grande-Motte eintrafen. Lotte wartete bereits und als die Glocke läutete, sprang sie auf – Sabine, endlich! Stürmische Begrüßung. Ein Jahr lang hatten sie sich nicht gesehen, und jetzt brachte ein Polizeieinsatz die beiden Schwestern zusammen. »Wo hast Du denn deine Männer gelassen?«

»Die beiden habe ich im ‚Le Quetzal‘ untergebracht, ein schickes Hotel.«

»Aber Deine große Liebe kriege ich noch zu sehen, oder?«
»Er kann mich ja um 10 morgen früh hier abholen – dann
siehst Du ihn.«

Die beiden Schwestern quatschten sich die Ohren voll … bis
um drei! Dann war endgültig Schluss, denn heute – ja, es war
schon wieder heute – wartete schließlich ein anstrengender Tag
auf die Koblenzer.

.-.-.-.-.-.

Pünktlich klopften bei Lotte die Kollegen ihrer Schwester
an. »Herein mit den Herren Polizisten! Herein mit ihnen und
wer … wer ist der Herr Meier Drei?« Lottes Neugier war kaum
zu bremsen.

»Ich – und zwar persönlich!«

»Herzlich willkommen mein lieber Meier Drei! Ich heiße
Lotte und … Du?«

»Bernhard … und das ist unser Kollege Gerhard Hackstein.«

»Auch Ihnen ein herzliches Willkommen und wir sollten uns
ebenfalls duzen … Lotte.« Hackstein dankte mit einer leichten
Verbeugung.

Als Sabine ‚frisch gemacht‘ aus dem Bad kam, war schon bald
Schluss mit der Wiedersehensfreude. »Kollegen, wir müssen
uns um die ‚Anna-Maria‘ kümmern. Viel Zeit bleibt uns nicht,
verabschiedet Euch, ich komme nach.«

Zwanzig Minuten später nehmen sie ihre Schuhe an die Hand
und betreten auf Socken, Sabine sogar barfuß die Gangway zur
‚Anna-Maria‘. Der Eigner Meisel staunt: »Donnerwetter, wer
kommt denn da so vornehm daher?«

»Leider kein angenehmer Besuch, Herr Meisel. Kriminalkommissarin Sabine Müller-Höchst vom Polizeipräsidium Koblenz« stellt sie sich vor. Nachdem sie ihre Kollegen bekannt

gemacht hat kommt sie gleich zur Sache. »Herr Meisel, wir wissen, dass Sie gestern Morgen Besuch hatten. Ein Mann hat mit Ihnen und Ihrer Frau hier an Bord gefrühstückt. Wohin ist dieser Mann unterwegs. Wohin, Herr Meisel. Unsere französischen Kollegen haben ihn hier an Bord nicht mehr angetroffen. Noch einmal, wohin hat sich Cordonnier, so nennt er sich, wohin hat er sich abgemeldet?«

»Ja … also … so genau … «

»Um es Ihnen leichter zu machen«, meldet sich Meier Drei, »sage ich Ihnen jetzt, wer dieser Mann ist. In Hamburg ist er unter dem Namen Ole bekannt, sein richtiger Name ist Hanns Hansen. Dieser Hansen, der unter mehreren Pseudonymen unterwegs ist, ist ein siebenfacher, vielleicht sogar ein achtfacher Mörder, er hat Millionen erpresst, zuletzt die BAHN um drei Millionen Euro. Und jetzt sagen Sie uns, wohin sich Cordonnier verabschiedet hat. Und Sie sagen es uns *sofort,* oder wir rufen unsere französischen Kollegen und lassen Sie wegen Behinderung der polizeilichen Arbeiten verhaften und ihre Yacht zwecks Spurensicherung beschlagnahmen. *Also, Meisel, wohin?«*

Meisel steht auf, stellt sich an die Reling, sieht hinüber zum offenen Meer. »Es fällt mir schwer, den Ole in die Pfanne zu hauen. Das dürfen sie mir glauben. Wir kennen ihn schon lange und nur als Gentleman, der immer hilfsbereit, immer guter Dinge war. Wenn er Gäste hatte, und das haben wir mehrere Male erlebt, ließ er sie grundsätzlich Im ‚Atlantic‘ oder in den ‚Vier Jahreszeiten‘ übernachten. Wenn einer in finanziellen Schwierigkeiten war, half er. Und dieser Mann soll ein Verbrecher sein? Ich kann mir das gar nicht vorstellen.«

Illa wird unruhig. Der liebe Ole hat sie … Jetzt kommt ihre Stunde! »Wenn mein Paulchen nicht bald … dann ich! Ist zwar nicht vornehm, aber Du, mein lieber Ole, du rührst keine Frau mehr an«, flüstert sie kaum hörbar.

Meisel gibt sich einen Ruck, dreht sich zu den Polizisten um: »Nach Agadir, Marokko, und jetzt entschuldigen Sie mich bitte.« Er geht zum Vorderdeck und es sieht aus, als würde er ein paar Tränen wegwischen.

Nachdem sich Sabine Müller-Höchst verabschiedet hat, auf dem Kai steht und telefoniert, nimmt Meier Drei noch die Personalien der Meisels auf, dazu einige Daten fürs Protokoll. Als auch das erledigt ist, verabschieden sich die Koblenzer, nehmen ihre Schuhe und gehen von Bord der Anna-Maria.

Sabine steht auf dem Kai und ist gerade dabei ein Taxi nach Montpellier zu bestellen, als ihre Kollegen die Yacht verlassen. »Der Flughafen Montpellier gibt am Telefon keine Auskunft über die Flüge des Privatjets und schon gar nicht über seine Passagiere … Datenschutz! Wir müssen uns vor Ort als Polizisten ausweisen, und dann erst erhalten wir die gewünschten Auskünfte … hoffe ich.« Die Kollegen nehmen es zur Kenntnis. Sie stehen immer noch auf dem Kai und besprechen das Chartern eines Privatjets. »Mit den Linienfliegern wird der zeitliche Abstand zu Cordonnier zu groß,« meint Sabine.

Sie hat längst die Führungsrolle dieser Gruppe übernommen, die nur mit ihrer Stellung im K11, in der Abteilung für Kapitaldelikte zu erklären ist. Denn was immer an diese Abteilung herangetragen wird, sei es mündlich, per Telefon, im Internet, per Fernschreiber oder wie auch sonst, sie erfährt als erste davon. Sie verteilt die Aufgaben, organisiert alle Termine, sie hat als Chefsekretärin den direkten Zugang zum Chef und sie entscheidet, was ihm vorgelegt wird. Wer zu ihm will, kommt an ihrem Schreibtisch nicht vorbei. Sie ist Dolmetscherin für Englisch und Französisch, sie schreibt die Sitzungsprotokolle, hört sich die Klagen ihrer Kollegen und Kolleginnen an, und … sie genießt im ganzen Haus den Ruf als einer absolut zuverlässigen und freundlichen Kollegin.

Das Taxi fährt bereits vor. Es war zufällig in der Nähe. Lotte steht auf dem Balkon. Noch einmal winken alle, einsteigen, die Türen klatschen zu. »Bonjour, où?« fragt der Fahrer.

»Aéroport Montpellier, s'il vous plaît.« Hackstein sieht auf die Uhr: »Es ist bereits zwölf Uhr zehn. Mein Magen knurrt.« »Gedulde Dich. Wir sind ja gleich am Airport.« Sabines und Bernds Magen melden sich ebenfalls. Nur, sie sagen nichts.

.-.-.-.-.-.-.

Cordonnier ist nun schon einen kompletten Tag ständig unterwegs. Die rd. 600 km Luftlinie Paris – Montpellier schaffte der Jet in einer knappen Stunde. Ein Taxi brachte ihn zum Yachthafen La Grande-Motte. Zuerst war er zum Kaffeetrinken bei den Meisels an Bord ihrer Yacht, die er schleunigst verließ, nachdem ihn der nicht mehr ganz nüchterne capitaine de port mit einer Frage der Polizei aufgescheucht hatte. Und nun brachte ihn ein Taxi dorthin zurück, wo er vor Stunden gelandet war, nämlich zum Airport Montpellier.

Hier stand die Cessna ‚Citation Latitude' flugbereit in einem Hangar des Airports. Ein schöner, ein eleganter Flieger. Cordonnier sah dagegen in seinen abgetragenen Straßenklamotten ein bisschen mickerig aus, was vielleicht auch der Grund dafür war, dass ihn zwei Kerle ansprachen und anboten, gegen ein Salär von 1000 Euro eine Kiste mitzunehmen.

»Tausend Euro! Viel Geld. Und … bin ich alleine an Bord?«

»Soviel wir wissen, ja. Aber warum fragst Du?«

»Stellt Euch vor, einer an Bord soll umgebracht werden. In der Kiste ist Sprengstoff, der von unten von der Erde aus per Funk gezündet wird. Ein Knall, und die Engel nehmen mich über den Wolken sofort in Empfang.«

»Du hast vielleicht eine Phantasie, Mann, aber sei beruhigt, in der Kiste ist null Sprengstoff. Also, ja oder nein … was ist jetzt?«

»O.k., bringt die Kiste zum Flieger. Und wer nimmt sie wo in Empfang?«

»In Agadir kommt im Hangar ein Mann auf Dich zu. Du fragst nach der Parole. Sagt er ‚Blecheimer‘, gibst Du ihm die Kiste. Klar?«

»Klar! Das ist alles?«

»Genau, hier sind die 1000 Piepen und gute Reise!«

Und jetzt sitzt Ole im Flieger … und die Kiste aus edlem Holz guckt ihn an. Aber er kann sie nicht öffnen. Das Schloss ist kompliziert und ähnelt einem Tresorschloss. Was aber wird in einer so gesicherten Kiste transportiert? Rauschgift, Waffen?, vielleicht. Oder Devisen? Auch möglich. Er stellt die schwere Kiste *hinter* seinen Sitz. ‚Wofür haben die mir überhaupt die tausend Euro gegeben?‘, sinniert Ole. ‚Wofür? Sie hätten auch der Crew die Kiste mitgeben können, umsonst. Oder brauchen die beiden Ganoven im Verein mit der Crew einen Sündenbock, sollte der Zoll oder die Polizei die Kiste beschlagnahmen und öffnen? Ich bin auf einen alten Trick hereingefallen: Hier haste Geld, mach für mich. Ich Arsch!‘

‚Aéroport International Agadir Al Massira‘. Die Cessna wird nach der Landung sofort in einen Hangar geschoben. Die Turbinen drehen langsamer, werden leiser. Auf der linken Seite wird die Tür geöffnet, eine Treppe fährt aus und bevor Ole von Bord geht, verabschiedet er sich von der Crew und legt einen Umschlag mit Inhalt auf seinen Sitz.

»Dieu merci, ich habe wieder festen Boden unter den Füßen.«
Ole war der festen Überzeugung, dass ein Flugzeug nicht fliegen kann sondern geflogen wird. Und da der Mensch schwach und voller Fehler ist, traute er weder den Piloten noch der Fliegerei insgesamt.

Zwei Mann scheinen auf ihn gewartet zu haben, einer kommt

mit einem »Bonjour monsieur« auf ihn zu. »Sie haben ein ...
Gepäck, eine Kiste für mich?«

»Bonjour, aber ich höre zunächst die Parole, monsieur.«

»Ach ja!, richtig ... Blecheimer.«

»O.k., die Kiste steht hinter dem zweiten Sitz rechts! ... Au
revoir!, monsieur«

Ole geht zum Terminal des Flughafens, und hier muss er
zunächst durch den Zoll, und der ist überall gleich neugierig.
Auch hier in Agadir krempelte der Beamte seine Tasche um,
den Rucksack auch, und den Reisepass blätterte er hin und her,
bis er schließlich den ersehnten Stempel in den Pass drückte.
»O.k. und guten Aufenthalt in Marokko!« Seltsam, Zöllner
sind überall gleich misstrauisch. Auch hier in Agadier.

Ole mischt sich unter die Reisenden, geht langsam an Schaltern und Abfertigungen vorbei. Er ist auf der Suche nach den
beiden, denn irgendwo müssen sie doch mit der Kiste geblieben
sein. Er entdeckt sie schließlich – in der VIP-Lounge! Richtig
beobachten kann er sie nicht, weil die Räumlichkeiten etwas
weiter zurückliegen, und die Polizei den Neugierigen die Sicht
nimmt. Aber die Zwei sind es! Ob einer der beiden die Kiste
dabei hat, kann er nicht feststellen. Es ist ihm auch egal.

Er lässt sich von einem Taxi zu einem Herrenausstatter fahren. Hier zieht er sich um, bittet den Schneidermeister, die
alten Klamotten zu entsorgen. Der verzieht das Gesicht, als
würde er puren Dreck anfassen und wirft das Zeugs in einen
Korb, wischt sich die Hände an seiner Hose ab und murmelt
dabei irgendein unverständliches Zeugs. Aber wie schon so
oft sorgt auch hier ein Schein *sofort* für ein Smiley-Gesicht.
Ja, der Meister öffnet ihm sogar die Tür, wünscht mit einer
tiefen Verbeugung alles Gute, als Ole nun frisch gestylt sein
Geschäft verlässt.

Das Taxi bringt ihn zum Hotel ‚Grand Royal‘, vom Piloten,
einem Niederländer mit Namen Luuk Meyes empfohlen. Er

schwärmte bereits im Hangar von dem Hotel, das bekannt sei für schöne Frauen.

»Nicht übel«, murmelt Ole als er das Hotel betritt. »Und was die Frauen angeht – da lasse ich mich überraschen.«

.-.-.-.-.-.-.

Wenn man sich abends unters Volk mischt, sollte es wenigstens halb zehn sein, nicht früher, sagte mal einer.

Es war später, als er in der Hotelbar den Piloten suchte. Er fand ihn, den Luuk Meyes, der bereits heftig mit einer schwarzhaarigen Schönheit flirtete. Sie saßen auf Barhockern vor der Theke. Seine rechte Hand hatte bereits Mickys Taille verlassen und ruhte etwas tiefer auf einer herrlichen Rundung. Ole setzte sich zu den beiden, bestellte beim Barkeeper einen Cognac und sah sich um. Der Pilot hatte nicht übertrieben, schöne Frauen, sicher, aber die meisten hatten bereits einen … Luuk störte ihn, flüsterte, sich etwas zu gedulden. »Gleich, wenn Micky mal eben raus ist … «

‚Aha!‘ denkt Cordonnier, ‚also doch! Da ist mal wieder was im Busch. Schon seltsam, das Unglück scheint mich magisch anzuziehen.‘ Micky nimmt ihre Handtasche, rutscht vom Barhocker, geht. Luuk setzt sich auf ihren Platz, flüstert: »Hör zu! Sei vorsichtig! Der im Hangar die Kiste übernommen hat, ist ein Diplomat, sagt man. Man sagt aber auch, dass er Verbindungen zur Mafia hat, mit Drogen und Waffen handelt. Und das alles unter dem Schutz seines Diplomatenstatus. Außerdem hat dieser Kerl stets zwei kräftige, bewaffnete Bodyguards und momentan sogar ein paar Wasserträger dabei, die … « Micky kommt zurück, fröhlich wie ‘ne Göre, aber Ole hört den Luuk noch: »Die beobachten Dich schon die ganze Zeit.«

Frauen sehen ihn auch an, doch die haben im Moment in Oles Überlegung keinen Platz. Jetzt schon gar nicht. Denn er sieht einen der Aufpasser, der auffallend langsam zur Toilette geht. Ole folgt ihm, wählt aber den Zugang durch den hinteren Raum, sonst hat er den zweiten Gorilla prompt auf den Fersen. Und … Ole will die Geschichte sofort hinter sich bringen. Denn den ganzen Abend unter Aufsicht dieses Diplomaten und seiner Entourage verbringen … Nein, das kommt für ihn nicht in Frage.

Der erste ist absichtlich so gemächlich gegangen, um ihn, den Ole in die Falle zu locken. Ole weiß das, und als er die Tür zu den Toilettenräumen langsam öffnet, und sie sich nicht weiter öffnen lässt weiß er, dass dieser Kerl hinter der Tür steht. Mit einem Sprung steht Ole mitten im Toilettenraum … und weicht bestürzt einen Schritt zurück, denn der Mann, der langsam auf ihn zukommt, ist massig, ist gewaltig wie ein Bär. Er ist bestimmt dreißig, wenn nicht gar vierzig Kilogramm schwerer als er. Vom Gewicht her hat Ole keine Chance, das weiß er, dafür ist er ihm aber, diesem Schwergewicht an Beweglichkeit überlegen. Nach nicht einmal einer halben Minute geht dieser Bär auf die Knie. Nasenbein und Unterkiefer sind gebrochen. Der Mann spuckt Blut, grunzt wie ein Tier.

Als Ole den Toilettenraum verlässt, kommt ihm der Diplomat mit dem zweiten Bodyguard entgegen, und sie sehen ihn erstaunt an. Mit ihm haben sie offensichtlich nicht gerechnet, und als Ole auch noch sagt, sie sollen sich um ihren Kollegen kümmern und dabei … legt der zweite Schläger blitzschnell seine Händen um Oles Hals, drückt ihm die Luft ab.

Wie lange er auf dem Betonboden gelegen hat, weiß er nicht. Er steht langsam auf, bewegt Arme und Beine. Sie sind o. k.. »Dieu merci! Nur, die verdammten Genickschmerzen! Der Hund hat mir mit seinen Pranken fast den Hals abgerissen. Wenn er mir noch einmal begegnet, sollte er vorher sein Testament gemacht haben, dieser Arsch.«

Unsicher tastet er sich vor, versucht, sich in dem Dunkel zu orientieren … ein Auto. Also eine Garage! Der Wagen ist nicht abgeschlossen. Er öffnet die Tür, und das Deckenlicht des Wagens bringt genügend Helligkeit in den Raum.

Das Auto, ein Jaguar … Plattfisch Otto hat ihm doch mal gezeigt, wie man einen Wagen startet … aber Ole findet die Kabel nicht. »Scheiße«, flucht er, macht nichts, denn viel wichtiger ist für den Moment auch das Tor, ein Schwingtor. Er kennt die Schließkonstruktion: vom Schloss führt eine Stange nach unten in eine Öffnung im Torrahmen. Diese Stange nimmt er jetzt mit beiden Händen, stemmt die Füße gegen das Tor und zieht … Das Tor springt auf!

Draußen ist es dunkel, angenehm kühl. Wie spät mag es sein und welch ein Tag? Er steht in der Einfahrt zu dieser und zwei weiteren Garagen. Er fasst ans linke Handgelenk – »Uhr und«, er greift in die rechte Hosentasche, »mein Handy? Auch weg. Ein neues Handy kann ich mir an jeder Straßenecke kaufen, aber die Uhr, eine IWC, diese Uhr war ein Geschenk meiner Elke«, jammert er. Elke … an sie darf er erst gar nicht denken, und jetzt ist auch noch ihre Uhr weg!

Er sieht sich um. Bis zur Straße sind es etwa zehn Meter, und seitlich, bis zu einem feudalen Wohnhaus vielleicht zwanzig.

Ein hoher schmiedeeiserner Zaun mit einem gewaltigen Tor versperrt ihm den Zugang zur Straße. Mit dem Auto hätte er also gar nicht rausfahren können. Aber so weit es ihm die Sicht erlaubt, sieht er in dieser Straße nur Prachtbauten und herrliche Villen. Er geht zurück zur Garage, findet in einem Werkzeugkasten einen 80er Schraubenschlüssel, mit einem Ring- an dem einen, und einem Maulschlüssel am anderen Ende. Er hat das Gefühl, sich bewaffnen zu müssen und betritt jetzt erst vorsichtig das riesige Grundstück.

Aber zunächst holt er hinter großen Rhododendronsträuchern seine Karateübungen nach. Er zieht sich fast ganz aus, kühlt zwischendurch mit taunassem Gras immer wieder sein Genick. Nach einer geschätzten Stunde fühlt er sich fit genug, kleidet sich wieder an und erkundet zunächst das ganze Anwesen, das wunderbar am Strand des Nordatlantischen Ozeans gelegen ist. Diesen Strand sieht er auch, wenn es sein muss, als Fluchtweg vor, denn die Straße ist zu belebt.

Nach diesem Rundgang geht er langsam rüber zum Haus. Wem gehört es? Der Besitzer oder die Besitzerin muss doch wohl von dem Bewusstlosen in der Garage etwas gehört oder ihn sogar – gesehen haben?

Er steht auf der riesigen Terrasse, auf der es traumhaft nach Blumen duftet. Palmwedel wischen ihm durchs Gesicht. Welche vermögenden Leute mögen in diesem Prunk wohnen? An der Elbchaussee fällt ihm ein, findet man ähnliche Häuser.

Hier, in *dieser* Villa am Strand dröhnt Musik, Stimmen, Lachen, hört sich nach einer tollen Fete an. Die Aluminium-Rollläden sind lichtdicht. Alle! Nichts zu sehen. Ole versucht, zwei Lamellen auseinanderzudrücken. Klappt nicht und er versucht es nicht noch mal, sondern geht zur Garage und kommt mit einem Schraubendreher für Schlitzschrauben zurück. Jetzt geht's. Zwei Lamellen lassen sich soweit auseinanderhebeln, dass er mit einem Blick sieht, was in dem wunderschönen Haus los ist.

Sechs, sieben junge Frauen, alle nackt, drei Polizeibeamte, die nur noch mit ihren Jacken und Mützen bekleidet sind, zwei Zollbeamte ebenfalls, ein Paar ist in der Mitte des Raumes voll im Einsatz. Und alle stehen unter Drogen. Ole hat in Lissis Bar schon einmal Frauen und auch Männer in *dem* Zustand gesehen. Und noch einer: Auf einem Tisch steht der Diplomat und dirigiert ein imaginäres Orchester. Ole hat genug gesehen, zieht den Schraubendreher wieder aus den Lamellenschlitzen … hört … zu spät! Diese verdammten Pranken drücken wieder seinen Hals zu. Aber noch ist Ole bei Sinnen, schlägt mit dem Schraubenschlüssel hinter sich, trifft – zufällig – den Schädel seines Widersachers. Noch ein Schlag … und der Kerl ist zumindest für den Augenblick ruhig. Es eilt, denn so ganz ruhig ist der Bär nicht, in seiner Hosentasche findet Ole Uhr und Handy. Das zweite Handy, das des ‚Bären‘, tritt Ole sofort zu Schrott … und jetzt nix wie weg! Auf halbem Weg zum Strand hört Ole ein gewaltiges, tiefes Grunzen … der ‚Bär‘ ist vollends aufgewacht.

.-.-.-.-.-.

Die Koblenzer landen doch mit einem Linienflieger der ‚Royal Air Maroc‘ In Agadir, denn die gesamte Jet-Flotte in Montpellier war für die nächsten 24 Stunden ausgebucht.

Ein kleiner Bus fährt sie zusammen mit den anderen Flugreisenden zur Gepäckkontrolle. Das bisschen ist von den Beamten schnell gesichtet, und so stehen sie schon bald in der großen Halle und beraten sich. Jeder übernimmt einen Bereich. Sabine steht in der Nähe des Haupteingangs, Meier Drei in Höhe des Zolls, und Hackstein übersieht die Zugänge zu den Fliegern. Es ist etwa zwölf Uhr Ortszeit. Es ist unwahrscheinlich, den Cordonnier hier aufzuspüren, aber möglich ist alles, zumal sie in Erfahrung gebracht haben, dass in etwa einer dreiviertel Stunde ein Privatjet mit dem Ziel Abidjan startet. Von der Cote d'Ivoire hat der Yachteigner Meisel zwar nicht gesprochen, aber ein Privatjet um diese Zeit mit *dem* Ziel ist irgendwie … ist schon irgendwie verdächtig meinen sie.

Meier Drei versucht herauszufinden, wer den Jet gechartert hat. Die Befragten verweisen auf den Datenschutz, der auch hier in Marokko üblich sei. Er versucht es weiter und erfährt doch noch, dass drei Personen, zwei Männer und eine Frau an Bord sein werden. Die Namen erfährt er nicht – sie sind absolut tabu. Über Funk unterrichtet er Sabine und Gerhard. Der Ruf kommt an, trotz des Fluglärms und der Unruhe in der Halle.

Sabine sieht nur Gesichter und nebenbei die meist schicke Kleidung der Frauen. Sie kommt sich in ihren Klamotten ungepflegt vor, kein bisschen fraulich und wünscht sich plötzlich nichts sehnlicher als wieder zu Hause zu sein, in Koblenz, in den eigenen vier Wänden.

Gerhard Hackstein hat nichts mit der Kleidung im Sinn. Er liebt seine Heimat, den Niederrhein und neuerdings Hamburg mit seiner Mausi. Mehr braucht er nicht.

Aber zuerst ist er Polizist, und als solcher ist er hier in diesem verdammten Agadir. Er spricht englisch und mittlerweile auch ein paar Takte Französisch. Aber mit der hiesigen Sprache kommt er nicht zurecht, kann er absolut nichts anfangen.

Wie ein Radarstrahl wandert sein Blick von ganz links, vorbei am Eingang bis zum letzten Schalter auf der rechten Seite und wieder zurück – immer wieder. Eine junge Frau schiebt auf der Suche nach ,ihrem' Eingang aufgeregt den Kinderwagen dicht an Hackstein vorbei. Ihr Baby strampelt, quietscht vergnügt. ,Geh weiter', denkt er unhöflich, sieht die Frau an und er entschuldigt sich sofort. Sie zuckt mit den Schultern, weiß nicht wofür, egal.

Der Radarstrahl! Er trifft ein Gesicht! Bilder zucken plötzlich wie Blitze durch Hacksteins Gehirn: ,Elkes Etablissement! Der Mann im grasgrünen Pullover, der es mit einem Mal so verdammt eilig hatte! Und die damals fix und fertige Barchefin!'

»Hansen ist hier, hier im Terminal, Höhe Zugang Drei, helle Hose, blaue Jacke, Rucksack an der linken Hand, schwarze Haare, meine Größe, kommen!«

Sie haben seinen aufgeregten Ruf gehört und gehen nur einen Schritt schneller als üblich, um keinen Verdacht zu erregen. Hackstein geht direkt auf den Mann zu: »Hansen, wir sind deutsche Polizisten. Ich verhafte Sie im Namen des … Hansen dreht sich abrupt um … aber da steht Meier Drei und der dreht ihm die Arme auf den Rücken. Hackstein und er fixieren jetzt seine Handgelenke mit einem Kabelbinder. Seltsam, der Mann, der meistens als Sieger vom Platz ging, lässt sich hier ohne Gegenwehr die Fessel anlegen.

In dem Gerangel ist auch sofort die Flughafenpolizei da, die nicht sofort weiß wieso, wer und warum. Aber Sabine gelingt es schnell, den marokkanischen Kollegen die Lage zu erklären, und die Uniformierten führen daraufhin unverzüglich diesen Mann ab, durch die Menge der Reisenden … durch die Menge der Gaffer und werfen ihn am Rande des Flughafens in einen Miniknast der Polizei, in einen Käfig aus dicken Stahlstäben. Der Käfig ist 4 x 4 Meter groß, besitzt hinten rechts eine freistehende, ungepflegte Toilette. Zwei schwarzhaarige Kerle sitzen in diesem Loch schon ein, hocken auf dem Boden.

Eine dicke Glühbirne über dem Käfig sorgt für zusätzliche Wärme. Einer der Mitinsassen steht auf, geht zum Trichter, lässt die Hose runter, setzt sich. Eine Entlüftung gibt es nicht. Klopapier und Wasser auch nicht. Für den luxusgewöhnten Hansen ein ganz und gar unmöglicher Zustand.

Er sitzt auf dem Boden, hat die beiden bis jetzt nicht angeguckt. Er weiß nur, dass sie schwarze Haare haben und wie er auf dem Beton sitzen. Einer spricht ihn in einer unbekannten Sprache an. Hansen zuckt mit den Schultern. Sie versuchen es mit ein paar Worten Englisch und Hansen meint herauszuhören, dass sie aus Syrien kommen, und dass sie die Schnauze voll haben von diesem Wahnsinnskrieg. Ihr Traum ist Europa, Spanien. »Und warum sitzt Ihr hier im Knast?«

»Man prüft unsere Papiere, seit gestern schon!«

Seit gestern schon! Sie dösen weiter vor sich hin, ertragen wie Hansen zu der Hitze die verpestete, die stinkige Luft. In diesem ‚Milieu‘ wird eine Stunde später das Essen gereicht. Eine undefinierbare Pampe und Hansen beschließt, hier in diesem verdammten und verkommenen Stall nicht einen Bissen zu sich zu nehmen – nicht einen!

.-.-.-.-.-.-.

Die drei Koblenzer feiern an diesem Abend auf der von Blumen und Palmen umstandenen Außenterrasse ihres Hotels ‚Grand Royal‘ den Erfolg. Wobei ‚feiern‘ reichlich übertrieben ist. Sie gönnen sich ein marokkanisches Abendessen und öffnen doch noch eine Flasche Champagner. Muss sein. Zuvor hatten sie ihrem Chef Hauschild die Verhaftung Hansens vermeldet, und er will die Rückführung Hansens und selbstverständlich seiner Drei sofort in die Wege leiten. Ja, und gratuliert hat er auch, und er freut sich, seine ‚Außendienstler‘ in den nächsten Tagen wiederzusehen.

»Sonst nichts?« Hackstein ist enttäuscht. »Vom Sonderurlaub hat er nicht gesprochen?«

»Nein. Kommt sicher noch«, Sabine.

»Wenn nicht, nehme ich erst mal meinen Urlaub!« Hackstein ist nicht sauer, dennoch … .

»Ja, könnte ich auch gebrauchen«, sieht Bernhard ihn an.

»Und ich?« Sabine weiß jetzt schon, dass sie den K11 wieder organisieren wird.

»Wie kann es übrigens sein, dass Du den Hansen erkannt hast? «, fragt Bernd seinen Kollegen Gerd.

»Ich habe ihn vor Monaten in Elkes Etablissement gesehen. Ihr kennt ja den Laden aus den Akten. In diesem Lustschuppen habe ich ihn für einen ganz, ganz kurzen Augenblick gesehen, nicht von vorne, nur von der Seite und … ich wusste zu der Zeit noch nicht, wer er war. Und hier im Terminal meinte ich das Profil wiedererkannt zu haben. Obwohl ich mir nicht sicher, überhaupt nicht sicher war, habe ich ihn direkt angesprochen ... er hat sich sofort abgewendet und ist Dir in die Arme gelaufen. Wäre er stehengeblieben und hätte z. B. gesagt, dass er aus Köln kommt und Willi Schmitz heißt ... hätte ich ihn laufen lassen, garantiert ... aber so ... ?«

»Zu einem Phantombild hätte Deine Erinnerung nicht gereicht?«

»Nein, nein, das wäre ein Bild geworden, das hätte jeder sein können. Heute Mittag dagegen, das war wie ein Blitz ... und dann war das Bild weg ... bis jetzt.« Er nimmt einen Schluck vom gekühlten Champagner ...»Aber mal was *ganz* anderes. Ich weiß nicht, wie es Euch ergeht, aber ich freue mich jetzt schon auf zu Hause, auf ... «. Er wird vom Händeklatschen der beiden unterbrochen. »Ja, ja und auf eine richtige hausgemachte Bohnensuppe mit 'ner Mettwurst oder Sauerkraut mit Stampfkartoffeln und einem Kasseler und hinterher eine Portion gezuckerte Wimmelkes.«

»Die beiden lachen. Womit? Mit Wimmelkes? Und was sind ... ?«

»Johannisbeeren. Am Niederrhein heißen sie ... ‚Wimmelkes‘.

Sabine schließt sich *sofort* Gerhards Wünschen an. »Das machen wir auch, sobald wir wieder in Koblenz sind, lacht sie. Ich lade Euch jetzt schon ein, und unser Gerhard besorgt die Wimmelkes.«

»Mach ich.«

Sabines Smartphone bimmelt, Hauschild grinst sie auf dem Display an.

»Alexander, hallo! ... ja ... gut ... ist o.k. ... morgen gegen elf ... ja ... ich sage den Kollegen Bescheid ... o.K. ... tschüss Alexander!«

»Freunde, morgen um elf landet hier in Agadir ein Lufthansa Airbus 380 und holt uns samt Hansen ab. Es kommen sechs Kollegen mit, zur Sicherheit.« Sabine sah auf die Uhr: »Landet nicht morgen hier, sondern schon heute, heute um elf. Freunde, Feierabend. Ein anstrengender Tag liegt vor uns!«

.⁻.⁻.⁻.⁻.⁻.⁻.

Hansen liegt neben den beiden anderen Käfiggenossen auf dem Betonboden. Ihn schmerzen alle Knochen, auch sein Genick, obwohl er seine zum Kopfkissen zusammengerollte Jacke zuerst als wohltuend empfunden hat. Der verdammte Bär, dieser Scheißkerl! Ihn hätte er gerne noch einmal vor den Fäusten gehabt. Aber bei dem *Wunsch* wird es bleiben, wie tausend andere Wünsche auch unerfüllt bleiben müssen. Das weiß er. Und er weiß auch, dass es auf seiner Lebensuhr fünf vor zwölf ist. Vielleicht sogar schon drei vor. Er schläft wieder auf dem harten Betonboden ein und sieht sich im Traum auf der schiefen Ebene seines Lebens, die ihm manches gegeben hat, ihm jetzt aber keinen Halt mehr bietet.

Irgendwann wird den Dreien ein Frühstück über dem Betonboden zugeschoben. Er verzichtet, überlässt seins den beiden jungen Syrern, die kurze Zeit später von einem Polizisten und einem Herrn in Zivil abgeholt werden. Jetzt ist er allein in dem Käfig, in Gedanken in Hamburg, sieht er Elke in ihrem ‚Etablissement‘.

.⁻.⁻.⁻.⁻.⁻.⁻.

Sabine öffnet an der Rezeption die ‚Vereinskasse‘, wie sie die Gelder der Polizei nennt und begleicht die Hotelrechnung. Zu einem kurzen Gang durch Agadir wird es nicht mehr kommen, denn nach dem Telefonat mit den marokkanischen Kollegen weiß sie, dass Hansen um halb elf zum Hangar Vier gebracht wird, und sie, die Koblenzer, um zehn am VIP-Schalter abgeholt werden. Sie lässt von der Dame der Rezeption ein

Taxi bestellen, das sie und ihre Kollegen zum Airport fahren wird.

Bis zum ‚Aérport International Al Massira‘ sind es rund zweiundzwanzig Kilometer. Unterwegs wird einiges geordnet, über die augenblickliche Lage nachgedacht. So empfiehlt Meier Drei z.B., Hansen den anderen Polizisten zu überlassen, den Kollegen, die gleich hier in Agadir landen werden. »Wir haben unsere Pflicht getan, wir dürfen jetzt zuschauen.« Sein Vorschlag wird sofort angenommen. Protokolle werden noch einmal durchgesehen, geordnet. Sie wiegen schwer und füllen eine ganze Aktentasche. Hackstein trägt sie. Mühelos.

In der Halle fragen sie sich zum VIP-Schalter durch und werden dort bereits erwartet. Sie werden zum Rollfeld geschleust, und von dort geht's mit einem Kleinbus zum Hangar Vier. »Wir halten uns für die besten Organisatoren«, meint Hackstein. »Die anderen können das auch, stimmt's?« Kopfnicken. Dort steht bereits der, dem dieser ganze Aufwand zu verdanken ist: Hanns Hansen. Er sieht schlecht und ungepflegt aus. Ein Vier- oder Fünftagebart verdeckt seine blasse Haut. Hose, Jacke und Hemd sind verknittert. Von dem Hansen, der ihnen immer als vornehm gekleidet beschrieben worden ist, ist hier nicht mehr viel zu sehen. »Kein Mitleid«, mahnt Hackstein, der grundsätzlich die harte Tour fährt. »Dieser Kerl ist, Entschuldigung, die reine Scheiße!« Eine Handschelle fesselt Hansen an einen marokkanischen Polizisten. Ein zweiter steht mit einer Maschinenpistole im Anschlag hinter den beiden. Die hiesige Polizei lässt nichts anbrennen und ist mit Sicherheit heilfroh, wenn der Flieger mit diesem Kriminellen an Bord abhebt.

Der Airbus rollt aus. Eine Treppe wird an den Ausgang gefahren, die Tür wird geöffnet. Eine Stewardess steckt den Kopf in die warme marokkanische Luft.

Die Polizisten aus Frankfurt verbleiben an Bord, ebenso die

Crew und die Ersatzcrew, die in einer Stunde den Rückflug starten wird.

Als erstes werden die Übergabe-Protokolle gelesen, verglichen und schließlich unterschrieben. Jetzt kann die Handschelle vom marokkanischen Polizisten gelöst und an das Handgelenk eines deutschen angelegt werden. Und der geht nun mit Hansen ‚an der Hand‘ an Bord der Lufthansa-Maschine.

Inzwischen wird der Flieger aufgetankt, vier Mechaniker prüfen an Hand einer Checkliste den Flieger. Und, nachdem sie fertig sind und das o.k. gegeben haben, alle Mann und zwei Frauen an Bord sind, kümmern sich die Piloten noch einmal um die Reiseroute und … um die Starterlaubnis. Und *die* kommt vom Tower, und wenn das ‚take-off‘ kommt, rollt der Lufthansa-Airbus auf die Startbahn und hebt ab in den marokkanischen Himmel, Kurs Frankfurt Main.

.-.-.-.-.-.-.

Hansen sitzt in der Mitte des Fliegers auf der linken Seite. Die Handschelle ist an dem Rohrrahmen des Sitzes eingeklinkt. Die Polizisten haben sich in den Sitzen neben, vor und hinter ihm eingerichtet. Was immer er macht – es wird gesehen. Deshalb, Randalieren oder gar mehr kann der Verhaftete nicht … und Hansen will es auch gar nicht. Zusammengesunken sitzt er da, teilnahmslos.

Die Koblenzer sitzen hinter diesem Kreis und sind froh, diese Last mit Namen Hansen nicht mehr tragen zu müssen. In Koblenz werden sie ohnehin noch eine Woche mit dieser Geschichte zu tun haben: Protokolle auswerten, Berichte schreiben, wasserdicht für den Staatsanwalt, für das Gericht. Eine Arbeit, die Hackstein liebt wie Zahnschmerzen. Meier Drei wäre gerne mit jeder anderen Sache befasst, nur nicht mit diesem verdammten Schreibkram. Und Sabine Fischer-Höchst? Sie möchte einfach mal für eine Woche Frau sein: Ins Café gehen, oder eine Boutique besuchen, zum Friseur, durch Koblenz bummeln … aber Hauschild wartet sicher schon und wird sie mit Arbeit zupacken.

Die Polizisten unterhalten sich während des Fluges über alle möglichen Themen. Z.B. darüber, dass ihre Kollegen am Niederrhein im Clan-Milieu aufgeräumt und mehr als zehn Haftbefehle vollstreckt haben. Oder über den § 73 Strafgesetzbuch, der das Einziehen von Erträgen aus kriminellen Handlungen erlaubt. Über die Elektroschocker, die sie jetzt doch nicht bekommen und auch über das Gehalt, auch so ein Thema und mit einem Mal ist man beim Krieg, beim Krieg im All, der nichts mehr mit den 007-Fantastereien zu tun hat, sondern mehr und mehr zur Realität wird. Außerdem …

»In einer halben Stunde landen wir in Frankfurt Main« quakt es aus dem Lautsprecher.

Jetzt kommt Unruhe auf. Hansen meldet sich, er müsse mal zur Toilette. O.k., ein Polizist begleitet ihn, fünfzehn Minuten später sitzt er wieder auf seinem Platz, klickt die Handschelle an den Rohrrahmen. Jeder packt jetzt seinen Rucksack. Die Hinflug-Crew, die während des Rückfluges ganz hinten saß, nimmt ebenfalls ihre Sachen aus den Gepäckfächern. Die Koblenzer auch.

Vor dem Landeanflug werden die Lichter gedimmt, und voraus sehen die Piloten bereits die interpellierenden Lichtreihen der Landebahn. Ein Ruck … und der Flieger landet, rollt aus. Ein Fahrzeug nimmt ihn sofort an den Haken und schiebt ihn in einen taghell erleuchteten Hangar.

Und wieder wird eine Treppe an den Flieger geschoben, wie auch die Tür wieder geöffnet wird. Die Stewardess sieht als erste die acht Polizisten, die sich in einem Halbkreis vor der Treppe postiert haben. Zehn Meter weiter stehen drei Mannschaftswagen und zwei PKW der Polizei.

Die Hinflug-Crew geht zuerst von Bord und verlässt in einem

VW-Bus die Halle. Es folgen die flugbegleitenden Männer der Polizei, die sich sofort zu den acht Kollegen stellen. Der letzte dieser Truppe führt den Hansen an einer Handschelle gesichert langsam die Gangway runter. Als vorletzte gehen die Koblenzer zur Tür. Nur die Crew verbleibt an Bord.

Die drei vom K11 stehen noch im Flieger, Hackstein geht jetzt voran, hat gerade die zweite Stufe der Gangway betreten, als Hansen unten ‚seinem‘ Polizisten die Pistole aus dem Holster zieht. »Öffnen – sofort!« Hansen zeigt mit der Pistolenmündung auf die Handschelle. Der Polizist, von jetzt auf gleich vollkommen enerviert, versucht das Handschellenschloss mit zitternden Händen zu öffnen. »Langsam«, hört er den Hansen, »ich tu Dir nichts, Deine betriebseigene Mutter braucht Dich noch, also, bleibe ganz ruhig!« Es dauert, aber irgendwann springt das Schloss auf, die Handschelle ist geöffnet und der Polizist, dem ein gewaltiges Donnerwetter so gewiss ist wie ein Amen in der Kirche, verkriecht sich hinter einem Rad des Fliegers, wie auch seine Kollegen sich sofort hinter Werkzeugkisten und den Polizei-Fahrzeugen in Deckung bringen.

Hansen weiß, dass er diesem Gros von Polizisten nicht entkommen kann, und … dass seine letzte Stunde gekommen ist, man ihn verhaften, ihn vor den Kadi zerren will. Er geht zehn Meter weiter und steht jetzt deckungslos im Hangar.

Er hebt die Pistole, zielt, schießt Richtung Polizisten – daneben. Er will die Polizei provozieren, er will sie zum Schießen *zwingen. Sie* aber verhält sich ruhig, nur einem Scharfschützen wird befohlen, ihm die Pistole aus der Hand zu schießen.

»O.k.!« Der Schütze richtet ruhig sein Präzisionsgewehr … nimmt den Hansen ins Fadenkreuz … sucht seine Hand …

Hansen spürt, dass seine Taktik nicht aufgeht und ihm nur noch der Suizid bleibt. Er hat zwei Möglichkeiten. Eine davon hat er in der Hand und richtet die Pistole gegen seinen Kopf … drückt ab! … Zeitgleich reißt ihm ein heftiger Schlag die Waffe aus der Hand! Der Schuss aus seiner Pistole trifft nicht seinen Kopf, *streift* ihn nur. Aber seine rechte Hand hat es erwischt.

Da man mit einer möglichen Schießerei gerechnet hat, stehen vor dem Hangar zwei Ärzte und vier Rettungssanitäter auf Abruf bereit. Jetzt werden sie gebraucht. Sie legen Notverbände an, entscheiden aber doch sofort, den Mann unverzüglich in die Klinik zu fahren. Nicht nur wegen der Knochensplitter am Schädel, sondern auch wegen der Schussverletzung an der Hand. Der Rettungswagen fährt in den Hangar ein, und Hansen wird auf einer Trage liegend in den Wagen geschoben.

‚Wenn das geklappt hätte‘, sinniert Hansen und schaut gegen die Wagendecke, ‚hätten meine Freunde sicher gesagt, wie geil das war, was der Ole da gemacht hat, und dass das typisch für ihn gewesen sei und … verdammt cool dieser Karate Ole! Oder BILD! Sie hätte auf der ersten Seite ein Foto vor mir gebracht und groß getitelt: Der Verbrecher, der vor seinem irdischen Richter fliehen wollte! Aber allen voran wird sich die Regenbogenpresse auf meine Biografie stürzen. Sie, die Märchenerzähler werden ganze Seiten füllen, Geschichten erfinden, die ich noch gar nicht kenne, sie werden mit meinem Namen nicht wenig Geld verdienen, weil sich die Leser gierig auf solche Storys stürzen, mich zum Inhalt ihrer Träume, und einige wenige mich gar zum Vorbild ihrer Verbrechen machen.‘

Die Ärzte und ihre Helfer gehen nicht gerade zimperlich mit ihm um. Den Kopfverband wechseln sie und reißen dabei die festgeklebten Haare mit ab. Das schmerzt für den Augenblick mehr als die Wunde. Sie beginnen ihn auszuziehen, ihn vorzubereiten für die OP. Hose! Als Hansen was von Hose ausziehen hört, wird er wach. Mit der linken, der unverwundeten Hand greift er in die kleine Tasche unterhalb des Hosenbundes und entnimmt ihr eine winzige Dose. Aber wie sie öffnen? Mit *einer* Hand ist das unmöglich. Er spricht einen Sanitäter an, bittet ihn, die Dose aufzumachen …

Der Rettungswagen fährt zur Rotkreuz-Klinik in der Frankfurter Innenstadt. In der Notaufnahme wird ihm Blut entnommen, das Blutdruckmessgerät zeigt die leicht erhöhten Werte 147 zu 94 und den Puls mit 96 an. Ein Routineprogramm. Alle sind auf seine Ankunft vorbereitet, alles wird für eine OP vorbereitet. Schließlich fährt man ihn durch viele Gänge in den OP, und Hansen sieht über und um sich Monitore, Schläuche, Kabel, Grüngekleidete. Er hört Stimmen. Einer ruft ihn, wünscht Namen und Geburtsdatum zu hören. Hansen antwortet laut und deutlich. Ein Arzt stellt sich an seine Seite, stellt sich vor … und in diesem Moment fällt Hansens Kopf zur Seite. Das Team weiß, was in einer solchen Situation zu tun ist , dennoch, etwas Hektik kommt doch auf. Wieso fällt dieser Mann … Der Chef schiebt ein Augenlid hoch, fühlt den Puls … sieht sein Team an … zeigt auf seine Nase … »Suizid … mit Kaliumcyanid … aber meine Diagnose wird noch zu überprüfen sein. Aber wenn sie stimmt, wie konnte denn die Selbsttötung gelingen? Er sieht in die Runde. »Er war doch unter unserer ständigen Begleitung, Bewachung … er hat sich sozusagen *unter unseren Händen umgebracht! Unter … unseren …* Händen! Das gibt Ärger!« Der Chef des OP-Teams ist außer sich.

Auf dem Flur unterrichtet er die beiden Polizeibeamten von dem plötzlichen Ableben des Hansen. »Wahrscheinlich ist ein Suizid … «

»Ja, haben sie ihn denn nicht … « unterbricht ihn ein Beamter.

»Doch, wir haben«, pfeift der Chef ihn sofort an, dreht sich um und verschwindet hinter der Tür mit den Milchglasscheiben. ,OP – Eintritt verboten!' lesen die beiden Polizisten und gehen.

.-.-.-.-.-.-.

Die ‚drei Koblenzer‘ werden im K11 mit großem Jubel empfangen. Vor allem wollen die Kollegen wissen, wie und wo sie den Hansen aufgespürt haben und wer ihn letztlich … aber Hackstein winkt ab:»Kollegen, das war Teamwork, mehr nicht. Nur zu dritt konnten wir ihn aufspüren und letztlich in Frankfurt abliefern.«

Hauschild gibt seiner Sekretärin Sabine einen Wink. Sie folgt ihm in den ‚Salon‘.

»Das habt Ihr toll gemacht, Sabine. Aber … «

Sie sieht ihn ungeduldig an.»Alex, ist was nicht … ?«

»Doch, aber der Hansen hat sich … hat sich umgebracht, Selbstmord, auf dem OP-Tisch.«

»Alex, das ist zwar Scheiße, wie sich unser Kollege Hackstein so rustikal auszudrücken pflegt, aber das stört mich nicht. Wir haben ihn ordentlich den Frankfurtern übergeben, und nur das zählt, für uns jedenfalls.«

»Sabine, danke! Mehr wollte ich von Dir nicht hören. Und jetzt … herzlichen Glückwunsch zur Oberkommissarin … Unser Präsident überreicht Dir die Urkunde noch persönlich. Z. Zt. ist er bei der Ministerpräsidentin. Aber er kommt, er hat's versprochen!« Er nimmt sie in den Arm,»das freut mich für Dich«, flüstert er, Du hast es verdient.« Sie wischt mit der Hand durchs nasse Gesicht, nickt nur, Sprechen ist im Moment nicht.

»Lass Dir Zeit … ich gehe schon mal vor zu unseren Kollegen«. Hauschild dreht sich doch noch einmal zu ihr um, bevor er die Tür zum Nachbarraum öffnet und seinen ‚Salon‘ verlässt.

.-.-.-.-.-.-.

Herbst! Ein unangenehmer, ja, schon kalter Nordwest bläst durch Hamburg. Die Leute gehen schnell. Manche haben den Kragen hochgestellt, einige schon die Kapuze übergezogen.

Hackstein steht auf dem Fischmarkt, sieht rüber zur Troika-Bar. Er ist sich nicht schlüssig, soll ich ... oder soll ich nicht? Was will ich überhaupt in der Bar? Was werde ich der Elke erzählen? Wie werde ich ihr ... Er geht und sagt sich, dass ihn die Augenblicks-Situation schon was einfallen lässt.

Er schellt. Die kleine Luke wird geöffnet, eine Dame betrachtet sein Gesicht, öffnet die Tür. »Willkommen der Herr ...

Er stellt sich vor und bittet, die Chefin zu sprechen.

Gitti kommt: »Guten Abend, dürfen wir Ihnen, unserem neuen Gast, zur Begrüßung einen Champagner anbieten?«

»Ja, nein, danke, stottert Hackstein. Ich möchte nur Frau Polzerowa sprechen, für fünf oder zehn Minuten, und dann bin ich wieder weg, meine Dame.«

»Ja, das geht leider nicht. Die liebe Elke hat mich mit der Leitung der Bar beauftragt. Sie hat sich ganz aus dem Bar-Geschäft zurückgezogen, nachdem die Polizei ihren Freund, den Lumpie erschossen hat ...

Hackstein dreht sich um, »ja, ja ich ... ich habe davon gehört ... Entschuldigung ... mir ist soeben eingefallen ... dass ich noch ... auf Wiedersehen die Dame, Gruß an Elke.«

»Ja ... von wem denn?«

»Von einem ... « Hackstein winkt ab. Draußen bleibt er für Sekunden stehen, atmet den kalten Nordwest ein. Er schlägt den Kragen hoch, bindet den Schal fester und geht jetzt rüber zum Taxistand. Gerhard Hackstein lässt sich zur Mausi fahren, sie wartet schon.

.-.-.-.-.-.-.

Literatur, Zeitungsausschnitte, Reiseführer.

P A R I S von Paul Morand
erschienen im Verlag C. J. Bucher, München und Luzern,
Sonderausgabe 1980, Absatz über den Maler Delacroix, sowie
einige wenige Anregungen aus dem Gesamttext des Bandes)

LAACHER SKIZZENBUCH
Von Professor Klaus Brunner, erschienen im Verlag Maria
Laach 2002

Neue Rhein Zeitung vom 02. 11. 2011
,Hexenküche der Fahnder', Artikel von Dietmar Seher

Reiseführer Paris, Michelin, Ausgabe 1962

Reiseführer Falk spirallo, Paris, Ausgabe 2004

Reiseführer Falk spirallo, Hamburg, Ausgabe 2006

Der Spiegel aus 7 / 2017
Viele Köche, viele Töpfe, Auszug aus dem Artikel von Andreas
Ulrich

STERN – Reise Hamburg Nr. 3 aus 2017
Auszug aus dem Artikel ,Verkehrsader der Sehnsucht und der
Sünde'.

.-.-.-.-.-.-.

Ich danke allen, die mich mit Rat und Tat unterstützt haben, insbesondere Wilhelm Graf für seine konstruktive Kritik, Karla Lensing für ihre Übersetzung ins Französisch, Rechtsanwältin Nikole Lichtschlag für ihre Begleitung in die Welt des Rechts, Claudia Netzer für ihre Unterstützung in Computerfragen und Horst Hantke danke ich posthum für seine technischen Ratschläge.

Ich danke meiner Frau für ihre unendlich große Geduld. Sie war eine unschätzbar große Stütze. Wie ich auch Liesel und Bernhard Hosemann tausendmal danken muss für ihre unermessliche Hilfe. Und ich sage vielen, vielen Dank der Lektorin Cornelia van Harten-Bierbrauer für ihre Arbeit an meinem Manuskript.

Allen ein herzliches Dankeschön!